Dein Herz und meine Seele

Ulrike Allert

Über die Autorin:
Ulrike Allerts Leidenschaft für Bücher entstand bereits im Kindergartenalter und zog sich bis heute wie ein beständiger roter Faden durch ihr Leben. Im Schulalter schrieb sie bereits Gedichte und kurze Geschichten. Durch ihre Liebe zum Lesen entwickelte sich auch die Liebe zum Schreiben.

Mit ihrem Debütroman „Wohin der Weg uns führt" erfüllte sie sich einen lang ersehnten Traum, den sie mit diesem Roman nun weiterführen möchte.

Weitere Projekte sind bereits geplant und werden ihre Leser in den nächsten Jahren mit auf eine Reise der unbegrenzten Möglichkeiten nehmen.

Ulrike lebt mit ihren zwei Kindern glücklich im niedersächsischen Sittensen.

Dein Herz und meine Seele

von Ulrike Allert

© 2019 Ulrike Allert
Herstellung und Verlag:
BoD – Books on Demand, Norderstedt

Bibliografische Information der Deutschen Nationalbibliothek:
Die deutsche Nationalbibliothek verzeichnet diese Publikation
in der Deutschen Nationalbibliografie; detaillierte
bibliografische Daten sind im Internet über http://dnb.dnb.de
abrufbar.

Buchcoverdesign: Sarah Buhr-
www.covermanufaktur.com
unter Verwendung von Bildmaterial von
www.shutterstock.com:

Pärchen: wavebreakmedia/ www.shutterstock.com
Himmel: LilKar/ www.shutterstock.com
Hintergrund: Andrey tiyk/ www.shutterstock.com

Autorenfoto: Jasmin Fuhrmann Fotografie

ISBN: 9783-7494-3029-1

Prolog

Kennt ihr die Liebe?
Die Liebe auf den ersten Blick?
Ich schon. Ich kann behaupten, dass ich sie erlebt
habe. Dass ich sie gespürt habe.
Vom ersten Augenblick, in dem ich ihn sah
bis zum Letzten,
in dem er aus meinen Träumen wich.
Die Liebe ist hart. Und zuckersüß.
Verführerisch. Und gefährlich.
Verliert man sich in ihr, scheint man verloren.
Lebt man mit ihr, steigt man empor
in die weichsten Wolken.
Verliert man sie, bricht man zusammen
und kann erahnen, wie sich das Fegefeuer
anfühlen muss.
Ich kenne die Liebe. All ihre Facetten.
Ich bin geflogen. Ich bin gefallen.
Er hatte mir alles gegeben.
Und musste alles dafür zurücklassen.
Ich war verloren. Er rettete mich.
Zweimal sogar.
Ich liebe dich.
Für immer.

Für meine Lieben

Annie

Mein halbes Leben hatte ich schon in diesem Wartezimmer verbracht. Mal war ich wöchentlich hier gewesen, mal alle paar Monate.

Viele Gesichter waren mir mittlerweile bekannt. Sie gingen hier regelmäßig ein und aus, genau wie ich.

Jeder von ihnen war anders. Älter. Jünger. Männlich. Weiblich. Verheiratet. Single. Workaholic. Arbeitslos. Raucher. Nichtraucher.

Und dennoch hatten sie alle etwas gemeinsam, denn sie saßen alle in *meinem* Wartezimmer.

Sie waren krank. Oder Verwandte von ihnen. Oder aber in einigen wenigen Fällen wollten sie helfen. Helfen in Form von Spenden. Organspenden genauer gesagt. In diesem Wartezimmer ging es wohl um das Wichtigste aller Organe.

Das Herz. Ohne dieses ist mein Leben nicht möglich. Schon immer lebe ich in der Gewissheit, einmal früher zu sterben als andere. Vielleicht schon morgen oder aber erst in ein paar Jahren.

Wer weiß das schon. Ob ich traurig darüber bin? Ich lebe gern. Aber jeder muss einmal sterben. Dies ist ein Umstand, mit dem wir alle leben müssen und uns abfinden sollten. Und ich habe es bereits. Mich abgefunden.

Damit, dass ich vielleicht niemals normal leben kann, so wie andere Mädchen in meinem Alter. Damit, dass ich keinen Sport machen oder mit Freunden um die Wette laufen kann. Damit, dass ich nicht auf Partys gehen oder Alkohol trinken kann, ohne wahrscheinlich auf der Intensivstation zu enden. Damit, dass ich keine Familie gründen oder heiraten werde.

Ja, ich musste mich schon früh damit auseinandersetzen, wahrscheinlich keine normale Zukunft zu haben. Ich war neun Jahre alt, als mich meine Mum zu Doktor Miller schleifte.

Um Atemluft ringend stand ich da und krallte meine Hand in mein Shirt auf Höhe meines Herzens. Ich erinnere mich noch genau an diesen Tag. An jedes Detail. Vor allem aber, an seinen Blick. An seinen schockierten mitleidigen Blick, der eine Prise Ratlosigkeit innehatte. Sofort griff er zum Telefon und rief einen Krankenwagen. Lippen blau, Kurzatmigkeit, wahrscheinlich das Herz. *Lippen blau, Kurzatmigkeit, wahrscheinlich das Herz.*

Immer wieder rief ich mir diese Worte in Erinnerung, als würde ich dann begreifen, was mit mir vor sich ging.

Der Notarzt ließ nicht lange auf sich warten, legte mir gleich eine Sauerstoffmaske an und befahl mir ruhig ein- und auszuatmen, was sich schwieriger gestaltete als ich es für möglich gehalten hätte.

Aus dem Augenwinkel sah ich die Trage und Panik

stieg in mir auf. Ich wollte nicht mit. Nicht ins Krankenhaus. Nicht allein sein.

Flehend blickte ich zu meiner Mutter, die sich besorgniserregend mit einem der Männer unterhielt, während ihre Augen immer wieder die meinen suchten. Sie nickte. Nun war mir klar, dass sie mich mitnehmen würden.

Einer der Männer half mir auf die Trage und schob mich zurück, sodass ich mich hinlegen musste. Ich spürte die Hand meiner Mum in meiner und beruhigte mich ein Stück weit. Über mir lag der blaue Himmel und ich dachte daran, wie ich eben noch auf der Aschebahn war, mich abstieß und so schnell ich konnte auf die Ziellinie losstürmte. Immerhin war ich die Erste gewesen.

Beim Sprint konnte mir kaum jemand das Wasser reichen. Wie immer lief ich langsam ein Stück weiter, um meinen Atem wieder zu gewohnten Zügen zurückzuführen, doch dieses Mal gelang es mir nicht. Im Gegenteil. Ich spürte das Rasen meines Herzens in meiner Brust, diese verdammte Enge, die mich nicht atmen ließ. Ich rang nach Luft, wurde panisch.

Mädchen versammelten sich um mich, wussten nicht, was sie tun sollten. Frau Steier drängte sich hindurch und führte mich ins Umkleidehaus, kniete vor mir nieder und hielt meinen Kopf in ihren Händen. Atmete mit mir gemeinsam bis sich die Enge legte, mein Puls sich drosselte und ich wieder Luft bekam.

„Liebes, wir rufen deine Mutter an. Sie soll dich besser abholen." Mir blieb nichts, als zu nicken und zu warten. Völlig aufgelöst stand sie eine Viertelstunde später im Türrahmen und nahm mich in den Arm, fragte was passiert sei und fuhr gleich darauf mit mir zum Arzt. Ich wollte nicht. Ich wollte lieber auf der Aschebahn sein und laufen oder Kugelstoßen.

Ich hasste Kugelstoßen. Aber alles wäre mir lieber gewesen als zum Arzt zu fahren.

Meine Mutter ließ sich nicht auf meine Bitten ein, schüttelte immer wieder den Kopf, während ich ihr beteuerte, dass ich mich einfach nicht genug aufgewärmt hätte, was natürlich Blödsinn war. Doch umso mehr ich mich hineinsteigerte, umso lauter ich wurde, umso schneller zog sich meine Brust wieder zusammen und ich spürte die Enge, die mir die Luft abschnürte.

Fast stolpernd fielen wir bei Doktor Miller ein. Mutter hielt es unter diesen Umständen nicht für nötig, uns vorher anzumelden und schob sich an der Aufnahme-Lady ohne einen Ton vorbei ins Sprechzimmer, in dem Gott sei Dank gerade kein Patient war, der eine Tetanusspritze in den Hintern bekam. Meine Mum eben.

Und nun lag ich dort hilflos auf dieser Trage und hörte die Sirenen, welche mich ahnen ließen, dass ich ein Notfall bin. Da sag doch nochmal einer, Sport ist kein Mord. Ich weiß nicht, welche Droge mir die netten Sanitäter gespritzt hatten, auf jeden Fall fühlte ich mich im nächsten Augenblick wie in einen Rausch versetzt. Einen wohligen Rausch, bei dem man durch weiche rosa Wattewolken fliegt und erst wieder aufwacht, wenn man in einem dieser kalten, sterilen Krankenhauszimmer liegt.

Nun eben *das* war jener Tag, an dem ich mit meinen neun Jahren erfuhr, dass ich eine Herzmuskelgewebeschwäche habe. Eine *„dilatative Kardiomyopathie"*, wie man so schön sagt. Genau deswegen bin ich hier. Deswegen sitze ich zum wohl tausendsten Mal in diesem Wartezimmer. Weil ich früher oder später, in meinem Fall eher früher, ein neues Herz brauche.

Auf die Warteliste habe ich es zumindest schon mal geschafft. Halleluja. Nun muss ich nur noch warten, bis ich auf eben dieser Liste einmal ganz oben ankomme und zufällig gerade jemand ein Herz mit meiner Blutgruppe abzugeben hat.

Ist doch toll, oder?

In der Zwischenzeit versuche ich ein halbwegs normales Teenager-leben zu führen, was nicht bedeutet, dass ich in den Ferien mal eben Achterbahn fahren oder Schwimmen gehen kann. Nein!

Ein normales Teenager-leben besteht bei mir aus jeder Menge gesunder Ernährung, zwölf Tabletten täglich und Belastungsübungen am Morgen. Und hey, ich bin wahrscheinlich die einzige Neunzehnjährige, die keinen Führerschein hat und sich jeden Tag auf die Waage stellen muss, um ihr Gewicht zu kontrollieren.

Mal abgesehen von diesen ganzen „behinderten Behinderungen", wie ich sie nenne, kann ich so ziemlich alles machen, wobei man nicht groß aus der Puste kommt. Lesen zum Beispiel. Und Malen.

Seit ich den Sport aufgeben musste, habe ich das Malen für mich entdeckt. Am Liebsten zeichne ich Portraits. Portraits von Menschen, die ich auf der Straße sehe oder eben dort, wo immer ich bin.

Meist glückliche Menschen. Menschen ohne Probleme. Einen Vater, der lächelnd auf seine kleine Tochter hinunterblickt, als diese ihn um den grünen Lolli anbettelt. Eine junge Frau, die draußen beim Café am Tisch sitzt, in aller Ruhe ihren Cappuccino trinkt und dabei ihr Gesicht in Richtung Sonne streckt. Das kleine Mädchen in ihrer Karre, das voller Vorfreude ihr Brötchen anschaut, dass sie sich gleich genüsslich in den Mund stopfen wird.

Es sind die kleinen Dinge, auf die ich bewusst achte. Die alltäglichen, die uns ein Schmunzeln ins Gesicht zaubern, ohne dass wir es wirklich realisieren. Diese Ausdrücke versuche ich auf Papier zu bringen, um sie mir immer wieder anschauen zu können. Sie machen mir Hoffnung. Hoffnung auf ein normales Leben. Irgendwann vielleicht einmal. Irgendwann.

Ich höre mich seufzen, woraufhin alle im Raum mich erst einmal ansehen. Ich lächle und forme ein lautloses „Sorry" mit meinen Lippen bevor ich mich hinter einer Zeitschrift verstecke, die auf dem Tisch vor mir lag. Eine dieser Teenie-Zeitschriften, in denen es nur darum geht, die große Liebe zu finden und einen dieser blöden Tests zu machen, bei dem man erfahren soll, was für ein Typ Frau man ist. Selbstbewusst, schüchtern, Karrierefrau oder doch nur die Bedienung? Also bitte. Die Lovestory mit der Liebe auf den ersten Blick ignoriere ich gleich mal gekonnt.

Liebe. Ich hatte schon so einiges über die Liebe gehört, von Freundinnen aufgeschnappt. Liebe, die sie urplötzlich getroffen hat, wie aus dem Nichts. Ein Blick, eine Berührung, ein Tanz und sie wollen es gewusst haben. Dass es der Eine ist, den sie nie mehr loslassen würden. Der Eine, mit dem sie ihr ganzes Leben verbringen wollen würden. Mit neunzehn. Haha.

Ich war nie im Stande dazu, es zu glauben, wollte es auch nicht. Viel zu verletzbar ist mein Leben, als dass ich jemandem einen sicheren Platz darin einräumen könnte. Ich würde nie wissen, wie lange wir Zeit haben, weiß es auch jetzt nicht. Unfair ist das. Soviel zu „damit abgefunden".

„Miss Parker bitte."
Die Ansage holt mich genau im richtigen Moment aus meinen viel zu tiefen Gedanken. Ich lege die Lovestory wieder auf den Tisch und setze mich in Bewegung zum Untersuchungsraum, dessen Inneneinrichtung

ich mittlerweile besser kenne als meine Westenta-
sche. Die hübsche blonde Arzthelferin führt mich in
den Raum und der Untersuchungsmarathon beginnt.

Chris

Scheiße, soll ich das wirklich machen? Ach komm schon, Chris. Du hast dir extra diesen Termin besorgt und nun ziehst du das gefälligst auch durch. Sei ein Mann! Ich fasse also meinen Mut zusammen, versuche erfolgreich das Rumgeflatter in meinem Bauch zu ignorieren und setze meine Füße in Richtung Anmeldung in Bewegung.

„Bentley", rufe ich der Frau an der Aufnahme entgegen und kann mir ein Räuspern nicht unterdrücken. *Man, du bist doch sonst nicht so ein Weichei.*

„Hätte ich auch gern, so ein Gefährt", gibt die alte Lady zurück und ich brauche einen Moment, um zu registrieren, dass sie mich nicht verarschen will, sondern ernsthaft denkt, ich würde mit ihr plaudern wollen. Also nochmal für die Älteren unter uns.

„Mein Name ist Chris Bentley. Ich habe einen Termin." Jetzt nimmt die Alte ihre Brille runter.

„Oh bitte verzeihen Sie, junger Mann. Ich dachte, Sie würden scherzen." Nach einem mitleidigen Lächeln setzt sie ihre Brille wieder auf und schaut in den Computer. Bemerkenswert, dass sie in ihrem Alter damit umgehen kann.

„Also junger Mann, sie fahren einfach mit dem Fahrstuhl in die erste Etage und folgen dort den blauen

Markierungen auf dem Boden. Die führen sie genau in den Warteraum der Herzchirurgie. Ich werde sie anmelden. Sie warten dort, bis sie aufgerufen werden. Alles verstanden?"

Für wie blöd hält die mich eigentlich?

„Danke!", murmle ich nur und gehe zum Aufzug. Mein Blick gleitet wie automatisiert zum roten Nothalteknopf und kurz denke ich daran, ihn zu drücken. *Weichei!* Ich muss das einfach tun. Für *Sie*! Für mich. Hätte ich es früher getan, wäre es vielleicht nicht so weit gekommen. Vielleicht doch. Aber es wäre eine Chance gewesen. Ich hätte mein Leben gegeben, um sie zu retten. Meine Mum. *Ding*. Erste Etage.

Den blauen Markierungen folgen. Ohne wäre ich wahrscheinlich ziemlich am Arsch gewesen. Der Wartebereich ist offen, ich sehe einige Menschen darin sitzen. Einmal tief einatmen. Plötzlich nehme ich einen süßen Geruch wahr, der mir auf Anhieb ein wohliges Gefühl verschafft. Das Parfüm eines Mädchens vielleicht. Ich sehe mich um, kann aber niemanden entdecken, dem ich diesen Geruch zuordnen würde, also nehme ich Platz und verschränke meine Finger ineinander. Mein rechter Fuß tippt immer wieder auf den Boden unter ihm. Ich bin nervös. Schnell nehme ich mir eine der Zeitschriften, die auf dem Tisch liegen.

Das Mädchen mir gegenüber hält sich die Hand vor den Mund, um ihr grinsen zu verbergen, doch ihre

Augen sagen alles. „Marissa und Jaden – Liebe auf den ersten Blick", kein Wunder, dass das Mädchen grinsen muss.

Ich lasse es mir nicht nehmen, ihr die Zunge rauszustrecken und tausche die Zeitung gegen eine Wirtschaftszeitung aus, obwohl auch das nicht wirklich mein Interesse weckt.

„Mister Bentley bitte." Gut, der Wirtschaftsteil hat sich gerade von selbst erledigt. Ich lege die Zeitung wieder zurück auf den Tisch und werfe dem Mädchen noch ein Lächeln zu, bevor ich der hübschen blonden Arzthelferin hinterherlaufe. Jetzt gibt es kein Zurück mehr. Jetzt muss ich da durch.

Kurz bevor ich in den Raum gehen will, sehe ich das Mädchen aus dem hinteren Untersuchungszimmer kommen. Schwarze lange Haare. Sie lächelt die Ärztin an. Mein Herz macht einen Satz. Dieses verdammt bezaubernde Lächeln. Mein Bauch kribbelt, nur dieses Mal nicht von der Aufregung vor dem Gespräch, was mich gleich erwartet. Sie verabschiedet sich und kommt den Flur hinunter genau in meine Richtung. Ihr Parfüm steigt mir in die Nase als sie an mir vorbeigeht und wieder durchfährt mich diese Wärme.

Sie dreht sich um und blickt mir direkt in die Augen, oder meine Seele? Graugrün und so wunderschön, dass ich meinen Blick kaum von ihr abwenden kann.

„Mister Bentley, bitte treten Sie ein!" Nur am Rande bemerke ich die Handbewegung der Arzthelferin, welche mich ins Zimmer führen soll. Ich nicke nur und bin gerade im Begriff mich umzudrehen, als sich ihre vollen Lippen zu einer schmaleren Linie ziehen und mich angrinsen. Wieder dieser Stich in mein Herz. Dieser freudige Hüpfer. Mein Gott, hoffentlich ist sie noch da, wenn ich wieder rauskomme. Ich kann es kaum erwarten.

Annie

Heilige Scheiße, was war das denn? Noch immer klopft mein Herz wie wild. Ich lege die Hand auf meine Brust in der Hoffnung, mein Herz würde sich unter ihr wieder beruhigen. Ich atme tief ein und aus, schließe die Augen, stelle mir noch einmal sein markantes Gesicht vor, seinen vollkommenen Mund, auf den ich allzu gern einmal meine Lippen legen würde.

Mein Gott Annie, du kennst ihn doch gar nicht. Ich befehle meinem Herzen, wieder normal zu pumpen und sortiere meine Gedanken, versuche, wieder zu Fassung zu kommen.

Die Untersuchungen gingen schnell voran heute. Nur noch ein Ultraschall und ich wäre gegen Mittag zu Hause. Bis jetzt waren die Werte normal, einiges müsste noch im Labor ausgewertet werden, doch ich fühlte mich so wie immer. Wird schon alles gut sein.

Das Mädchen ist immer noch da, oder schon wieder. Ich nehme mir noch einmal die Zeitschrift mit dem Artikel über die Liebe auf den ersten Blick, das Grinsen des Mädchens entgeht mir dabei kaum. Hochrote Ohren hat sie auf einmal. Ich flüstere ihr zu, was denn los sei, doch sie schüttelt nur den Kopf. Also widme ich mich wieder der Zeitung. So schlecht ist der Artikel gar nicht. Nach weiteren zehn Seiten und ausfüllen dieses dämlichen Tests weiß ich, dass ich einmal Karriere machen werde und wirklich nicht auf den Mund gefallen bin. Schön wär's.

„Miss Parker bitte." Na endlich. Der Ultraschall. Wieder folge ich der Arzthelferin ins Ultraschallzimmer.

„Annie, machst du bitte einmal deinen Oberkörper frei?" Dr. Summers betreut mich schon, seit ich neun war und die Diagnose bekommen habe. Mittlerweile ist sie wie eine zweite Mutter für mich oder eine sehr gute Freundin. Ich kann über alles mit ihr reden und sie ist immer gewillt, mir die Wahrheit zu sagen, egal wie es um meinen Zustand steht. Sie behandelt mich wie eine Erwachsene. Selbst als ich noch ein Kind war hat sie nie ein Blatt vor den Mund genommen.

„Immerhin geht es hier um *dein* Leben, über das wir sprechen!", hat sie immer gesagt. Noch heute rechne ich ihr hoch an, dass sie immer ehrlich zu mir war, mir alles erklärt hat, was ich wissen wollte. Mittlerweile könnte ich mich durchaus selbst untersuchen.

Durch Dr. Summers fiel meine Was-wäre-wenn Berufswahl auf Ärztin. Wenn ich nicht herzkrank wäre, würde ich alles dafür tun, diesen Beruf zu erlernen, zu studieren und Ärztin zu werden.

Ich bewundere sie und alles, was sie macht. Es muss hart sein, aber auch schön. Bei ihr fühlt man sich in der Tat immer ein Stück weit sommerlich. Solch eine Wärme strahlt sie aus. Ich hoffe, ich bin nur halb so warmherzig wie sie.

„Na, das sieht doch ganz gut aus, Annie. Du hast dich also nicht übernommen in letzter Zeit. Ich bin stolz auf dich!" Sie nickt mir zu und streicht über meinen Arm.

Meine Gedanken driften ab zu dem Jungen, den ich im Flur gesehen habe. Ob er noch da ist? Vielleicht braucht er noch ein Rezept und sitzt noch im Wartezimmer. *Toll, Annie! Und dann? Willst du ihn fragen, ob er gerne mit einer Herzkranken zusammen wäre? Blöde Idee.*

„ANNIE!" Dr. Summers Stimme holt mich zurück in die Gegenwart.

„Alles in Ordnung mit dir? Du sahst so abwesend aus! Passiert dir das öfter?" Ich fühle mich ertappt und merke, wie Röte in meine Wangen schießt. Verlegen schüttele ich den Kopf.

„Entschuldigung, ich musste nur gerade an was denken", versuche ich mich zu erklären. Sie kneift die Augen zusammen und mustert mich kurz, verschont mich aber mit weiteren Fragen.

„Du kannst dich wieder anziehen. Für heute haben wir alles getan", lächelt sie zuversichtlich und schlingt sich ihr Stethoskop um ihren Hals.

„Wenn die Laborergebnisse nichts weiter beanstanden, sehen wir uns in drei Wochen wieder. Wie immer!" Ich nicke und reiche ihr zum Abschied die Hand.

„Wie immer", gebe ich leise zurück und spüre die

zarte Anwesenheit von Melancholie in meinem Herzen. Mein erster Blick gilt dem Wartezimmer, als ich auf den Flur trete. Langsam gehe ich in seine Richtung, sehe ihn noch immer dort sitzen. Jedenfalls sehe ich seine Haare und seinen Oberkörper. Er sitzt mit dem Rücken zu mir. Mein Bauch kribbelt, ich weiß nicht, was ich machen soll. Dilia wird mir noch einen Termin raussuchen und solange würde ich im Wartezimmer Platz nehmen müssen.

Sie hasst es, wenn Leute im Flur rumstehen, so wie ich gerade. Das hat sie mir schon vor ein paar Jahren hier eingebläut.

„Wenn nun ein Notfall wäre und die Ärztin schnell in den OP laufen müsste, würdest du so was von im Weg stehen, Kind!"
Seitdem vermeide ich es, länger als notwendig vor *ihrer* Anmeldung herumzulungern.

Selbst jetzt schon spüre ich ihre ermahnenden Blicke in meinem Nacken und setze mich also in Bewegung, nehme ihm gegenüber Platz mit einer Zeitung, die ich ohne hinzusehen vom Tisch gegriffen habe. Wirtschaft, na toll. Da ich mich nicht blamieren will, schlage ich sie auf und blättere darin herum, während ich so unauffällig wie möglich versuche, ihn genauer zu betrachten.

Auch er hält eine Zeitung in der Hand. Sie ist zusammengerollt und zu gerne würde ich wissen, für was er Interesse hegt. Er ist genauso hübsch anzusehen, wie auch eben schon im Flur.

Ich hatte gehofft, ich hätte mich versehen oder nicht richtig hingeschaut und nun schmachte ich ihn an wie ein kleines Schulmädchen, das in den *einen* Jungen seiner Lieblingsboyband verknallt ist. Ich richte mich auf und setze mich grade hin, blicke interessierter in die Zeitung als ich bemerke, dass er aufsteht und in meine Richtung kommt. Sicher braucht er neuen Lesestoff, doch wie das Leben so spielt läuft er am Tisch vorbei und setzt sich genau neben mich. Das kleine Mädchen grinst erneut und hält schützend die Hand vor ihren Mund.

„Hi!"

Meint er etwa mich?

„Hey!", gebe ich zurück in nervöser Erwartung, was er wohl von mir wollen würde.

„Du interessierst dich für Wirtschaft?", fragt er und deutet mit dem Kopf in Richtung Zeitschrift.

„Eigentlich nicht besonders", gebe ich ehrlich zur Antwort und grinse ihn etwas verlegen an.

„Das erklärt, warum du den Artikel falsch herum hältst", sagt er amüsiert und ich möchte am liebsten im Erdboden versinken. Die Farbe einer reifen Tomate ist wahrscheinlich nichts gegen solche, die mein Kopf soeben angenommen hat. Schnell schlage ich das Heft zu.

„Danke für den Hinweis", versuche ich taff zurückzugeben und sehe auf meine Schuhspitzen. Kann es jetzt eigentlich noch schlimmer werden?

„Ich bin Chris. Chris Bentley!" Er streckt mir seine Hand aus und ich muss schmunzeln über seinen Nachnamen. Bentley. Den hätte ich auch gern.

„Ich bin Annie. Annie Parker."

Seine blauen Augen leuchten und es fühlt sich an, als würde er direkt in meine Seele blicken. Ich lege meine Hand in seine und einen Augenblick verbleiben wir so. Seine Haut ist warm. Ich fühle mich direkt geborgen und das bei einem Menschen, den ich noch nie vorher gesehen habe.

Unheimlich ist das und wunderschön, dieses Gefühl.

„Annie. Ein schöner Name. Freut mich, dich kennenzulernen!" Der Klang seiner Stimme ist betörend. Noch nie hatte etwas oder jemand solch eine Wirkung auf mich.

„Und Annie? Was machst du so außer Zeitschriften verkehrt herum zu lesen?"

Dieses Grübchen an seinem Mundwinkel. Mein Gott. Wie kann man nur so verdammt gut aussehen?

„Ich zeichne gern und du?" Er blickt erstaunt.

„Du zeichnest? So richtig? Was genau zeichnest du denn?"

„Portraits. Hauptsächlich Portraits." Und da ist er. Dieser eine Moment, in dem niemand etwas sagt und wir uns nur in die Augen schauen und dämlich grinsen bevor Dilia diesen magischen Augenblick zerstört.

„Annie, dein Termin ist fertig." Ich löse mich wie aus

einer Trance und suche nach meiner Tasche, die ich zwischen meinen Beinen ausmache.

„Na dann!" Ich lächle ihn an in der Hoffnung er würde noch irgendetwas sagen und mich nicht einfach so gehen lassen ohne ein Wort, ohne zu wissen, ob wir uns wiedersehen werden.

„Vielleicht malst du ja mal ein Portrait von mir." *Danke lieber Gott, danke.*

„Vielleicht!", gebe ich zurück und mein Herz macht einen Satz beim Anblick seines Schmunzelns.

„Wann bist du wieder hier?"

„Heute in drei Wochen!"

„Ich werde da sein!"

„Bis dann Chris!"

„Bis dann Annie!"

Dilia drückt mir den Zettel in die Hand und rollt mit den Augen, da sie scheinbar unsere Chose mitbekommen hat. Noch einmal riskiere ich einen Blick auf ihn, er winkt mir zu.

Nachdenklich und mit einem seltsamen Gefühl im Bauch mache ich mich auf den Heimweg und kann an nichts Anderes denken, als an das, was gerade passiert ist. Chris. Ich habe das seltsame Gefühl, dass er mein Leben völlig auf den Kopf stellen wird.

„Hey Mum!", rufe ich beim Reinkommen und hänge meine Tasche an den Haken der Garderobe, stelle meine Schuhe auf den überfüllten Schrank.

Wenn einer einen Schuhtick hat, dann hundertprozentig meine Mum.

„Na Liebes, wie ist es gelaufen?"

„Alles gut. Die Laborwerte stehen noch aus."

„Hast du Hunger?" Ich würde jetzt keinen Bissen hinunterbekommen.

„Nein, noch nicht!", rufe ich ihr zu, bevor ich die Treppe zu meinem Zimmer hinaufgehe.

„Ich bin im Atelier!"

So nenne ich scherzhaft den Raum, in dem ich schon wohne, seit ich geboren war. Viel verändert hatte sich hier nicht. Meine Wände erzählen noch immer von Träumen, die ich mir wahrscheinlich nie realisieren werde. Landkarten gespickt mit Nadeln an den Orten, die ich gern einmal bereisen würde. Sicher kamen im Laufe der Jahre einige hinzu. Gerade die großen wie New York, Paris, London oder Rom stehen mittlerweile ganz oben auf meiner Liste.

Collegeanmeldungen und Kursinformationen meines Traumberufes schmücken ebenfalls einen Großteil meiner Traumwand. Dinge, die ich gerne mal tun würde, verrückte Dinge, wie Fallschirm springen oder Bungee Jumping aber auch die einfachen, wie Teil der Leichtathletikmannschaft zu sein, sind mit von der Partie. Mit ein wenig Wehmut sehe ich täglich auf diese Dinge und hin und wieder keimt ein Funken Hoffnung in meiner Brust, dass ich vieles davon vielleicht doch noch erleben könnte. Irgendwann vielleicht. Mit ein bisschen Glück. Verdient nicht jeder etwas Glück in seinem Leben?

Und dann gehe ich in die eine Ecke meines Zimmers, die mir am Liebsten ist, nehme den Pinsel und meine Farbpalette und arbeite weiter an meinem Portrait. Doch heute, heute beginne ich ein neues Blatt. Ich schlage die Seite mit dem alten Pärchen nach hinten um, obwohl ich dieses Bild wirklich mehr als wunderschön empfinde. Sie hielten Händchen auf der Promenade.

Ihr Liebster flüsterte ihr etwas ins Ohr und sie kicherte und grinste übers ganze Gesicht. All die Lachfältchen, die sich wohl in der ganzen Zeit ihres Zusammenlebens gebildet hatten, zeigten sich in ihrer schönsten Form. Sie sahen so glücklich aus und das konnten sie auch sein. Sicher sind sie zusammen alt geworden, haben Kinder und auch die haben Kinder. Sicher sind sie fabelhafte Großeltern. Es muss die wahre Liebe sein, wenn man es so lange miteinander aushält und immer noch glücklich ist und lachen kann.

Miteinander. Was für ein schönes Wort.

Ich setze den Pinsel an und hoffe, dass auch er eines Tages vielleicht mein *Miteinander* sein könnte. Träumen darf man jawohl.

Drei Wochen, bis ich ihn wiedersehe. Drei Wochen, wenn er Wort hält. Drei unendlich lange Wochen. Ich kann es kaum erwarten.

Chris

Drei Wochen. Drei Wochen warten, bis ich Annie wiedersehe. Annie. Ich hätte nie gedacht, dass sie so heißt. Sie sah eher wie eine Marissa oder Courtney aus. Aber Annie klingt einfach nur wunderschön.

Man Alter, was säuselst du! Komm mal wieder runter! Also wirklich. Eigentlich kann ich diese Art von Ablenkung gerade gar nicht gebrauchen so kurz vor meinem ersten Staatsexamen.

Neben dem College und dem Büffeln fürs Examen bleibt kaum noch Zeit für die Firma meines Dad's, aber ich brauche die Kohle für das Studium und meine Wohnung. Mein Vater war wirklich nicht begeistert von meiner Idee, Arzt werden zu wollen, hat mich aber auch nie versucht, davon abzubringen.

Es ist nicht unbedingt die Berufswahl, die ihm Bauchschmerzen bereitet, eher die Richtung, die ich nach meinem abgeschlossenen Studium einschlagen möchte. Besonders nach Mum's Tod ist er nicht gut darauf zu sprechen, dass ich gewillt bin, diesen Weg zu gehen. Verständlich.

Er musste mit ansehen, wie ihr Leiden kein Ende nahm, besuchte sie täglich im Krankenhaus und hatte Hoffnung bis zum letzten Tag ihres Daseins. Vergebliche Hoffnung. Denn als sie endlich auf der Warteliste oben angekommen war, gab es kein Herz für sie und länger hatte sie sich nicht am Leben festhalten können.

Es waren harte Monate für meinen Vater und mich. Sogar Jahre später war unser Leben überschattet von ihrem Tod, sodass ich den Entschluss fassen musste auszuziehen bevor mein Vater mich in seinen Sog der Selbstzerstörung hineinziehen konnte. Sicher war es hart gewesen sein Elternhaus unter diesen Umständen zu verlassen, doch hatte ich eine andere Wahl?

Wir hatten kaum noch miteinander geredet, nur das Nötigste und kein Wort mehr. Ihr Geburtstag wurde ignoriert als hätte es sie nie gegeben. Hochzeitstage wurden ausgelöscht und Erinnerungen soweit minimiert, dass nicht ein einziges Bild von ihr noch irgendwo zu sehen war.

Zu sehr schmerzte meinen Vater die Erinnerung an das Einzige, was sein Leben einst lebenswert machte. Das Einzige. War ich denn nichts? War ich nicht auch ein Grund für ihn zu leben?

Seine Mutter zu verlieren ist eine der schlimmsten Dinge, die einem widerfahren können, doch seine Frau, sein Liebstes, seinen Lebensinhalt zu verlieren, nicht vorstellbar welche Risse dieser Verlust hinterlassen haben muss.

Bei der Arbeit ist alles so wie immer. Harte Züge umgeben sein Gesicht. Kalt und gefühllos. Nichts und niemand vermag es mehr, durch diese Mauer zu dringen, die er um sich aufgebaut hat. Ich kann doch nicht mein Leben so verbringen. Das hätte sie nicht gewollt. Niemals. Ihretwegen habe ich mich entschlossen, Arzt zu werden. Nicht irgendein Arzt. Herzchirurg.

Ich möchte Leben retten und Menschen helfen, die dasselbe Schicksal haben, wie meine Mum es hatte. Und nebenbei habe ich mich nun als Spender eintragen lassen. Im Falle des Falles also werde ich mein wichtigstes Organ an einen Menschen abtreten, der auf der Warteliste steht. Mein Vater weiß noch nichts davon und erst einmal werde ich es auch dabei belassen, da ich befürchte, dass er mir dann den Kopf abreißen würde.

„Wann kommst du mal wieder zum Abendessen?"

„Ich habe viel zu tun im Moment, Dad. Mein Staatsexamen steht bevor."

„Jaja, richtig. Du hättest hier in der Firma bleiben sollen. Dann bräuchtest du dich nicht mit so etwas beschäftigen", fängt er schon wieder diese alte Diskussion an.

„Ich *will* mich aber damit beschäftigen Vater! Von allein wird man kein Arzt! Außerdem haben wir schon oft genug darüber gesprochen!"

Er nimmt das Bild von meinem Schreibtisch und streicht kurz mit dem Daumen über das Glas, bevor er es ohne eine Miene zu verziehen wieder an seinen

Platz zurückstellt.

„Du könntest noch immer meine Nachfolge antreten, Teilhaber sein." Mein Blut kocht.

„Nein, Dad. Es war immer Nein und wird immer Nein bleiben!" Ich drücke den Knopf am PC, greife nach meiner Tasche und beende hier lieber das Gespräch bevor ich Sachen sage, die ich hinterher vielleicht bereuen würde.

„Bis morgen, Dad!" Ich spüre seinen Blick in meinem Rücken und ein Schmerz zieht sich durch meine Brust.

„Bis morgen, Junge!" Wütend steige ich in den Aufzug. Immer und immer wieder muss er damit anfangen. Zu oft schon haben wir dieses Thema durchgenagt, selbst als Mutter noch am Leben war.

Natürlich war sie immer auf meiner Seite gewesen, was ihn des Öfteren zur Weißglut getrieben hat. Sie war halt meine Mutter. Beim Gedanken an sie muss ich lächeln. Sie war eine wunderbare Frau und eine durch und durch liebevolle Mutter.

Mein Vater sagte einmal, dass er mit meiner Geburt ein kleines Stückchen von ihr verloren habe und manchmal neidisch sei auf das, was zwischen uns ist. Er liebte sie wahrhaftig. Manchmal bereue ich es ja, wie ich mit ihm umgehe. Wenn er nur nicht so einen verdammten Dickschädel hätte.

Auf dem Weg zur U-Bahn besorge ich mir noch einen Kaffee. Ich arbeite zwar im Büro meines Vaters, das bedeutet aber nicht, dass mein Tag danach zu Ende ist. Meistens, und im Moment besonders oft, sitze ich an meinem Schreibtisch und lerne fürs Examen. Manchmal bis nach zwölf, oft finde ich mich morgens mit dem Kopf auf der Tischplatte wieder mit einem Zettel, der mir an der Wange klebt. Wenn ich Glück habe, zieren meine Haut anschließend ein paar Buchstaben, die ich dann mühsam am Waschbecken versuche abzubekommen. Heute jedoch kann ich mich irgendwie nicht so recht konzentrieren.

Immer wieder sehe ich ihre grünen Augen und ihre langen schwarzen Haare. Und ihr Lächeln. Mein Gott, wie gern hätte ich sie einfach geküsst, einfach meine Lippen auf ihre gelegt. Ich wette, sie sind weich genau wie der Rest ihrer Haut. Noch nie habe ich ein so perfektes Mädchen gesehen. Für mich ist sie das jedenfalls. *Perfekt*.

Ich muss sie einfach wiedersehen. Noch zwei Wochen und sieben Tage. Ich kann es kaum erwarten.

Die Sonne blinzelt durchs Fenster. Mal wieder habe ich vergessen, die Vorhänge zuzuziehen, sonst könnte ich vermutlich noch eine gute halbe Stunde weiterschlafen. Was soll's. Ich drehe mich noch einmal auf die Seite und schließe meine Augen, bevor es mir wie ein Blitz durch den Kopf schießt.

Heute ist es soweit. Drei Wochen sind vergangen.

Drei verdammte, beschissene, endlose Wochen. Heute werde ich sie wiedersehen. Annie. Beim bloßen Gedanken an sie klopft mein Herz in einer rasenden Geschwindigkeit und ich kann keinen vernünftigen Gedanken fassen.

Komm Alter, steh' auf! Ich fahre mir durch die Haare und strecke mich einmal ordentlich bevor ich voller Elan und mit einem Lächeln auf den Lippen mein Schlafgemach verlasse, um unter die Dusche zu hüpfen. So guter Laune war ich schon ewig nicht mehr gewesen. War ich überhaupt jemals so gut gelaunt? Zwar habe ich noch alle Zeit der Welt, trotzdem stehe ich innerhalb einer halbe Stunde fertig im Flur.

Das letzte Mal war sie definitiv schon vor mir dort gewesen. Ich hätte fragen sollen, wann sie dort auftauchen wird, denn ich will unbedingt vor ihr da sein. Und natürlich werde ich nicht mit leeren Händen dastehen, nein.

Dieses Mal werde ich sie aus der Reserve locken. Dieses Mal werde ich die Zeit besser nutzen, sie kennenzulernen. Ich frage mich, ob sie ebenfalls so sehnsüchtig auf diesen Tag gewartet hat, wie ich. Vermutlich nicht. Vermutlich mag sie mich nicht einmal annähernd so sehr, wie ich sie. Vielleicht werde ich mich heute einfach nur zum Trottel machen. *Scheiß drauf! Sie ist es wert!*

Den ganzen Weg in der U-Bahn überlege ich, was ich zu ihr sagen soll, über was ich mit ihr reden soll.

Ich habe sie gerade einmal gesehen und bin mir trotzdem sicher, dass sie die Eine für mich sein muss. Diese Spannung zwischen uns, wenn unsere Blicke sich berühren, es ist das erste Mal, dass ich so für ein Mädchen empfinde. Hatte ich mich doch eh die letzten Jahre gegen solche Gefühle gesperrt, sie einfach nicht zugelassen, weil ich noch nicht soweit war und nun löst sie wahrlich einen Sturm bei mir aus, den ich nicht unter Kontrolle habe.

Ich gehe langsam den Flur entlang und folge wieder der Linie auf dem Boden bis das Wartezimmer erscheint. Mein Blick gleitet durch den Raum, doch ich kann sie nicht ausmachen. Sie scheint noch nicht da zu sein. Sehr gut. Ich setze mich auf einen der freien Plätze und siehe da, das kleine kichernde Mädchen ist auch wieder hier. Ich frage mich, wie ernst es um sie steht, immerhin befinden wir uns in der Kardiologie.

Alle Patienten sind hier, weil sie etwas mit dem Herzen haben. Mitleidig sehe ich sie an, doch sie lächelt nur, wippt mit den Beinen unter den Stuhl und wieder zurück. Plötzlich kommt es mir in den Sinn.

Auch Annie hat hier Termine, scheinbar sogar alle drei Wochen. Sie muss ebenfalls herzkrank sein. Ob ich weiß, worauf ich mich hier einlasse?

Eine halbe Stunde versuche ich mich mittlerweile zu beschäftigen, lese Zeitschriften, die vor drei Wochen schon hier lagen, mustere die Leute, mit denen ich das Wartezimmer teile und hoffe, dass sie jeden Moment um die Ecke kommt. Als eine weitere halbe Stunde vergangen ist, sehe ich die Frau von der Anmeldung auf mich zukommen und ihren Zeigefinger in meine Richtung erheben.

„Sie! Könnte ich Sie wohl einmal kurz sprechen?" Meint sie etwa mich? Ich deute mit der Hand auf meine Brust und lege einen unschuldigen Blick auf, doch sie nickt. Die Kleine neben mir kichert.
Verdammt. Ich habe keine Wahl und begebe mich zu ihr, senke den Blick.

„Haben Sie einen Termin?" Bei dieser Stimmlage würde jeder normale Mensch die Beine in die Hand nehmen und auf der Stelle verschwinden.

„Ich habe nachgesehen und die Patienten durchgezählt. Dabei liegt mir keine Anmeldung über sie vor!" Ihr ungeduldiger Blick sagt mir, dass ich lieber ehrlich sein sollte, wenn ich nicht rausgeschmissen werden wollte. Sie stemmt die Hände in die Hüften und durchbohrt mich mit ihrem Blick.

„Ich warte hier auf jemanden!"

„Ach ja? Auf wen? Das ist doch hier kein Café, in dem man sich verabreden oder gar jemanden aufreißen kann!" Aufreißen? Jetzt übertreibt sie aber wirklich.

„Also bitte, ich störe doch hier niemanden und genug Sitzplätze sind ebenfalls frei. Zur Not stehe ich halt!" Wenn ich annehme, dass sie mich ausreden lässt, habe ich mich gründlich geirrt.

„Sieht das hier vielleicht aus wie eine Bushaltestelle? Sie stören MICH! Wenn Sie also keinen Termin haben oder einen Patienten begleiten, sollten Sie besser gehen!"

„Er begleitet *mich*, Dilia!" Auf der Stelle gleitet mein Kopf in Annies Richtung. Einen besseren Zeitpunkt aufzutauchen hätte sie wirklich nicht wählen können. Sie legt Dilia ihre Hand auf die Schulter und versucht sie mit ihrem liebevollen Blick zu besänftigen. Ihre Gesichtszüge entspannen sich Gott sei Dank. Ich dachte schon, es wäre eingefroren.

Noch einmal streckt sie mir ihren Zeigefinger entgegen, „Glück gehabt, junger Mann!"

Erleichterung macht sich in mir breit und dankbar sehe ich Annie an, die immer noch Dilia hinterherblickt. Sie ist so wunderschön. Als sie bemerkt, dass ich sie beobachte, nehmen ihre Wangen eine rosige Farbe an und sie scheint peinlich berührt zu sein. Das wollte ich nicht, also wendete ich meinen Blick ab, bis sie mich ansah.

„Da hast du aber Glück gehabt, dass du heil davon gekommen bist. Dilia kann ganz schön austeilen", lacht sie und zeigt dabei unbeabsichtigt ihre schönen weißen Zähne. Alles in mir wird warm, ich kann nur hoffen, dieses Lachen in Zukunft noch oft zu hören.

„Danke, dass du mich gerettet hast!", gebe ich mit einem Lächeln zurück und mache eine scherzhafte Ver-

beugung und eine Handbewegung in Richtung Wartezimmer.

„Nach Ihnen, my Lady!"

Annie

Er ist also wirklich gekommen. Ehrlich gesagt habe ich nicht damit gerechnet, dass er Wort hält. Warum sollte er auch? Er hat mich gerade einmal gesehen und wie muss ein Typ drauf sein, ein Mädchen im Wartezimmer der Kardiologie aufzugabeln?

So ganz komme ich nicht dahinter, was er eigentlich von mir will, aber dass er sich mit Dilia angelegt hat, beweist schon einiges. Immerhin hätte er auch einfach gehen können, mal ganz abgesehen davon, dass er noch nicht mal wusste, wann ich hier sein würde.

Wie lange er wohl schon hier gesessen hatte? Das kleine Mädchen ist auch wieder da und kichert wohl über uns beide.

„Kamen dir die drei Wochen genauso lang vor, wie mir?" Ich traue meinen Ohren nicht. Hat er das gerade wirklich gefragt? Er scheint genauso überrascht zu sein wie ich, denn plötzlich ist sein Kopf der, der einer Tomate Konkurrenz machen könnte. Verlegen greift er in seine Tasche, zieht etwas daraus hervor und gibt es mir.

„Hier, für dich. Vielleicht kannst du ja mal ein Portrait von meiner Wenigkeit malen." Mir steht der Mund ein klein wenig offen als ich den Skizzenblock in der Hand halte. Für gewöhnlich zeichne ich auf normalem Papier, da meine Mum meine „Pinselei" nicht so sehr würdigt, wie ich es mir wünschen würde und Skizzenblöcke nicht gerade die günstigsten Blöcke sind. „Dankeschön!", stammele ich nur und blättere zur ersten Seite, um mit meinen Fingern über das weiche Papier zu fahren. Am liebsten würde ich auf der Stelle einen Kohlestift herausholen und anfangen, mich daran zu schaffen zu machen.

„Probiere ihn gern aus!", lacht er mit seiner tiefen Stimme, die alles in mir kribbeln lässt. Gänsehaut macht sich auf meinen Armen breit und fragend sehe ich ihm in seine strahlend blauen Augen.

„Du hast dir auf die Unterlippe gebissen! Ich mache das auch immer, wenn ich kurz davor bin etwas zu tun, was ich jetzt nicht sollte! Also, ich stehe dir zur Verfügung!" Er schiebt die Nase gen Himmel und bewegt seinen Kopf hin und her, als würde er mich seine Schokoladenseite wählen lassen wollen. Ich muss lachen. „Okay, du hast es so gewollt!"

Ich hole den Kohlestift aus meiner Tasche, den ich immer bei mir habe, falls ich etwas Interessantes zu Gesicht bekomme und setze ihn auf das Papier. „Sieh' mich einfach nur an", lächele ich ihm zu und er verzieht seinen Mund zu einer schmalen Linie. Lässig hängt sein Arm über der Stuhllehne. Seine Körperhaltung ist der Wahnsinn. Selten sieht man Leute so grade sitzen. Seine Beine sind leicht geöffnet und seine andere Hand liegt auf seinem Oberschenkel. Ich versuche das Bild einzufangen, welches sich mir gerade bietet und jedes Detail zu betrachten. Seine kurzen, blonden Haare, an deren Styling er nicht allzu viel Zeit zu verschwenden scheint. Seine strahlenden, blauen Augen, um deren Iris sich feine Linien ziehen, die fast wie ein Stern aussehen. Die gerade Nase, das markante Kinn, welches von seinem Dreitagebart verdeckt wird und sein vollkommener Mund.

Mein Herzschlag beschleunigt sich als ich seine Arme zeichne und die Konturen seiner Muskeln erfasse, die sich unter seinem Shirt abzeichnen. Ich beschließe, nur den Oberkörper zu zeichnen, um sein Gesicht besser zur Geltung bringen zu können.

„Miss Parker bitte!" Verdammt. Gleich wäre ich fertig gewesen.

„Tut mir leid, ich muss jetzt zum Untersuchungsmarathon", lächele ich ihn mitleidig an und lege den Block auf meinen Stuhl bevor ich in Richtung der Schwester gehe.

„Ich werde auf dich warten!", ruft er mir noch hinterher und lächelt mich an. Mein Herz klopft wie wild.

„Meine Güte, Annie. Du bist ja heut gar nicht richtig bei dir! Ist alles in Ordnung? Du siehst so blass aus!" Ich nicke. „Entschuldigung!"

Dr. Summers lächelt. „Du sollst dich nicht entschuldigen, du sollst mir erzählen, ob alles in Ordnung ist."

Also begann ich, ihr von Chris zu erzählen.

„Ich habe ihn vor drei Wochen hier kennengelernt. Es war wie … Magie. Hört sich das bescheuert an?" Ich muss selbst über meine Worte lachen aber genau so hat es sich nun mal angefühlt.

„Das hört sich überhaupt nicht bescheuert an, Annie! Ich habe meinen Mann damals kennengelernt durch eine flüchtige Begegnung hier im Krankenhaus und ich sage dir, es war Liebe auf den ersten Blick!"

Sie trägt einen Ehering am Finger. Das war mir noch nie aufgefallen. „Wenn die Liebe einen berührt, sollte man sie nicht wieder loslassen, Annie!" Sie legt ihre Hand auf meine Schulter und nickt. Ich nicke zurück und hoffe, er ist wirklich noch da, wenn ich zurückkomme.

Heute dauerten die Untersuchungen etwas länger als sonst und eine folgte der Nächsten, sodass ich zwischendurch noch nicht einmal einen Blick auf ihn erhaschen konnte. Würde er wirklich so lange warten?

„So Liebes, du hast es geschafft! Ich stelle dir noch neue Rezepte aus für deine Medikamente und dann kannst du gehen. Nimm doch noch so lange bei deinem jungen Verehrer Platz und wir sehen uns dann in drei Wochen wieder hier! Termine hast du noch?" Ich nicke und reiche Dr. Summers die Hand.

„Bis in drei Wochen dann!"

Ich staune nicht schlecht als Chris wahrhaftig noch immer dasitzt.

„Du kannst wirklich wahnsinnig gut zeichnen Annie!" Völlig begeistert deutet er auf die Skizze in seiner Hand.

„Hast du das mal jemandem gezeigt? Jemandem, der Ahnung hat?" Ich schüttele den Kopf.

„Es ist ein Hobby, nichts weiter!" Er klopft mit seiner Hand auf meinen Stuhl und ich setze mich erneut.

„Aber genug von mir. Was ist mit dir? Was machst du am liebsten wenn du nicht gerade herzkranken Mädchen im Krankenhaus auflauerst?" Er steckt mir die Zunge raus und ich muss lachen. Verlegen fährt er mit der Hand durch sein Haar, was mich nur noch neugieriger macht.

„Ach, nichts Besonderes. Was Jungs eben so tun. Ich spiele Fußball in einem Verein hier in der Stadt. Und ich fotografiere gern."

„Du fotografierst gern? Was denn so?" Er lächelt verschmitzt und ich beäuge ihn erwartungsvoll. „Portraits!" Er lacht und ich kann gerade nicht zuordnen, ob es ernst gemeint oder ein Witz sein soll.

„Ich liebe es genau wie du, Momente der Menschen einzufangen, die etwas Besonderes sind." Er beugt sich nach vorn und kommt meinem Ohr verboten nahe.

„Diesen Augenblick hier würde ich jetzt auch zu gern einfangen", flüstert er und spüre eine aufsteigende

Hitze in mir. Meine Wangen glühen, als ich seinen warmen Atem in meinem Nacken spüre. Alles um mich herum verschwimmt. Er riecht so unglaublich gut und ich muss mich zügeln, seinem Hals nicht noch etwas näher zu kommen. Verdammt, was ist nur los mit mir? So kenne ich mich überhaupt nicht.

Ich bringe wieder etwas Abstand zwischen ihm und mir, indem ich mich wieder nach hinten lehne und atme tief durch.

„Mister Bentley und Miss Parker bitte einmal zu mir!" Au weia, Dilia klingt nicht gerade erfreut aber sie hat sicher mein Rezept fertig. Aber was will sie von Chris? Wir blicken uns beide verdutzt an, bevor wir unsere Sachen nehmen und zur Anmeldung gehen, wo Dilia schon mit wütendem Gesichtsausdruck auf uns wartet. „Hier ist dein Rezept Annie, ich habe dich schon zweimal gerufen!"

„Wirklich? Entschuldige, das habe ich nicht mitbekommen", gebe ich zurück und lege meinen Hundeblick auf. Der zieht immer!

„Und wenn du und Mister Bentley hier fertig seid, würde ich euch nahelegen aus dem Wartebereich und am besten auch aus dem Krankenhaus zu verschwinden! Sucht euch gefälligst ein Café, wie alle anderen Jugendlichen auch!" Sie kräuselt die Lippen und verschränkt die Arme vor der Brust wie ein bockiges Kleinkind. Ich lache in mich hinein und auch Chris muss kurz vor einem Ausbruch stehen, also zupfe ich an seinem Ärmel und wir gehen zusammen den Flur entlang bis zum Ausgang.

„Sie scheint mich nicht sonderlich zu mögen!" Chris prustet los und auch ich kann nicht mehr länger an mich halten. Die Passanten gehen kopfschüttelnd an uns vorbei. Muss ja auch ein tolles Bild abgeben. Langsam kommen wir wieder zur Besinnung und sehen uns eine Weile an. Keiner von uns beiden weiß so Recht, was er sagen soll und ich müsste eigentlich nach Hause zum Mittagessen.

„Es war schön, dass du wiedergekommen bist", und dass meine ich wirklich so. Zum ersten Mal seit Ewigkeiten saß ich nicht allein im Wartezimmer, sondern hatte Gesellschaft. Jemanden, mit dem ich mich unterhalten konnte und der mich abgelenkt hat. Dazu noch ein Junge. Wer hätte das für möglich gehalten und nun stehe ich hier und hoffe, dass es nicht das letzte Mal gewesen ist, dass wir uns gesehen haben.

„Hast du vielleicht Lust auf Mittagessen? Jetzt? Mit mir? Ich meine, es ist Mittagszeit!" Er zieht die Schultern hoch und zeigt auf seine Uhr. Das würde ich wirklich so gern aber Mum, ach Scheiß drauf.

„Ich muss nur mal kurz telefonieren", sage ich, hole mein Handy aus der Tasche und wähle die Nummer von zu Haus. „Mum? Ich bin's!"

„Ist alles in Ordnung Annie? Warum flüsterst du?" Meine Güte, ja warum flüstere ich eigentlich? „Ich werde heute zum Mittag nicht nach Hause kommen!

Ich gehe mit einem Freund essen!"

„Mit einem Freund? Was für ein Freund Annie?" Dafür habe ich jetzt wirklich keine Zeit.

„Erklär ich dir später! Bis dann, Mum!" Sicher kann ich mir später erstmal eine Standpauke anhören, warum ich einfach aufgelegt habe aber im Moment war ich mit Leib und Seele einfach nur hier, bei Chris.

„Können wir?" Ich nicke und trotte ihm hinterher bis zu einem nicht weit entfernten Diner, welches ich noch nie wirklich für voll genommen habe. Wahrscheinlich deswegen, weil ich sowieso nie Fastfood auf meinem Speiseplan habe. Chris bemerkt meinen skeptischen Blick. „Sie haben auch wunderbaren Salat mit Hähnchenstreifen oder Gemüseaufläufe. Ich bin sicher, es wird dir gefallen." Ich vertraue ihm, obwohl ich ihn noch nicht sehr lange kenne. Ein eigenartiges Gefühl.

Chris

Unglaublich, dass sie mitgekommen ist. Jetzt darf ich es nur nicht vermasseln. Ihr skeptischer Blick blieb mir natürlich nicht verborgen, als sie auf das Schild von „Lucys Diner" schaute, aber aus Erfahrung weiß ich, dass hier einfach alles schmeckt, ob es nun die Burger sind oder aber die Salate und Aufläufe. Sonst hätte ich sie sicher nicht hierher geschleppt.

Früher war ich immer mit Ben hier, meinem Bruder. Er ist sechsundzwanzig und damit drei Jahre älter als ich. Seit er jedoch wegen seiner neuen Stelle umgezogen ist, pflege ich es, hier allein zu essen.

Umso schöner, dass ich Annie einmal hierher ausführen kann. Naja ausführen, das ist ja kein Date! Aber was nicht ist, kann ja noch werden. Ich führe sie zu unserem Stammtisch und beobachte sie, wie sie neugierig die mit Blechschildern behangenen Wände anschaut bevor ihr Blick an dem Portrait von James Dean hängenbleibt.

„Da hinten ist noch eines von Elvis!"

„Die sind echt toll! Ich habe den Laden noch nie wahrgenommen." Wir setzen uns auf die roten Polster und sofort nimmt sie sich eine Karte und studiert diese.

„Machst du das öfter?" Ich bin ein wenig irritiert von ihrer Frage und blicke sie nur an.

„Nimmst du öfter Mädchen mit hierher?" Ich kann nicht anders als zu lachen.

„Ich war früher oft mit meinem Bruder hier innerhalb der Woche. Wir haben uns hier zum Mittag getroffen und uns unterhalten, da wir außerhalb unseres Berufslebens kaum Zeit dafür hatten!"

„Hatten?"

„Er ist weggezogen, weil er eine neue Arbeit gefunden hat", versuche ich zu erklären und Annie nickt bestätigend.

„Vermisst du ihn?" Ich nicke.

„Ich habe auch eine Schwester. Wir sehen uns nicht besonders häufig, aber schreiben fast jeden Tag. Sie wollte zum Jurastudium nach Spencer. Ich vermisse sie auch sehr!"

„Naja, vielleicht können wir uns stattdessen öfter hier treffen, was meinst du?" Sie lächelt und diese wunderhübschen Grübchen bilden sich um ihre Mundwinkel.

„Vielleicht", gibt sie zurück und ich verliere mich in ihrem Blick.

„Was darf ich ihnen bringen?" Wo kommt sie denn so plötzlich her?

„Ich nehme den Broccoli-Auflauf und ein Wasser, Dankeschön." Super, ich hatte noch nicht mal in die verdammte Karte geschaut.

„Dasselbe bitte!"

„Okay. Du spielst Fußball, du fotografierst und du hast einen Bruder, der weiter weg wohnt. Aber es gibt sicher noch mehr über dich zu erfahren, nicht wahr? Was machst du beruflich und wo wohnst du überhaupt? Was machen deine Eltern?"

Wow, jetzt will sie es aber wissen. Große Lust habe ich ja nicht, über meine Familienverhältnisse zu plaudern aber nun gut.

„Ich studiere Medizin. Mein erstes Staatsexamen steht kurz bevor und ich habe eine kleine Wohnung in der Nähe des Campus." Annie scheint geschockt, denn ihre Augen haben sich soeben mindestens auf das Doppelte vergrößert.

„Du willst Arzt werden? Was für einer? Ich meine welcher Arzt? Welche Richtung?"

„Chirurg. Herzchirurg", gebe ich zur Antwort. Doch das ist eindeutig nicht das, was sie hören wollte. Sie lehnt sich zurück und für einen Bruchteil herrscht Stille zwischen uns.

„Herzchirurg. Ich hoffe du warst nicht im Krankenhaus, um an irgendwelche schrägen Informationen über uns Herzkaputte zu kommen!" Okay, an diese Richtung habe ich nun wirklich noch nicht gedacht.

„Annie, das ist doch Blödsinn. Ich hatte nur ein Gespräch mit der Oberärztin, nichts weiter." Sie nickt, Gott sei Dank.

„Okay. Was ist jetzt also mit deiner Familie? Was machen deine Eltern?" Plötzlich steckt ein Kloß in meinem Hals. Ich habe schon lange nicht mehr über meine Mutter gesprochen.

„Mein Dad hat eine Firma hier in der Stadt."

„Etwa die Bentley Cooperation?" Ich nicke.

„Wow, dann ist er ja ein richtig hohes Tier! Und du wolltest nicht in die Firma einsteigen?" Wie kommt sie nur darauf? Allmählich habe ich das Gefühl, sie würde mich zu jeder Zeit durchschauen.

„Ich wollte Arzt werden, schon immer!" Sie nickt zustimmend.

„Das hat ihm bestimmt nicht gepasst oder?" Schon wieder Bingo. „Wie kommst du darauf?"

„Mein Dad wäre genauso, wenn ich nicht ... naja du weißt schon ... herzkrank wäre." So genau weiß ich es eigentlich nicht aber es wäre nicht taktvoll, sie danach zu fragen.

„Und deine Mum?" Ich muss schlucken.

„Sie ist vor etwa einem Jahr gestorben." Mein Blick senkt sich. Annie greift sofort nach meiner Hand und wieder spüre ich diese unglaubliche Wärme in mir, als sie mich berührt.

„Das tut mir leid."

„Das muss es nicht. Es ist, wie es ist. Jedenfalls habe ich seitdem beschlossen, die Richtung des Herzchirurgen einzuschlagen, was meinem Vater natürlich noch weniger gefällt als meine eigentliche Berufswahl. Ich arbeite jedoch in der Firma. Sehe ihn also so ziemlich jeden Tag. Es ist nicht ganz einfach, aber ich bemühe mich."

„So die Herrschaften. Ihr Dinner ist gerichtet!" Mit diesen Worten stellt die Kellnerin unser Essen auf den Tisch. Annie scheint es zu schmecken, denn hin und wieder lässt sie ein „Mmh" und „Lecker" vom Stapel fallen und ich muss sagen, kein XXL Burger ist auch mal ganz lecker.

„Ich muss langsam gehen", lächelt Annie mir nach dem Essen zu, „es war schön und furchtbar lecker! Vielleicht können wir das in drei Wochen wiederholen?" *Drei Wochen? Noch einmal drei Wochen warten? Auf keinen Fall, Chris! Jetzt oder nie*!

„Drei Wochen sind mir ehrlich gesagt zu lang, Annie!" Ich nehme ihre Hand und muss schmunzeln über die Röte ihrer Wangen. Ich will sie nicht in Verlegenheit bringen, aber ich will sie um jeden Preis wiedersehen und zwar nicht erst in drei Wochen.

„Was hältst du von einem Date? Samstag vielleicht. Hast du da etwas vor?" Ihr Mund öffnet sich leicht und sie sieht ziemlich verwundert aus. Gott, bitte sag doch etwas!

„Ein Date? Bist du dir sicher?" *Ob ich mir sicher bin? Ist das ihr Ernst?*

„Natürlich bin ich mir sicher! Ich will dich besser kennenlernen, Annie!"

„Okay, Samstag also!" Sie wirkt verunsichert.

„Super! Ich hol dich dann so gegen neunzehn Uhr ab!

Darfst du Popcorn essen?" Mir fällt gerade keine bessere Frage ein, die Stimmung zu lockern.

„Ich denke schon!", gibt sie stirnrunzelnd zurück, bevor sie mir Nummer und Adresse auf eine Serviette schreibt und mir in die Hand drückt.

„Okay. Dann Samstag neunzehn Uhr."

„Neunzehn Uhr. Alles klar!" Ich helfe ihr in ihre Jacke und halte die Tür auf, bevor sich unsere Wege vor dem Diner wieder trennen.

Mein Gott, war das gerade wirklich passiert? Ein Date, am Samstag. Schnell suchte ich nach meinem Handy und wählte die Nummer meines Bruders.

„Was ist los, Alter?"

„Ben? Ich habe ein Date!" Lächelnd ging ich den Weg zur U-Bahn und erzählte meinem Bruder von den Ereignissen der letzten drei Wochen.

„Du bist verrückt Chris!"

Annie

Ich habe ein Date. Ein richtiges Date! Mit einem Jungen. Was habe ich mir da nur wieder eingebrockt? Ich bin verrückt! Reif für die Klappsmühle! Man sollte mich in eine Zwangsjacke stecken und in eine Gummizelle sperren.

Seit einer Stunde stehe ich nun bereits vor dem Kleiderschrank und habe nicht die geringste Ahnung, was ich anziehen soll und was ich mir nur dabei gedacht habe. Ein Herzchirurg und eine Herzkranke. Passt doch super! Selten so gelacht.

Zum fünfzigsten Mal klopfe ich mir mit meiner flachen Hand gegen den Schädel und laufe dabei im Zimmer auf und ab. Meine Mutter habe ich schon rausgeschmissen und Becki eine halbe Stunde lang am Telefon die Ohren vollgejault, dass dies ein schlimmer Fehler ist und ich doch nicht wirklich mit ihm ausgehen kann. Becki meinte, ich wäre verrückt und solle genießen, dass ein süßer Junge sich überhaupt in meine Nähe wagt. Süß, das trifft es genau.

Er ist so unglaublich süß. Mein Magen rebelliert. Schon den ganzen Tag habe ich so ein mulmiges Gefühl im Bauch, als müsste ich jeden Moment zur Toilette rennen. Mutter sagt, dass ist die Aufregung. Na toll, wer braucht die schon und überhaupt bin ich nicht aufgeregt. Warum sollte ich auch.

Ich stemme meine Hände in die Hüften und blicke zum hundertsten Mal in meinen Kleiderschrank, bevor ich meine schwarze Jeans und meine blaue Bluse aus dem Schrank fische. Meine schwarzen Chucks dazu, perfekt. Das ist doch ein Outfit, in dem man sich wohlfühlt. Zufrieden schließe ich endlich die Schwebetür des Schrankes und sehe zu, dass ich fertig werde. Es ist bereits viertel vor Sieben und Chris ist sicher schon auf dem Weg hierher.

Zum Kino ist es nicht weit und der Abend noch warm, sodass man gut zu Fuß gehen könnte. Ich liebe es, zu Fuß zu gehen. Gerade an genau solchen Abenden. Ich stehe vorm Spiegel und versuche irgendwas aus meinen Haaren zu machen, bevor ich sie doch wieder einfach nur an mir herunterhängen lasse.

Wie immer. Noch ein Lidstrich hier, Wimperntusche da und Voila. Ich hoffe, so nimmt er mich mit. Kaum gedacht, höre ich bereits die Klingel läuten und mein Herz macht schon wieder einen Satz. Schnell laufe ich zum Fenster und schaue, ob ich auch richtig gekleidet bin. Er sieht wieder so gut aus und ist ebenso leger gekleidet wie ich. Weißes Poloshirt, blaue Jeans und Chucks, also eine gemeinsame Vorliebe haben wir schon mal. Meine Mum hat ihn reingelassen und nun heißt es schnellstens nach unten laufen, bevor sie ihm irgendwelche peinlichen Fragen stellen kann.

„Annie, sieh mal wer da ist. Ist das der junge Mann, der dich heute ausführen wird?" Mein Gott, meine Mutter. Also wirklich.

„Genau Mum, das ist *Chris!* Ich habe dir von ihm erzählt!" Meine Wangen glühen.

„Natürlich mein Schatz! Ich wünsche euch ganz viel Spaß!", sagt sie mit einem seltsamen Unterton und kann es sich nicht verkneifen, mir einen Kuss auf die Wange zu drücken, woraufhin ich ihr einen leicht verstörten Blick zuwerfe. Bin ich drei oder was?

Mütter benehmen sich manchmal wirklich seltsam. Ich hoffe, das legt sich irgendwann im Alter. Nun endlich, da wir es aus der Wohnung geschafft haben, werfe ich einen Blick auf mein *Date.* Kann jemand so viel Glück haben?

„Hi", sage ich zur Begrüßung und lächle ihn etwas verlegen an. Das da drinnen war mir schon etwas peinlich. „Sorry für meine Mum! Sie ist manchmal etwas...".

„Überbesorgt?", grinst er zurück, „Ich denke, dass wäre jede Mutter, wenn ein fremder Junge ihre Tochter zu einem Date abholt!" Hm, so gesehen könnte er Recht haben.

„Und hallo erstmal!" Seine Hand berührt meinen Rücken und zieht mich ein Stück näher an sich heran, damit er mir einen zarten Kuss auf die Wange geben kann. Schmetterlinge. Überall Schmetterlinge. Ich kann nicht anders, als die Stelle mit meinen Fingern nachzufahren, auf der seine Lippen gerade gewesen sind. Sein Aftershave hängt mir noch immer in der Nase und sorgt für ein Wohlbefinden, dass ich gerne öfter spüren würde. Der Abend ist immer noch warm und die Sonne kitzelt auf meiner Haut, während wir den mir wohlbekannten Weg zum Kino gehen.

„Ich habe dich gar nicht gefragt, ob du überhaupt gern ins Kino gehst", wirft er plötzlich nachdenklich ein und schaut mich fragend an.

„Du hattest gefragt, ob ich gern Popcorn esse, das ist dasselbe, wenn du mich fragst!" Er lächelt zufrieden und ich könnte schwören, dass sich kurz unsere Hände berührt haben, bevor er seine in die Hosentasche gesteckt hat.

„Welchen Film wollen wir uns ansehen? Magst du gerne eine bestimmte Richtung?"

„Ich mag eigentlich alles", gebe ich zur Antwort.

„Was hältst du von einer Komödie oder Fantasy?"

Ich nicke. „Beides gut!"

Ich lüge wirklich nicht, wenn ich sage, dass ich noch nie so einen mega Popcornbecher in der Hand hatte. Schon als ich ihn gesehen habe, habe ich meine Bestellung bereut und inständig gehofft, er würde genauso gern Popcorn essen, wie ich. Aber weit gefehlt. Er ist einer von der Nacho- mit-Käsesoße-Fraktion und ich habe beim besten Willen keine Ahnung, wie ich dieses monströse Teil halten soll, damit ich etwas vom Film sehen kann. Ein zweiter Sitz wäre nicht schlecht doch zu meinem Glück sitzen links sowie rechts neben uns auch welche. Also bleibt mir nichts Anderes übrig, als ihn irgendwann zwischen meine Beine auf den Boden zu stellen, wenn ich nicht mehr kann.

Das Licht geht aus, der Film fängt an und nach zwanzig Minuten Werbung gebe ich vor, zum Film zu schauen, wobei mein Blick immer wieder heimlich zu Chris wandert, der wie gebannt auf die Leinwand sieht. Als er merkt, dass ich ihn beobachte, richte ich meinen Blick schnell wieder nach vorn und bekomme gar nicht mit, wie er seinen Arm um mich legt, erst als ich seine Hand auf meiner Schulter spüre und es mich wie ein Blitz durchfährt.

Unweigerlich muss ich in mich hineingrinsen und mich durchfährt ein Glücksgefühl, dass ich so noch nicht erlebt habe. Solange seine Hand dort verweilt, traue ich kaum, mich zu bewegen und kann dem Film nicht wirklich mehr folgen. Er deutet auf seine Nachos und ich nehme mir einen, tauche ihn in die Käsesoße und schiebe ihn mir genüsslich in den Mund. Ich nicke ihm zu, diese Dinger sind echt richtig lecker. Ich glaube, ich werde mich in Zukunft etwas von meiner Popcornsucht lösen.

„Du hast da was!" Er deutet mit dem Zeigefinger auf meinen Mund, ich überlege, doch Servietten hatte ich schlauerweise nicht mitgenommen. Seine Hand berührt meine Wange und zieht mich fordernd an sich. Ich spüre seinen Atem bereits auf meinen Lippen und kann kaum mehr klar denken. Gleich passiert es. Mein erster richtiger Kuss. *Oh Gott, bitte lass es mich nicht versauen! Ich tue alles, wirklich alles, wenn du...* Gerade als ich meine Augen schließen will entleert sich mein mega Popcornbecher unter leisem Ra-scheln über seine Füße. Verdammt nochmal! Das darf doch nicht wahr sein. *Danke Gott! Echt! Danke!*

Beim gemeinsamen Versuch, das Popcorn wieder in den Eimer zu scheffeln, stoßen unsere Köpfe anein-ander und ich reibe mir die schmerzende Stelle bevor ich in lautes Gelächter ausbreche- wahrscheinlich aus Verzweiflung. Wie dumm kann man sich eigentlich anstellen bei einem Date? Nun, ich bin der lebende Beweis, dass es immer noch dümmer geht.

Ich bin wirklich erleichtert, als der Film zu Ende ist und wir endlich wieder an die frische Luft können.

„Möchtest du noch etwas essen gehen? Dein Pop-corn kann dich ja nicht sonderlich satt gemacht ha-ben", grinst er und fährt sich durch die Haare. Ich stoße ihm meinen Ellbogen in die Rippen und muss ebenfalls lachen. „Gerne!"

Heute haben wir uns für den Italiener entschieden. Hier an der Promenade sind Restaurants wie Sand am Meer. Man muss sich schon ein wenig auskennen, wenn man für nicht allzu viel Geld etwas Schmackhaftes bekommen will.

Früher war ich oft mit Becki hier und hin und wieder mit meinen Eltern, wenn es was zu feiern gab. Nie hätte ich gedacht, dass ich hier mal mit einem Jungen ein Date haben würde, aber es gefällt mir, Chris ein wenig an meinem Leben teilhaben zu lassen.

„Es ist nett hier!" Diesmal ist er derjenige, der sich umschaut und die Speisekarte studiert.

„Ich kann die Pasta hier sehr empfehlen. Becki und ich haben schon sämtliche Gerichte hier durch und der Pasta kann bei weitem nichts das Wasser reichen." Ich kneife bestätigend ein Auge zu.

„Alles klar, dann will ich deiner fachkundigen Meinung nicht widersprechen", witzelt er und hebt die Hand für die Bedienung.

„Dieses Mal bist du dran!" Er zeigt auf mich und verschränkt seine Finger ineinander, um seine Hände anschließend auf dem Tisch niederzulassen.

„Ich? Womit?"

„Das letzte Mal habe ich dir so ziemlich alles über mich erzählt. Jetzt bist du dran! Ich würde gerne mehr über dich erfahren." Meine Güte, über mich? So viel gibt es ja da nun wirklich nicht zu sagen.

„Da gibt es eigentlich nicht viel!", versuche ich mich zu drücken, doch natürlich nimmt Mister Bentley das nicht einfach so hin. „Also gut, wo fange ich an, hm. Meine Mum. Meine Mum hat einen Teilzeitjob hier in der Grundschule. Sie hat Lehramt studiert und unterrichtet vormittags Erdkunde und Geschichte. Ätzend, ich weiß. Meinen Vater bekomme ich eigentlich kaum zu Gesicht. Ihm gehören verschiedene Autowerkstätten in einigen angrenzenden Städten. Er liebt diese Arbeit und hin und wieder geht er seiner Leidenschaft noch selbst nach und schraubt vorwiegend an solchen alten Karren rum. Von meiner Schwester Becki habe ich dir ja letztes Mal schon erzählt. Ich bin immer ganz aus dem Häuschen, wenn sie nach Hause zu Besuch kommt. Ich vermisse sie schon sehr", sage ich etwas schwermütig und nehme einen Schluck von meinem Wasser.

„Und was ist mit dir?", fragt er neugierig.

„Was soll mit mir sein?", gebe ich unsicher zurück.

„Hast du keine Ziele, Träume? Was machst du so den ganzen Tag?" Wow. Auf einmal komme ich mir ziemlich armselig vor. Er studiert Medizin, spielt Fußball und fotografiert, ich kann kaum etwas Interessantes hervorbringen.

„Naja, durch meine Krankheit kann ich nicht wirklich viel machen. Seit ich die Schule beendet habe, sieht jeder Tag für mich im Grunde gleich aus. Ich zeichne, ich lese, höre Musik. Male mir eine Zukunft aus, die es wahrscheinlich eh nie für mich geben wird. Ziemlich armselig, nicht wahr?"

„Ach so ein Quatsch! Das ist doch nicht armselig. Wie lange lebst du schon damit?" Irgendwie ist es mir unangenehm darüber zu reden, erst recht mit ihm. Auf der anderen Seite hat er das Recht zu wissen, worauf er sich mit mir einlassen würde, nicht wahr?

Also erzähle ich ihm, wie alles angefangen hat und welche Zukunft mich erwartet, sollte sich mein Zustand einmal verschlechtern.

„Neun Jahre warst du gerade mal? Das ist ja furchtbar!"

„Man gewöhnt sich an alles!" Ich grinse, doch an seinem Blick erkenne ich, dass er mir dieses Grinsen nicht abnimmt. „Es ist, wie es ist. Ich kann es nicht ändern. Ich kann nur hoffen!"

„Die Pasta war wirklich der Wahnsinn! Vielleicht können wir das bald wiederholen? Sehr bald?"

Der Abend ist immer noch mild und der Himmel wird von einer leichten Röte durchzogen, genau dort, wo die Sonne vorhin untergegangen ist. „Sehr gern!" Ich kann kaum glauben, dass er wirklich weiter mit mir ausgehen möchte, nach allem, was er heute über mich erfahren hat. „Was hältst du von Mittwoch?"

„Mittwoch?", frage ich ungläubig. Was kann man schon an einem Mittwoch machen? Ich bin neugierig. Er nickt. „Ich hole dich mit dem Auto ab gegen siebzehn Uhr, wenn das okay ist?"

„Und was werden wir machen?" Er lacht.

„Lass dich überraschen!" Er hat ja keine Ahnung, wie schwer mir das fällt. Das Licht der Veranda geht an, sobald wir auf die Stufen treten.

„Annie?" Ich drehe mich um und lehne mich an den Balken vom Geländer während er auf mich zukommt.

„Ja, Chris?"

„Ich mag dich sehr, weißt du? Ich habe den Abend mit dir sehr genossen und ich hoffe, dass du mich nicht morgen anrufst und abservierst." Ich schlucke und schüttele den Kopf, fühle mich wie ein schüchternes kleines Mädchen, als er meinem Gesicht immer näher kommt und seine Hand an den Balken stützt.

Sein Blick bleibt an meinen Lippen haften und ich weiß nur zu gut, dass er nun nachholen möchte, was ich vorhin verpatzt habe. Ich schließe meine Augen, alles verschwimmt und kommt mir vor, wie in Zeitlupe als seine weichen Lippen endlich die meinen berühren. Er nimmt mein Gesicht in seine Hände, fordert meine Zunge heraus und ich verschmelze mit seinem Mund. Alles ist egal.

Scheiß auf Popcorn. Scheiß auf Pasta. Scheiß auf mein Herz. Scheiß auf alles. Ich wünschte, wir könnten das ewig tun. Chris Bentley, ich bin gerade dabei, mich in dich zu verlieben!

Chris

Fuck, ihre Lippen sind so unfassbar weich und diese doofen Schmetterlinge hören einfach nicht auf in meinem Bauch zu rumoren. Am liebsten würde ich sie immer küssen, alles andere ausblenden.

Scheiß auf die Welt! Nur sie und ich - für immer. Noch nie habe ich mich so gefühlt, sicher hatte ich schon andere Mädchen, aber das hier ist damit nicht zu vergleichen. Noch nicht mal ansatzweise. Ich möchte sie nie wieder loslassen. Niemals und muss es doch tun. Bis Mittwoch. Vier schlicht unendliche Tage, die ich wieder keinen klaren Gedanken fassen kann. Vier Tage, in denen die Sehnsucht mich auffrisst.

Ich lehne meine Stirn an ihre, genieße noch den süßen Nachgeschmack unseres ersten Kusses bevor ich ihr einen auf die Stirn drücke. „Bis Mittwoch! Ich kann es kaum erwarten!" Sie blickt mir genau in die Augen. Ihr Lächeln ist strahlender, als ich es je bei einem Mädchen gesehen habe. Mein Herz stolpert über die Freude, die ich empfinde. Dieses unsagbare Glück, das mich gerade durchflutet und mir einen unbändigen Energieschub verpasst.

Noch einmal drehe ich mich um, bevor ich gehe und lächele sie an. Diesen Abend werde ich sicher nicht so schnell vergessen.

Das Examen müsste eigentlich meine gesamte Aufmerksamkeit bekommen, doch in diesen Tagen fällt es mir wirklich schwer, mich darauf zu konzentrieren. Selbst in meines Vaters Firma bin ich nicht wirklich zu gebrauchen.

„Junge, ist alles in Ordnung mit dir?" Überrascht bin ich schon etwas, dass ihm überhaupt eine Veränderung an mir auffällt, schert er sich doch seit Mutters Tod um nichts und niemanden mehr.

„Es ist alles in Ordnung!", versichere ich ihm, da er eigentlich der letzte Mensch ist, mit dem ich über meine Gefühle sprechen will. Immerhin lässt er schon lange keine mehr zu.

„Ich weiß, ich bin im letzten Jahr nicht immer für dich dagewesen, aber du kannst mit mir reden, über alles." Ich glaube, ich habe mich gerade verhört. „Woher der Sinneswandel?", gebe ich unbeteiligt zurück und blicke weiterhin auf den Monitor vor mir.

„Ich sehe dich in letzter Zeit kaum noch und wenn, dann ist es nur hier in der Firma und sonst nicht. Du wechselst kaum mehr als drei Worte mit mir. Ich habe verstanden, hörst du? Es tut mir leid. Also wenn du mir etwas sagen möchtest..."

„Ich habe jemanden kennengelernt. Ein Mädchen. Ich mag sie sehr gern. Das ist alles."

„Das ist alles? Ein Mädchen also. Das erklärt einiges." Er streicht sich durch die Haare und blickt auf meine letzte Kalkulation.

„Wie meinst du das?"

„Deine Kalkulation von der Drylerfirma war fehlerhaft!"

„Darum geht es dir also? Das ganze Geschwafel eben von wegen nicht für mich dagewesen, dass alles nur wegen der Kalkulation?" Mein Blut kocht und meine Hand ballt sich zur Faust. Eben noch hatte ich ein wenig Hoffnung meinen Vater zurückzubekommen aber das schlägt mal wieder dem Fass den Boden aus.

„Nein, ich... Das hast du völlig falsch verstanden!", versucht er sich aus der Affäre zu ziehen.

„Ich habe *genau* verstanden!", gebe ich zurück und sehe zu, dass ich hier wegkomme.

Immer öfter denke ich darüber nach, mir einen neuen Job zu suchen. Warum soll ich mir das noch länger antun? Der einzige Grund ist, ihn sehen zu können aber was bringt das schon, wenn man doch immer wieder vor den Kopf gestoßen wird.

Zu Hause angekommen, schlage ich sofort die Zeitung auf und blättere zu den Stellenangeboten. Im Moment ist dort nichts Gescheites zu holen fürchte ich. Mist. Naja, eine Weile wird es wohl noch gehen müssen.

Mittwoch. Endlich ist es soweit. Heute bekommt diese Frau ein Date der ganz besonderen Art. Wer kann schon behaupten, dass er schon mal auf einem Fußballplatz gepicknickt hätte? Ich kann nur hoffen, dass ich damit ihren Geschmack treffen werde, immerhin kann die Sache auch ganz schön nach hinten losgehen. Fußball ist nicht jedermanns Sache aber darum geht es auch nicht.

Auf dem Weg zu ihr fahre ich am Stadion vorbei und bereite alles vor. Die Decke, der Korb, Geschirr, Getränke, meine Kamera nicht zu vergessen. Heute muss ich auf jeden Fall eines ihrer bezaubernden Lächeln einfangen. Fertig.

Ich bin aufgeregt, nicht zuletzt deswegen, weil ich mich seit dem Kuss nicht mehr bei ihr gemeldet habe, aber ich hatte einfach zu viel um die Ohren in den letzten Tagen. Umso mehr freue ich mich auf den heutigen Abend mit ihr.

Heute habe ich mich in Schale geworfen. Eine schwarze Stoffhose, ein weißes Hemd, ja sogar eine Krawatte um den Hals. Ich will sie vom Hocker hauen.

Wie letztens schon schaut sie aus ihrem Fenster und wartet auf mich. Zu gern würde ich wissen, wie ihr Zimmer aussieht, was für ein Typ Mädchen sie ist. Vielleicht werde ich es irgendwann herausfinden.

Mein Herz schlägt mir bis zum Hals, doch ich lasse es mir nicht anmerken als ich zur Tür gehe und meinen Finger auf die Klingel drücke. Ruckartig geht sie auf und Annies Mutter fällt die Kinnlade runter, während sie mich von oben bis unten mustert. Gott sei Dank sehe ich schon Annie auf der Treppe runterkommen, denn so Recht wohl fühle ich mich gerade nicht.

„Guten Abend, Misses Parker!" Wollen wir mal die Höflichkeit nicht vergessen.

„N...Nabend Chris!" Als sie sich aus ihrer Starre gelöst hat, reicht sie mir die Hand und sieht ungläubig auf ihre Tochter, die nun ebenfalls im Türrahmen steht und meine volle Aufmerksamkeit hat.

Mein Gott, ich kann kaum den Blick von ihr abwenden. Dieses Kleid wird mich heute noch um den Verstand bringen. Es ist weiß mit Spitze, die ihren Nacken und ihre Arme ziert. Ihre schmale Figur wird noch einmal mehr betont und zeichnet ihre weiblichen Konturen ab. Wunderschön wäre wohl der passende Ausdruck für diesen Anblick. Ich bin hin und weg und stehe genauso gebannt da, wie Annies Mutter eben, als sie mir die Tür öffnete.

„Hey Chris! Können wir?" Sie sucht nach meinem Blick und ich löse mich aus meiner Trance.

„Sicher", ist das Einzige, was ich hervorbringe und strecke ihr meine Hand entgegen, die sie sogleich ergreift. „Bis später Mum!", entgegnet sie und drückt ihrer Mutter einen Kuss auf die Wange, die uns noch hinterhersieht, bis wir im Auto sitzen.

„Du siehst wunderschön aus!", flüstere ich ihr ins Ohr und hauche ihr einen Kuss auf die Schläfe, woraufhin sie meine Hand noch fester drückt. Ihre Mutter beobachtet uns noch immer, also stecke ich den Schlüssel ins Zündschloss und fahre los. „Wo fahren wir hin?"

„Du wirst schon sehen!" Sie ist neugierig. Das gefällt mir. Sie dreht das Fenster runter und legt ihren Kopf auf ihre Hände, sodass der Wind durch den Ansatz ihrer Haare fährt. So gern hätte ich jetzt die Kamera gezückt und diesen Moment festgehalten.

„Es ist so schön heute", schwärmt sie und hält die Hand aus dem Fenster, um den Wind zu spüren. Sie ist einfach unglaublich. Als wir uns dem Ziel nähern, werde ich langsamer und gespannt blickt sie nach vorn aus dem Fenster, doch ihrem Gesichtsausdruck nach zu urteilen hat sie keinen Schimmer, wo wir sind. Woher auch.

„Nein. Ernsthaft?" Sie schaut auf die schwarze Augenbinde in meiner Hand.

„Wenn schon, denn schon!", gebe ich zurück und deute ihr, sich umzudrehen, damit ich ihr die Augen verbinden kann. „Siehst du noch was?" Sie schüttelt den Kopf. „Nichts!" Sehr gut.

Ich gehe auf die andere Seite der Tür und öffne sie, nehme ihre Hand und führe sie aus dem Auto auf den Fußballplatz. Sie wird stutzig, als sie anderen Boden unter ihren Schuhen wahrnimmt und streift sich ihre Ballerina von den Füßen, um den Untergrund zu spüren. „Gras", stellt sie fest und ihre Lippen verziehen sich zu einem unwiderstehlichen Lächeln.

Ich ziehe sie zu mir heran, streiche ihr die Haare aus dem Gesicht und lege meine Lippen auf ihre. Wieder dreht sich alles um uns herum. Ich könnte schwören, ihren Herzschlag zu hören oder ist es meiner? Tausend kleine Ameisen krabbeln über meinen Körper, ich fühle mich glücklich. Sie legt ihre Hand in meinen Nacken und zieht mich ein Stück näher an sich heran.

Wir verschmelzen und es fällt schwer, sich daraus zu lösen. Mit der Zeit wird es sicher einfacher. Wir müssen es nur oft genug tun. Ich habe nichts dagegen. Ich löse unsere Lippen, fahre mit dem Daumen über ihre und versuche meinen viel zu schnellen Atem zu beruhigen.

„Komm weiter", weise ich sie an und führe sie zu der Stelle, an der ich die Decke ausgebreitet habe, um anschließend die Augenbinde zu lösen.

„Bereit?", frage ich und knote die Binde ab, während sie nickt. Ihre Augen weiten sich, sie schlägt die Hände vor ihren Mund und schaut auf das Picknick, auf mich, den Fußballplatz und wieder auf mich bevor sie ihre Hände fallen lässt und mich umarmt.

„Es ist wunderschön!" Ein Stein fällt mir vom Herzen. „Darf ich bitten?", frage ich und führe sie auf die Decke, wo wir gemeinsam den Picknickkorb leeren und die Leckereien um uns ausbreiten.

Weintrauben, Käse, Schnittchen, Würstchen im Schlafrock, Salate, ich habe an alles gedacht. Statt des roten Weines habe ich Traubensaft besorgt und auch an Nachtisch mangelt es uns dank Mousse au chocolat und kleinen Cupcakes nicht.

Die Verkäuferin war der festen Überzeugung gewesen, dass junge Frauen *total darauf abfahren* würden, was sich später noch als saurichtig herausstellen sollte. „Prost" Wir klirrten die Gläser aneinander und lachten bei dem dumpfen Ton, den die billigen Gläser beim Zusammenstoß von sich gaben.

„Hier spiele ich übrigens Fußball, wenn ich mal nicht arbeite oder fürs Examen büffele."

„Du wirst es nicht glauben aber das habe ich mir fast gedacht!" Frech die Kleine, aber das mag ich so an ihr. Ich bin sicher, sie würde niemals ein Blatt vor den Mund nehmen und immer sagen, was sie denkt, egal was andere davon halten.

„Was magst du so am Fußball?", fragt sie und blickt mich ehrlich neugierig an. Ich lege meinen Kopf auf ihren Schoß und schaue nach oben in den blauen Himmel.

„Mal überlegen. Ich liebe das Gras unter meinen Schuhen, welches bei jedem Schritt ein wenig nachgibt, wenn ich renne. Ich liebe den Wind, der an mir vorbeisaust und den Luftzug des Balles, wenn er knapp neben meinem Kopf vorbeirauscht. Ich liebe den Geruch von Leder und den Moment vorm Tor, wenn man zum Schuss ausholt und nicht weiß, ob der Ball im Tor landet oder nicht. Und die Freude der

Kameraden, wenn man getroffen hat. Für diesen Moment ist alles andere unwichtig und lebt nur für den Augenblick. Ich denke, dass liebe ich am Meisten daran." Ich suche ihre schönen Augen, in denen sich ein wenig Trauer widerspiegelt.

„Mir ging es damals genauso, als ich noch gelaufen bin." Sie schließt die Augen und atmet die Luft um uns. „Dieses Gefühl der Aschebahn unter meinen Füßen, der Abstoß vom Boden, das Zulegen der Geschwindigkeit umso weiter man vorankam und schlussendlich der Augenblick, in dem man gerade so als Erste das Ziel erreicht hat. Ich liebte es. Für mich brach eine Welt zusammen als ich keinen Sport mehr machen durfte."

Ihr schmerzverzerrtes Gesicht versetzt mir einen Stich ins Herz. Ich lege meine Hand an ihr Gesicht und streiche mit dem Daumen über ihre Wange.

„Wie hast du das überwunden?"

„Ich entdeckte die Malerei! Sie half mir über vieles hinweg. Glückliche Menschen zu malen hilft mir in gewisser Weise, mich nicht aufzugeben und die Hoffnung nicht zu verlieren." Sie lächelt leicht.

„Ist schon okay, ich lebe schon so lange damit, dass ich kaum mehr zurückdenke an die Zeit, wo alles noch in Ordnung war. Es macht mich traurig aber heute und hier, mit dir zusammen zu sein, dass macht mich glücklicher als ich es jemals in den letzten Jahren gewesen bin." Mein Blut rauscht in meinen Oh-

71

ren. Ich bin überwältigt von ihren zarten Worten und richte mich auf, knie vor ihr nieder und ziehe ihr Gesicht an meines heran, presse ihre Lippen fest auf meinen Mund, will sie nie wieder loslassen.

„Du bist unglaublich, weißt du das?" Ich fahre mit der Hand durch ihr langes Haar und streichle ihre Wange. „Du auch", erwidert sie und küsst mich zurück. „Ich muss aufpassen, dass mein Herz in deiner Gegenwart nicht zerspringt." Es war scherzhaft gemeint und doch zerrt es ein Stück von mir in die Gegenwart zurück. Ich lege meine Hand auf ihre Brust.

„Das werde ich nicht zulassen. Niemals!"
Die Sonne macht sich langsam auf den Horizont zu verlassen und taucht den Platz in schimmernde Farben. Der perfekte Zeitpunkt, um ein paar Momente des heutigen Tages festzuhalten.

Ich hole die Kamera aus der Tasche und entsetzt schaut sie mich an.

„Auf gar keinen Fall!" Sie steht auf und weicht ein Stück zurück noch bevor ich die Schutzkappe vom Objektiv nehmen kann.

„Warum habt ihr Mädchen nur immer Probleme damit, euch ablichten zu lassen?"

Ich kann mir ein Lachen nicht verkneifen woraufhin sie einen Schmollmund zieht und die Arme vor ihrer Brust verschränkt wie ein kleines bockiges Kind. Der Auslöser ist schneller gedrückt als sie reagieren kann. „Das hast du jetzt nicht wirklich..." Fassungslosigkeit ziert ihr hübsches Gesicht.

„Doch, ich habe es im Kasten Madame! Und es soll nicht das letzte gewesen sein!" Prompt dreht sie sich um und läuft barfuß über den Rasen als ich die Kamera erneut auf sie richte. Ich laufe ihr hinterher und versuche einige Bilder zu machen, doch ich fürchte in diesem Modus werde ich nicht allzu viel davon haben. Ihre Haare wehen im Wind, ihr Kleid wippt mit ihren Bewegungen und ihre Augen strahlen. Das ist das Glück, Ladies and Gentleman. Ein Augenblick so unfassbar schön wie er nur sein kann.

„Stopp! Ich kann nicht mehr", prustet sie und hält sich schützend die Hände vors Gesicht. Als wenn mich das abhalten würde. Ohne Vorwarnung springt sie auf mich zu und küsst mich, lenkt mich ab um im nächsten Augenblick die Kamera zu stibitzen.

„Haha, jetzt bin ich mal dran!" Siegessicher legt sie sich das Band um den Hals und richtet die Linse auf mich. Ich muss zugeben, es fühlt sich in der Tat seltsam an, selbst fotografiert zu werden, war es doch sonst immer meine Wenigkeit, die auf die anderen zielte. Sie hat ihre Freude daran, mich zu fotografieren und auch andere Dinge des heutigen Tages festzuhalten und ich genieße es, sie dabei zu beobachten.

Als die Sonne gerade noch so am Firmament zu sehen ist, lässt sie die Kamera runter und steht wie angewurzelt da, um das Schauspiel zu betrachten.

Ich stelle mich neben sie und legen meinen Arm um ihre Schultern. Sie lehnt ihren Kopf an mich und so stehen wir da, bis der letzte Sonnenstrahl dem Himmel gewichen ist und nur das rotorange Farbenspiel der Wolken noch darauf hindeutet, dass die Sonne eben noch da war. Gänsehaut überfährt ihre Arme, langsam wird es frisch und ich streife ihr meine Anzugjacke über, bevor wir uns daran machen, die Überreste des Picknicks einzuräumen und den Fußballplatz zu verlassen.

„Es war ein wunderschöner Abend! Ich habe noch nie auf einem Fußballfeld gepicknickt", grinst sie noch immer angetan und ich bin glücklich darüber, dass es ihr gefallen hat.

„Für mich war es auch Premiere!", gebe ich zurück und setze den Wagen in Bewegung.
Annie nimmt meine Hand und ich bin gerade froh, dass ich bei meinem Auto nicht schalten brauche. Ein Hoch auf Automatik.

Kaum, dass ich den Wagen vor der Einfahrt abgestellt habe, sehe ich eine Gardine am Fenster hin und her huschen. Annies Mum konnte sicher vor Sorge nicht ins Bett gehen. Mütter sind schon seltsame Wesen. Was sie wohl denkt, was ich mit ihrer Tochter anstelle? Ich steige aus und laufe um den Wagen, um Annie die Tür zu öffnen.

„Danke Mister!", sagt sie mit einem furchtbaren Unterton. Auf der Veranda verschränken wir die Hände ineinander und wollen eigentlich noch nicht voneinander lassen.

„Möchtest du mit reinkommen?" Verlegen sehe ich auf meine Schuhspitzen und denke darüber nach, was Annies Mutter wohl mit mir anstellen würde.

„Ich weiß nicht so Recht..."

„Ich aber! Komm schon." Ich nicke und bekomme augenblicklich ein unwohles Gefühl in der Magengegend, das ich erfolgreich zu ignorieren versuche. Sicher wollte ich irgendwann einmal ihr Zimmer sehen, aber heute? Sie steckt den Schlüssel ins Schloss und zieht mich hinter sich her. Im Durchgang zum Wohnzimmer steht ihre Mum mit verschränkten Armen und einem Blick, den lieber keiner auf sich ziehen möchte. „Hey Mum!"

„Hallo Liebes! Na, hattet ihr einen schönen Abend?" Sie lächelt Annie an, um gleich beim nächsten Blick, der meinen trifft, die Augen zusammenzuziehen. Wenn Blicke töten könnten. Dabei habe ich nichts getan. Jedenfalls bin ich mir keiner Schuld bewusst.

„Es war ein sehr schöner Abend! Chris wird noch mit raufkommen!" Jetzt war sie sichtlich und auf jeden Fall geschockt, doch ehe sie etwas sagen kann, zieht Annie mich hinter sich her. Vor ihrer Tür macht sie halt, dreht sich um und gibt mir einen Kuss, der mir kurz die Sinne raub.

„Es war noch nie ein Mann in meinem Zimmer außer meinem Dad!" Wow. Noch eine Premiere.

Annie

Mein Herz klopft mir bis zum Hals. *Annie Parker, da hast du dir ja wieder schön was eingebrockt!* Hoffentlich mag er mein Zimmer. Langsam drücke ich die Türklinke hinunter und öffne meinen Herzensraum für meinen Herzensmann, während ich genau seinen Blick beobachte in der Hoffnung, daraus etwas lesen zu können.

„Ähm, darf ich reinkommen?" Wieder glühen meine Wangen wie heute sicher schon zum zehnten Mal. Noch immer stehe ich genau vor ihm und versperre damit den Zutritt zu meinem Zimmer. Ich gehe also zur Seite und mache eine bescheuerte einladende Handbewegung.

„Sicher doch", lächele ich verlegen und sehe ihm nach. *Scheiße, das Bild!* Da habe ich ja überhaupt nicht dran gedacht. Er wird denken, dass ich ihm verfallen bin oder so ein Quatsch. Da steht das Portrait von ihm in gänzlicher Blüte und er nimmt genau Kurs darauf.

„Annie, das ist ja der Hammer! Also ich habe ja schon gesehen, wie gut du zeichnen kannst aber *das...* ist einfach unglaublich!" Mit den Fingern fährt er über das Papier und betrachtet sich selbst bevor er ein Blatt zurückblättert und das alte Ehepaar sieht. „Wirklich Annie, du solltest irgendetwas anfangen mit deinem Mordstalent! Wenn ich *so* zeichnen könnte…"

„Das ist mir nicht besonders wichtig. Es ist nur ein Hobby", versuche ich abermals mit ruhiger Stimme zu erklären. „Es macht mir Spaß und lenkt mich ab von meiner Langeweile", füge ich noch hinzu.

„Am liebsten hätte ich einen eigenen Raum für meine Bilder. Hier ist es doch ziemlich beengt, muss ich zugeben. Ein richtiges Atelier, in dem ich mich austoben kann, das wär's!" Chris schmunzelt und sieht sich weiter in meinem Zimmer um. Ich kaue nervös auf meiner Unterlippe. Vor meiner Traumwand bleibt er stehen und verschränkt die Arme vor der Brust, sieht sich alles genau an. Meine Karte, die Zeitungsartikel und stockt schließlich bei den Collegeanmeldungen.

„Du wolltest Ärztin werden?" Ich nicke.

„Ja, einer meiner großen Träume. Doktor Summers aus dem Krankenhaus, ich habe immer bewundert, was sie für die Menschen tut. Nach dem Abi wollte ich eigentlich mit dem Studium beginnen aber…" Ich senke wehmütig meinen Blick. „Aber?", hakt er nach.

„Naja, was nützt es jetzt. Meine Lebenserwartung ist nicht gerade berauschend. Wozu sich etwas vormachen?" Er kommt ein paar Schritte auf mich zu und hebt mit dem Finger mein Kinn an, sieht mir direkt in die Augen und dann küsst er mich. „Ich werde nicht zulassen, dass dir etwas zustößt." Ich bin gerührt von seinen Worten, doch was will er schon daran ändern?

Es ist, wie es ist. Niemand kann mir noch helfen, wenn es meinem Herzen erst schlechter geht, wenn nur ein anderes Herz mich noch retten kann. Ich hasse den Gedanken daran, dass jemand sterben muss, damit ich ein normales Leben haben kann. Da lebe ich lieber so weiter und genieße die Zeit, die ich noch haben werde, wie lang sie auch sein möge.

Trotzdem nicke ich ihm zu, um weiteren Worten aus dem Weg zu gehen. Jetzt ist nicht die Zeit, sich über diese Misere zu unterhalten. Jetzt ist die Zeit, die Welt um sich herum zu vergessen und sich zu küssen.

Ich ziehe ihn am Nacken zu mir herunter, blicke in seine wunderschönen blauen Augen und lege meine warmen Lippen auf seine, verschmelze mit ihnen, fühle mich leicht und frei, vergesse die Sorgen, die täglich mein Leben bestimmen und gebe mich ihm hin, weil ich denke, dass er der eine ist. Dass er der Richtige für mich wäre. Mein Blut pulsiert, meine Wangen erröten. Die Schmetterlinge tanzen in meinem Bauch und meine Haut kribbelt dort, wo er sie berührt.

Er streicht mit dem Daumen über meine Wange, fährt mit den Fingerspitzen meine Arme hinunter, sodass ich auf der Stelle Gänsehaut bekomme. Nie habe ich mich geborgener gefühlt als in den Armen dieses Mannes, den ich erst ein paar Wochen kenne und ich spüre, dass es ihm genauso geht. Da ist kein

Zweifel, keine Zurückhaltung, keine Unsicherheit. Es ist, als würden wir uns schon ewig kennen, als würden wir zueinander geführt worden sein. Ich bin nicht traurig drum. Er ist das Beste, was mir passieren konnte.

Ich löse unseren Kuss und ringe etwas nach Atemluft. „Alles ok?", fragt er mit ein wenig Besorgnis in seiner Stimme. Ich nicke stumm und lächle nur, lege meinen Kopf an seine Brust und höre, wie meine Türklinke langsam nach unten gedrückt wird und meine Mum sich räuspert. „Annie, bleibt dein Besuch noch lange?" Ich kann nicht anders als ihr einen wütenden Blick zuzuwerfen. Was denkt sie sich denn hier so hereinzuplatzen. Chris lächelt nur.

„Ich denke, ich sollte jetzt gehen." Er schiebt meine Haare nach hinten und gibt mir zum Abschied einen flüchtigen Kuss auf den Mund bevor ich ihn nach unten begleite und meiner Mum im Vorbeigehen ein *Dankeschön* ins Ohr presche. Ich bin wirklich sauer. So hätte dieser wunderschöne Abend nicht enden müssen.

„Ich ruf dich an, Annie!" Ich nicke, gebe ihm ebenfalls einen flüchtigen Kuss auf den Mund und lasse die Hand los, die ich gern noch ein wenig länger gehalten hätte unter den Sternen.

Wütend stapfe ich ins Wohnzimmer, wo meine Mum mit verschränkten Armen vor dem Kamin steht und ins Leere starrt.

„Sag mal, was stimmt denn bitte nicht mit dir?" Meine Mutter dreht sich um und ihre Augen verraten mir, das sie ebenso sauer ist wie ich.

„Was mit mir nicht stimmt? Annie, du hast einen mir wildfremden Mann einfach mit in unser Haus und obendrein in dein Zimmer genommen. Ohne zu fragen! Das kannst du doch nicht bringen. Wer weiß, was ihr beide..."

„Oh bitte", falle ich ihr ins Wort, da ich genau weiß, in welche Richtung sich dieses Gespräch sonst gleich entwickeln wird. „Wir hätten uns schon nicht die Klamotten vom Leib gerissen und wären übereinander hergefallen, Mum. Das ist doch absurd." Sie schüttelt den Kopf und sieht mich an, als würde ich eine andere Sprache sprechen als sie.

„Das ist es nun mal, was Männer seines Alters von Frauen deines Alters wollen, Annie! Davor kannst du nicht deine Augen verschließen!"

„Es reicht, Mum! Chris ist anders. Er ist interessant und liebevoll. Er weiß von meinem Herzen und trotzdem will er sich weiterhin mit mir treffen. Du hast doch keine Ahnung!" Ich verschränke sauer die Arme vor meiner Brust. Tränen sammeln sich in meinen Augen obwohl ich krampfhaft versucht habe, sie zurückzuhalten. „Du hast alles verdorben!", brülle ich meine Mutter an, laufe die Treppe nach oben und knalle die Tür zu bevor ich mich auf mein Bett fallen lasse, um mich zu beruhigen. Sie hatte alles zerstört.

Was Chris wohl denkt? Ich kann ihn nicht verlieren, bevor ich ihn überhaupt richtig kennengelernt habe.

Sex ist sicher nicht das, was er will. Das hätte ich doch gespürt. Ich stehe auf, gehe zur Staffelei und blättere wieder auf sein Portrait, fahre mit den Fingerkuppen über sein Gesicht, seine Lippen, berühre meine Brust in Höhe meines Herzens, das mir bei seinem Anblick wieder einen Stich versetzt.

Du bist nicht so. Du nicht.

Mit halboffenen Augen greife ich zu meinem Handy, das gerade geklingelt hat oder habe ich geträumt?

Ich würde dich gern meinem Vater vorstellen! Was meinst du? Denk an dich! Chris

Ein Lächeln huscht über meine Lippen. So kann bitte jeder Morgen beginnen. Ich habe immer noch das Kleid von gestern an. Muss wohl eingeschlafen sein. Langsam richte ich mich auf und strecke meine Arme nach oben, gähne noch mal bevor ich mich meinen Tabletten widme.

Mutter muss schon in meinem Zimmer gewesen sein, denn wie immer steht mein gefülltes Wasserglas bereits auf dem Nachttisch. Danach gehe ich ins Bad und stelle mich auf die Waage. Unveränderte dreiundsechzig Kilogramm, genau wie gestern.

Ich streife mein Kleid vom Körper und stelle die Dusche an, bevor ich mich unter den warmen Strahl stelle und den gestrigen Abend meiner Erinnerung entlocke. Ein Fußballplatz. Ich muss schmunzeln. Solch ein Date hatten gewiss noch nicht viele Frauen.

Hoffentlich werde ich ihn bald wiedersehen. Aber warum will er mich schon seinem Vater vorstellen? Nagut, meine Mutter kennt er bereits aber wir wohnen auch noch zusammen. Hm. Ich denke, ich sollte der Sache auf den Grund gehen.

Mit dem Handtuch tupfe ich meine Haut trocken und mache mich anschließend fertig. Mir graut es bereits vor dem Frühstück, denn meine Mum lässt in der Regel nicht so schnell locker und immer noch kann ich mir nicht erklären, was da gestern in sie gefahren ist. Schon als ich die Treppe hinuntergehe rieche ich meine geliebten Pancakes. Sonst gibt es diese nur sonntags und auch nur, wenn etwas Besonderes anliegt.

„Guten Morgen mein Schatz!" Als wäre nichts gewesen. „Morgen", raune ich zurück und setze mich an meinen Platz. „Pancakes?", fragt meine Mum und hält mir die Pfanne unter die Nase.

„Ist heute Feiertag oder was?", entgegne ich immer noch genervt.

„Ich...ich wollte mich bei dir entschuldigen!" Jetzt blicke ich ziemlich erstaunt drein. Meine Mum? Entschuldigen? Wo ist der Rotstift? Das muss ich im

Kalender ankreuzen!

„Es war falsch, wie ich mich verhalten habe und es tut mir leid!" Ich nicke.

„Ja, das war es in der Tat!", kann ich nur bestätigend zurückgeben.

„Verstehst du denn nicht, dass wir uns Sorgen um dich machen?" Sie legt die Hand an meine Wange und sieht mich mitleidig an.

„Ich habe Angst, dass du nachlässig wirst, nicht mehr auf deine Gesundheit achtest wegen diesem Jungen!" Ich halte mir schnell die Hand vor den Mund, da ich Angst habe in lautes Gelächter auszubrechen. „Mum, ich bitte dich! Meine Gesundheit? Man kann schon lange nicht mehr von meiner Gesundheit sprechen, meine Krankheit trifft es wohl eher. Und was *diesen Jungen* angeht, ich habe mich in ihn verliebt!"

Ich kann meine Worte kaum glauben, mein Magen zieht sich zusammen und ein Glücksgefühl rauscht durch meinen Körper, dass mich augenblicklich lächeln lässt.

„Im Moment bedeutet er mir alles, verstehst du das denn nicht? Chris gibt mir das Gefühl, lebendig zu sein. In seiner Nähe fühle ich mich so stark wie noch nie in meinem Leben! Ich kann ihn nicht aufgeben, Mum. Und will es auch gar nicht. Ich brauche ihn!"

Meine Mum stützt sich mit den Händen auf die Tischplatte, beobachtet mich eindringlich während ich den ersten Bissen meines Pancakes in den Mund schiebe.

„Okay!", sagt sie dann mit ruhiger Stimme. Einfach nur *okay*. Sie könnte eh nichts an der Situation ändern, egal wie sehr sie sich darüber aufregen würde. Gut, dass sie es so schnell dabei belassen hat. So ersparen wir uns einiges an Diskussion an diesem wunderschönen Morgen.

Nach dem Frühstück fühle ich mich wie beflügelt. Ich bin verliebt. In Chris. Meine Hand wandert zu meinem Herzen. Noch nie habe ich mich so glücklich gefühlt. Jungs waren in meinem bisherigen Leben nie ein Thema für mich. Sicher hatte auch ich eine Sandkastenliebe, doch diese endete mit unserem ersten Kuss auf dem Mund einem *iih, wie eklig*.

Später in der siebten Klasse war ich ein paar Wochen mit John, dem Basketballkaptain der Schule zusammen, bis sich herausstellte, dass sein Hirn wohl mit jedem Korb an Verstand verlor.

In der zehnten dann verabredete ich mich des Öfteren mit Rian, weil meine Mum meinte, dass ich doch wenigstens für den Schulball eine Verabredung bräuchte. Rian begleitete mich also zum Abschlussball, doch viel mehr als ein Foto hatte ich mit ihm nicht zustande gebracht. Er war schneller betrunken als überhaupt jemand auf dem Ball und so konnte ich mich mit mir allein vergnügen.

Nicht, dass mir das etwas ausmachen würde, aber von diesem Abend träumt man ja schon, wenn man gerade mal seine Zahnspange losgeworden ist. Ein Tanz, ein Kuss aber Puff, bei mir lief noch nie etwas wie im Bilderbuch ab, doch bei *Chris* ist jedes Treffen ein Bilderbuchdate. Voller Euphorie greife ich zu meinem Handy.

Ich würde gern deinen Vater kennenlernen und außerdem auch gern mal deine Wohnung sehen. Immerhin bist du mir jetzt einen Punkt voraus. Denk an dich! Annie

Die Antwort lässt nicht lange auf sich warten. Sonntag würden wir also bei seinem Dad zu Mittag essen und Samstag könnte ich seine Wohnung inspizieren. Das kann ich gerade noch aushalten. Zwei unendlich lange Tage.

Chris

Sie denkt an mich! Wie blöd grinse ich noch immer vor mich hin, halte das Handy in der Hand und bin glücklich.

Annie Parker, ich habe mich in dich verliebt und das, obwohl ich im letzten Jahr so erfolgreich jede Art von Beziehung von mir weggestoßen haben. Aber du, du mit deiner wundervollen Art hast dich auf mein Herz gestürzt und es festgehalten. Einfach so.

Begeistert war mein Vater nicht gerade, als ich mich und Annie quasi selbst eingeladen habe aber dennoch hat er eingewilligt. Was blieb ihm auch anderes übrig? So würde er mich wenigstens auch mal außerhalb des Büros sehen.

Die nächsten beiden Tage ziehen sich wie Gummi unter einer Schuhsohle. Noch immer fällt es mir schwer, mich aufs Examen zu konzentrieren, immer wieder springt Annies Herzkrankheit mir in den Hinterkopf. Ich beginne zu Googlen, Bücher zu wälzen, will unbedingt herausfinden, wie man ihr helfen, sie retten kann. Doch immer wieder komme ich zu denselben Ergebnissen. Irgendwann werde ich sie verlieren und das jagt mir schon jetzt eine Scheißangst ein.

Jeder normale Mensch würde wahrscheinlich Reißaus nehmen, Schluss machen und sich diese bittere Erfahrung ersparen, aber nicht *Chris Bentley.* Nein, *Chris Bentley* möchte noch einmal genau derselben Gefühlswelt mächtig werden wie schon vor über einem Jahr bei seiner Mutter.

Ich weiß, wie es sich anfühlt, einen geliebten Menschen zu verlieren, weiß, welche Abgründe sich auftun, wenn man fast zerspringt, weil man jenen Menschen so sehr vermisst, dass es unendlich doll wehtut.

Ich sollte es besser wissen aber ich kann nicht. Sie ist mein Gegenstück, ich weiß es einfach. Mein Deckel zum Topf. Meine Liebste. Die Eine. Vom ersten Augenblick an war sie es. Ich werde sie niemals aufgeben, *niemals.*

Es ist Samstag und Annie muss jeden Augenblick hier sein. Eigentlich wollte ich sie abholen aber sie bestand darauf, allein herzukommen. Ich denke, jede Widerrede wäre zwecklos gewesen.

Da wir heute nichts Besonderes vorhaben, trage ich meine Lieblingsjeans und mein helles gestreiftes Polo. Es läutet. Ich bin nervös. Zwar habe ich alles aufgeräumt und sauber gemacht, dennoch ist es eben nur eine Zweizimmerbude.

Als Annie im Türrahmen steht und mich breit anlächelt kribbelt alles in mir. Ich muss sie küssen. Sofort.

„Hi!", haucht sie mir entgegen und ich ziehe sie an mich, streife eine ihrer schwarzen Strähnen hinter ihr bezauberndes Ohr und lege meine Lippen auf ihre. Mein Magen zieht sich zusammen, Gefühle donnern auf mich ein. Himmel Herrgott, diese Frau bringt mich noch um den Verstand.

Sie erwidert meinen Kuss, greift mir in den Nacken und zieht mich noch fester an sich. Ich lege meine Hände an ihre Oberschenkel und hebe sie auf meine Hüfte. Sie schlingt ihr Beine um meinen Bauch und ich trage sie in meine Wohnung, schiebe mit dem Fuß die Tür hinter uns zu. Unser Atem geht schnell und ehe ich mich nicht zurückhalten kann, stelle ich sie vor mir ab, so dass sie mit dem Rücken an der Wand lehnt.

Ich streiche über ihre Wange und ihren Hals, lasse meine Hand auf ihrer Taille ruhen, versuche meinen Körper wieder in Normalmodus zu bringen ehe ich unseren Kuss löse. „Hi!", lächle ich ihr entgegen und lehne meine Stirn an ihre.

„Ich habe dich vermisst!", sagt sie ganz unverblümt und direkt. Ich liebe diese Art an ihr.

„Ich dich auch!", gebe ich ehrlich zurück. Mein Gott, ich vermisse sie in jeder Sekunde, in der sie nicht bei mir ist.

„Wir sollten uns öfter sehen!", schlussfolgert sie und ich drücke ihr abermals einen Kuss auf die Lippen.

„Das ist meine kleine, aber feine Wohnung." Ich nehme ihre Hand und führe sie herum. Vor meinem Bücherregal bleibt sie stehen, fährt mit den Fingern über einige Buchrücken.

„Du liest gern?"

Ihre grünen Augen blitzen mich an.

„Hin und wieder schon, ja! Außerdem muss ich mich durch die Collegebroschüre büffeln und glaube mir, dass ist kein Zuckerschlecken." Sie grinst.

„Ich weiß, ich habe sie auch zu Hause!" Irritiert sehe ich sie an. „Doktor Summers", gibt sie zurück, als würde sich dadurch alles von selbst erklären.

„Sie hat mir die Bücher besorgt als ich ihr erzählt hatte, dass ich einmal Ärztin werden wollte. Ich glaube, da war ich vierzehn oder so." Sie lächelt in ihrer Erinnerung daran während sie weiter durch meine paar Räume streift.

„Das ist dein Bett? Ganz schön klein, hm? Passen da überhaupt zwei rein?" Langsam beschleicht mich das Gefühl, dass Annie heut nicht nur gekommen ist, um sich meine Wohnung anzusehen aber nein, nicht so und nicht hier. Ich gehe zur Schlafzimmertür und fasse die Klinke, um die Tür zuzuziehen.

„Ich bin mir sicher, das passt!" Ihr enttäuschter Blick bestätigt meine Vermutung. Ich kann nicht anders als zu grinsen. „Wollen wir etwas essen gehen?", versuche ich, sie aus der Wohnung und vor allem meinem Schlafzimmer zu locken.

„Jetzt, wo du es sagst, ich bin am Verhungern!" Sie

greift meine Hand und zieht mich hinter sich her. Erst jetzt fällt mir ihr dunkelblaues Kleid auf, das mit feiner Spitze über ihren Knien endet. Es steht ihr verdammt gut und ich bin stolz, sie an meiner Hand zu haben.

Wir fahren zum Diner, wie bei unserem ersten Essen. Es ist schön, hier mit ihr zu sitzen und zu plaudern. Obwohl sie eigentlich in der Woche kaum etwas erlebt, redet sie ununterbrochen von den letzten beiden Tagen, den Personen, die sie gesehen und gemalt hat und ich höre ihr zu. Liebend gern sogar.

Solch eine Begeisterung liegt in ihrer Stimme, dass man fast neidisch werden könnte, sich nicht ebenso für etwas zu Begeistern. Wie oft um diese Zeit sind wir allein im Diner. „Magst du Oldies?"

„Ja, warum?"

„Hast du ein bisschen Kleingeld?" Ich krame in meinem Portemonnaie herum und drücke ihr ein Geldstück in die Hand, verfolge sie mit meinem Blick bis zur Jukebox, vor der sie stehenbleibt und sich die Titel durchliest bis sie etwas gefunden hat. Sie wirft das Geld ein und drückt einen der beigegelben Knöpfe. Die Platte legt sich auf den Spieler und kurz darauf erklingt Al Green in meinen Ohren, Lets stay together und Annie beginnt sich dazu zu bewegen und singt laut die Wörter mit, zeigt immer wieder mit dem Finger auf mich.

Ich lege die Hände vor meine Augen, um das Elend

nicht mitansehen zu müssen, doch schon steht sie vor mir und zieht mich hoch, tanzt um mich herum und schlingt ihre Arme um meinen Hals.

Ich lege meine Hände an ihre Taille und gemeinsam tanzen wir langsam zu diesem Lied, welches mich jetzt wohl für ewig an sie erinnern wird, wenn ich es höre.

Als die Musik verstummt, stellt Annie sich auf ihre Zehenspitzen und küsst mich. Ein Moment, den ich am liebsten für immer eingefangen hätte und der mir klarmacht, dass sie genauso für mich empfinden muss, wie ich für sie.

Den Nachmittag verbrachten wir damit, die Sonne im Park zu genießen, auf einer Decke zu lümmeln und uns über Gott und die Welt zu unterhalten. Unglaublich, dass man mit einem Mädchen so gut reden kann. Mit den anderen vor Annie konnte ich kaum mehr als zwanzig Sätze an einem Abend bilden und meist waren es die Frauen, die mir ihre gesamte Lebensgeschichte aufzwängen wollten aber mit Annie war das alles überhaupt kein Problem. Es ist, als würden wir uns schon ewig kennen und doch immer wieder Neues aneinander entdecken. Auf einer Wellenlänge, wie man so schön sagt.

Als der Abend sich auch langsam dem Ende neigt bestellen wir uns noch eine Pizza zu mir nach Hause und sehen einen Film im Fernsehen, wobei Annie langsam aber sicher die Augen zufallen.

„Soll ich dich nach Hause bringen, Annie?"

Sie schüttelt den Kopf mit geschlossenen Augen und legt ihren Kopf in meinen Schoß. Sie ist so bildschön. Als der Film zu Ende ist trage ich Annie in mein Bett und lege mich genau hinter sie, spüre sie, rieche ihren Duft und fühle mich augenblicklich so wohl wie bei unserer ersten Begegnung.

Ich nehme ihre Hand in meine und schlafe hinter ihr ein, träume von der Liebe und dem Leben und wache am nächsten Morgen auf, gekitzelt von den Sonnenstrahlen, die durch den halboffenen Vorhang scheinen. Annie ist noch immer da, aber in meine Richtung gewendet. Ihr Kopf liegt auf meinem Arm und mein Gesicht ist ihrem so nah, dass ich ihren Atem auf meiner Haut spüre. Ich streiche über ihre Wange, beobachte sie, versuche mir jeden Zentimeter ihres Gesichtes einzuprägen als sie sich regt und langsam die Augen öffnet, mich anblinzelt und lächelt. „Hey", wispert sie, „ist es schon morgen?" Ich nicke.

„Oh Gott, meine Mum wird mich umbringen", sagt sie mit einer Gelassenheit, die den Worten gar keinen Ausdruck verleihen.

„Soll ich Frühstück machen?", frage ich und hoffe inständig, dass sie noch bleibt. „Ja bitte. Ich bin am Verhungern!"

„Wann nicht?", gebe ich amüsiert zurück und ernte einen Knuff in die Seite bevor sie mich nach einem zärtlichen Kuss aufstehen lässt. Annie dreht sich noch einmal um und kuschelt sich in *meine* Decke. Ich lege meine Hand auf meine Brust, befehle meinem Herzen, sich zu beruhigen, ich kann mein Glück kaum fassen. Natürlich gehe ich zum Bäcker. Wenn schon, denn schon. Als ich zurückkomme hat Annie sich bereits durch meine Wohnung gewuselt, Kaffeeduft strömt durch die Luft, die Teller stehen bereits auf meinem kleinen Küchentisch und Annie scheint nun nach den Tassen im Schrank zu suchen. Ich stelle mich hinter sie, greife an ihr vorbei zu dem Regal, in dem die Tassen hängen. Sie dreht sich zu mir, ihre Augen strahlen, als sie mir einen Kuss aufdrückt.

„Meine Mum ist stinksauer!", erzählt sie mir beim Essen. „Sie ist richtig ausgetickt, dachte, mir wäre etwas passiert. Als könnte ich nicht auf mich selbst aufpassen." Ich kann mir ein Schmunzeln nicht unterdrücken. „Was?", fragt sie mit vollgestopftem Mund, als sie es bemerkt. Ich nehme einen Schluck von meinem Kaffee, der verdammt gut schmeckt und schüttele den Kopf. „Gar nichts."

Nach dem Frühstück bestehe ich darauf, Annie nach Hause bringen zu dürfen, damit sie sich frisch machen und etwas Anderes anziehen kann. Später würde ich sie wieder abholen. Widerwillig steigt sie drauf ein.

Misses Parker blickt mich an, als würde sie mich jeden Augenblick umbringen, während wir auf der Veranda stehen. „Misses Parker, es tut mir leid. Es war meine Schuld. Annie ist vor dem Fernseher einge-schlafen. Ich hätte sie wohl wecken sollen. Wirklich, es war keine Absicht", versuche ich zu erklären.

„Lass gut sein Chris!" Annie küsst mich zum Ab-schied. „Bis später!"

„Bis später!" Die Tür schließt sich und ich höre noch die ungläubige Stimme ihrer Mutter durch die Tür, be-vor ich gehe. „Bis später? Was soll das heißen? Annie?" Ein bisschen tut mir Annies Mum sogar leid aber hey, sie ist neunzehn und weiß, was sie tut.

Da wir uns heute in die Höhle des Löwen wagen, habe ich mich für die schwarze Stoffhose und mein blaues Hemd entschieden. Eine Krawatte wäre dann doch zu viel des Guten. Ein wenig nervös bin ich ja schon. Hoffentlich reißt sich mein Dad heute mal zu-sammen. Ein letztes Mal an den Haaren zupfen und auf geht's. Ein Griff zum Autoschlüssel, als mein Han-dy klingelt.

Viel Glück Alter!

Danke Ben, echt danke.

Annie

Nervös? Ich? So ein Blödsinn! Mein Zimmer gleicht einem verfluchten Grabbeltisch im Kaufhaus. Chris wird gleich hier sein, also sollte ich mich so langsam mal entscheiden.

„Vielleicht doch lieber das Schwarze, Becki?"

„Das hast du mich jetzt schon dreimal gefragt und meine Antwort ist immer noch dieselbe! Herrgott Annie, so schwer kann es doch nicht sein. Nimm einfach die schwarze Hose und die blaue Bluse und dann ist gut!"

„Super, dann sehe ich aus, als würde ich zu einem Meeting spazieren!", gebe ich mittlerweile völlig genervt zurück.

„Dann nimm das weiße Kleid mit dem Spitzenabschluss und deine schwarzen Pumps dazu. Schlicht und elegant. Für alle Schandtaten gerüstet!"

„Ich danke dir, allerliebste große Schwester! Du bist ein Genie!" Ich gebe ihr einen Telefonkuss und schmeiße mein Handy kurz auf das Bett, um mir das Kleid überzuwerfen. Perfekt.

„War ich doch schon immer! Ich wünsche dir viel Spaß, kleine Schwester und benimm dich gefälligst!" Benehmen? Wieso sollte ich nicht? Seltsam, seltsam.

„Mach ich, Küsschen!"

Im selben Moment klingelt die Haustür und schnell eile ich die Treppe runter, um vor meiner Mum da zu sein, doch weit gefehlt.

„Und dieses Mal ohne Übernachtung, Mister!" Sie stemmt die Hände in die Hüften. Einfach unglaublich. Was denkt sie sich nur?

„Mum!" Ich werfe ihr einen bösen Blick zu bevor ich mich wieder Chris zuwende und ihn anlächle.

„Hey, wollen wir?" Ich nehme seine Hand und führe ihn schnell aus unserem Irrenhaus, um ihm auf der Veranda einen Kuss zu geben. Noch immer steht meine Mum hinter der Tür und beobachtet uns. Ich kann ihren bohrenden Blick förmlich fühlen.

„Na dann wollen wir mal!" Enthusiastisch gehe ich mit Chris zum Auto. „Auf in die Höhle des Löwen!", erwidert er und das mulmige Gefühl in meiner Magengegend verstärkt sich. Von einem Löwen hatte er nichts gesagt.

Sein Haus ist wesentlich größer als unseres. Sicher könnten hier ohne Umstände an die zehn Leute wohnen und würden sich wahrscheinlich noch nicht einmal oft über den Weg laufen. Es sieht beinahe aus wie eine Villa und ich fühle mich bestätigt, als wir durch das große schwarze Tor fahren, dass sich wie automatisch öffnet, als wir davor fahren.

Links und rechts von uns ist gepflegter Rasen soweit

das Auge reicht. Weiße Säulen neben den Treppen lassen das Anwesen irgendwie königlich erscheinen. Nie hätte ich gedacht, dass das sein Elternhaus ist. Wir kommen direkt vor dem Eingang zum Stehen. Chris kommt herum, um mir die Tür zu öffnen.

„Das ist es!" Er macht eine einladende Handbewegung und ich blicke ihn vorwurfsvoll an.

„Du hättest mich vorwarnen können!" Nun bin ich es, die die Hände in die Hüften stemmt.

„Wozu? Das sind doch nur Steine!", gibt er belustigt zurück. „Nur Steine!" Ich tippe mit dem Zeigefinger an meine Stirn, woraufhin er laut lacht. Ich liebe dieses Lachen, doch höre ich es viel zu selten.

„Können wir, my Lady?" Er verbeugt sich und streckt mir die Hand entgegen, die ich natürlich ausschlage und an ihm vorbeitrotte.

Imposant trifft dieses Gebäude am besten würde ich sagen. Man kommt sich gleich ein ganzes Stück kleiner vor. Wunderbar. Ohne die Klingel zu betätigen wird uns von einem Mann die Tür geöffnet, der definitiv nicht sein Vater ist. Diener gibt es hier also auch noch. Warum nicht. Chris nimmt mir meine Jacke ab und übergibt sie diesem Mann, der sie irgendwo hinträgt. Hoffentlich finden wir sie nachher wieder. Wir werden durch das Foyer bis zum Speisesaal geführt, wo Chris Dad bereits auf uns warten.

„Chris, mein Lieber! Schön, dich endlich mal wieder in deinem Elternhaus zu sehen!" Sie schütteln sich die

Hände bevor sein Blick mich von oben bis unten mustert.

„Und Sie sind sicherlich die bezaubernde Annie!", wendet er sich mir zu und schüttelt auch mir zur Begrüßung die Hand.

„Genau. Ich freue mich, Sie kennenzulernen, Mister Bentley!"

„Die Freude ist ganz auf meiner Seite, Miss! Nehmt doch Platz! Ich hoffe, Sie essen Rinderbraten?" Ich nicke, obwohl mir Rinderbraten alles andere als gefällt. „Sicher doch!"

Er nickt und wendet sich nun wieder seinem Sohn zu, den er stundenlang während des Essens in Gespräche verwickelt. Nichts von Bedeutung. Das einzige Thema, was er vorzubringen scheint, ist die Firma und seine Arbeit damit. Sein voranschreitendes Alter und seine Unsicherheit der weiteren Zukunft gegenüber. Noch ein *Das verstehen Sie sicher* und ich muss kotzen.

Chris hatte ein, zwei Mal versucht das Gespräch in andere Bahnen zu lenken, doch vergeblich. Mir scheint, er musste schon immer härter durchgreifen, wenn er seines Vaters Aufmerksamkeit haben wollte.

„Dad! Können wir jetzt bitte mal über etwas Anderes reden?" Er deutet mit seinem Kopf in meine Richtung.

„Oh, Miss Parker, langweilen Sie sich?" Wie ich diese Art Unterton in einer Stimme hasse.

„Ein wenig schon, ja!" Augenblicklich legt sich ein Lächeln auf Chris Lippen und am liebsten wäre ich mit ihm hieraus gestürmt und nie wiedergekommen, aber das geht natürlich nicht.

„Nun ja, vielleicht wollen sie mir einmal erzählen, was Sie so machen den ganzen Tag?"

Seine Augen ziehen sich zu schmalen Schlitzen zusammen und ich bin sicher, dass ihm nicht gefallen wird, was ich gleich sage.

„Ich zeichne."

„Sie zeichnen?" Ich nicke.

„Was zeichnen Sie denn?"

„Hauptsächlich Portraits."

„Und Sie machen das beruflich, ja?" Ich schüttele den Kopf. „Nein, es ist mehr ein Hobby!"

„Und was machen Sie beruflich?"

„Ich übe derzeit keinen Beruf aus. Ich habe letztes Jahr mein Abitur erfolgreich beendet und wollte Medizin studieren."

„Aber?" Er faltet seine Hände zusammen und legt sie siegessicher auf den Tisch.

„Was aber?", entgegne ich herausfordernd.

„Nun, Sie sagten, sie *wollten* Medizin studieren. Warum haben Sie nicht?" Nun sind wir am Ende angekommen.

„Meine Krankheit steht mir im Weg. Ich möchte nichts beginnen, was ich nicht zu Ende bringen kann", gebe ich zurück und habe nun seine volle Aufmerksamkeit.

„Was haben Sie denn für eine Erkrankung, wenn ich so forsch sein darf, zu fragen?"

„Sie dürfen! Ich leide an „dilatativer Kardiomyopathie". Das ist eine angeborene Schw..."

„Ich weiß, was das ist!" Sein zorniger Blick landet auf seinem Sohn. Scheinbar habe ich gerade etwas Falsches gesagt. Ich kann die Spannung zwischen den Stühlen förmlich spüren. Gleich wird es einen Sturm geben. Einen Sturm, den ich scheinbar entfacht habe.

„Bist du von allen guten Geistern verlassen, Junge?"

„Dad, ich...", versucht Chris sich zu erklären, doch sein Vater lässt ihn nicht zu Worte kommen.

„Das kann doch einfach nicht dein Ernst sein? „Dilatative Kardiomyopathie"? Und du bringst dieses Mädchen mit hier her? Bist mit ihr zusammen? Ja bist du denn verrückt? Das kann und werde ich nicht zulassen!" Ich begreife nicht, was hier gerade passiert.

Die wenigsten können etwas anfangen mit meiner Krankheit, wenn ich sie beim Namen nenne aber hier, hier geht eindeutig etwas vor sich, dass ich nicht begreifen kann. Inzwischen stehen Vater und Sohn sich kochend gegenüber und ich kann nur hier sitzen und zusehen, wie sie etwas ausfechten, von dem ich nicht weiß, was es ist.

„Ich liebe sie, Vater!" Die Ungläubigkeit zerreißt fast sein Gesicht und auch ich muss diese Worte erstmal verdauen. Diese süßen Worte in so bitterer Atmosphäre. Liebe? Hat er gesagt, er liebt mich?

„Dann bist du dümmer, als ich gedacht hatte!"

Mit diesen Worten geht er aus dem Raum, lässt die Tür hinter sich zufallen und lässt uns hier zurück.

„Komm Annie, wir gehen!" Chris zieht meinen Stuhl zurück und nimmt meine Hand, so fest, dass es weh-tut. Er sagt kein Wort. Die ganze Heimfahrt nicht. Und ich traue mich nicht den Anfang zu machen. Also fah-ren wir einfach. Stumm und leise und atmen die schwere Luft, die uns nach diesem Essen umgibt.

Vor unserer Einfahrt kommt der Wagen nach einer gefühlten Ewigkeit Fahrt zum Stehen. Chris zieht den Schlüssel aus dem Zündschloss und bleibt wie ange-wurzelt sitzen.

„Ist alles in Ordnung, Chris?", frage ich vorsichtig und lege meine Hand auf seine Schulter, die er sofort um-fasst.

„Annie. Es tut mir so leid. Dieser ganze verfluchte Abend. Ich hätte es besser wissen müssen. Wissen müssen, dass er damit nicht umgehen kann." Tränen sammeln sich in seinen Augen und ich hoffe bei Gott, nicht dafür verantwortlich zu sein, denn so will ich ihn nicht sehen. Was habe ich da nur angerichtet?

„Umgehen kann? Womit? Meiner Krankheit?", versu-che ich nachzuhaken, aber es wäre okay, wenn er jetzt nicht darüber reden will. Er nickt und seine Hand ballt sich zur Faust, schmettert auf das Armaturen-brett vor ihm.

„Er hätte sich verdammt noch mal nicht so aufführen dürfen. Nicht vor dir." Er ist wütend, buchstäblich. Seines Vaters Worte scheinen ihn sehr getroffen zu haben.

„Es ist schon okay. Ich bin hart im Nehmen und hey, er kennt mich doch gar nicht. Scheinbar habe ich da etwas aufgerissen, von dem ich nicht wusste, dass es existiert." Chris lacht und dreht sich zu mir um, legt seine Hand an meine Wange.

„Du brauchst dir diesen Schuh wirklich nicht anziehen Annie. Ich wusste nicht, dass es ihn noch so sehr mitnimmt."

„Der Tod deiner Mutter?" Er nickt.

„Aber was hat das mit mir zu tun?" Und plötzlich schießt es mir in den Kopf.

„Sie hatte meine Krankheit oder?" Wieder nickt er. Jetzt wird mir alles klar. „Aber warum hast du mir das nicht erzählt? Ich meine, dann hätte ich doch nicht..."

„Weil ich manchmal ein Idiot bin. Ich dachte nicht, dass es heute zur Sprache kommen würde." Verständlich irgendwie. Jedes normale Mädchen hätte von ihrem Job gesprochen, ihren Eltern, ihren Hobbys und ich? Voll ins Fettnäpfchen. *Gut gemacht, Annie!*

„Du bist kein Idiot! Und wenn doch, dann wenigstens ein verdammt süßer!" Ich versuche, ihm ein Lächeln zu entlocken und bin froh, als es gelingt.

Er steigt aus und öffnet mir abermals die Tür, hilft mir aus dem Auto und bleibt direkt vor mir stehen.

„Danke", flüstert er mir ins Ohr und haucht mir einen Kuss auf den Hals, der meine Knie weich werden lässt. „Wofür?", frage ich irritiert. „Dafür, dass du so wunderbar bist!" Er zieht mein Gesicht an seines heran und küsst mich leidenschaftlich. Langsam kann ich mich an Komplimente gewöhnen.

Chris

So ein verdammtes... Argh, ich könnte noch immer ausrasten. Wie kann er es nur wagen, so vor ihr zu reden? Einfach unglaublich.

„Da will man ihn teilhaben lassen an seinem Leben und dann so etwas! Ich bin so wütend, Ben! Das setzt dem Ganzen des letzten Jahres noch die Krone auf!"

„Komm mal wieder runter, Alter! Ich meine, was hast du denn erwartet? Dass er Luftsprünge macht, wenn er davon erfährt? Er trauert immer noch um Mutter und dann kommst du mit einem Mädchen daher, dass dieselbe Krankheit hat wie Mum. Da war der Ärger doch vorprogrammiert, Chris."

„Danke, echt! Danke, dass du mir jetzt in den Rücken fällst! Ich dachte nun mal nicht, das dieses Thema heute schon zur Sprache kommen würde, kapierst du?"

„Was dachtest du denn? Sie haben sich das erste Mal gesehen, Chris! Normalerweise lernt man sich dann erstmal besser kennen!"

„Ich weiß", knurre ich ins Telefon obwohl ich weiß, dass Ben nichts dafür kann, wie beschissen der Abend gelaufen ist. Den Schuh kann ich mir scheinbar nur selbst anziehen, ich Idiot.

„Trotzdem hätte er nicht so mit mir reden müssen

und dann noch vor Annie!"

„Sicher, das war genauso blöd, aber du solltest dich vielleicht auch mal in seine Lage versetzen."

„Seine Lage, pah. Er hat mich im letzten Jahr wie Dreck behandelt, immer zu seinem Vorteil gehandelt. Er ist so kalt geworden, dass ich ihn nicht wiedererkenne. Ich werde kündigen und mir etwas Anderes suchen. Gleich morgen."

„Wenn du meinst, dass es das Richtige ist…"

„Ist es. Hätte ich schon viel früher machen sollen. Dann wäre mir einiges an Ärger erspart geblieben." Meine Atmung beruhigt sich wieder. Das ist im Moment die einzige Lösung für mich. Er wird sich eh nie entschuldigen. Warum sollte er auch.

„Okay Chris, ich muss wieder! Halt mich auf dem Laufenden kleiner Bruder!"

„Mach ich. Bis dann!" Jedes Mal fällt es mir schwer, aufzulegen. Ich sehe Ben viel zu selten. Würden wir nicht so oft telefonieren, hätten wir uns sicher längst auseinandergelebt.

Nun, der Tag ist bei weitem nicht so gelaufen, wie ich ihn mir vorgestellt hatte. Es ist gerade mal nachmittags und auch noch Sonntag. Ich könnte mich ohrfeigen, Annie so früh nach Hause gebracht zu haben, aber ich war sowas von wütend auf meinen Dad. Er hatte einfach kein Recht dazu. Gerade als ich mich zu Annie aufmachen will, klingelt es an der Haustür.

„Ich bin's!" Gott, sie ist einfach unglaublich.

„Ich wollte nur sehen, ob alles okay mit dir ist." Ich ziehe sie in die Wohnung und küsse sie, küsse sie so leidenschaftlich, dass ich das Gefühl habe gleich den Halt zu verlieren.

Sie versenkt ihre Finger in meinen Haaren, zieht mich abermals fester an sich, bevor sie innehält und mich anblickt, als wäre ihr gerade etwas Wichtiges eingefallen. „Was ist?", frage ich sie neugierig.

„Du...du hast zu deinem Vater gesagt, dass du mich liebst!" Stimmt, das habe ich und so ist es.

„Annie, ich ... ich habe mich in dich verliebt und ich kann einfach nicht mehr ohne dich sein. Du fehlst mir in jeder Sekunde, die du nicht bei mir bist. Ich habe noch nie so für eine Frau empfunden." Ich fahre mit dem Daumen über ihre Lippen und spüre, wie Röte unbeabsichtigt in meine Wangen schießt während ich auf ihre Antwort warte. Ihr Gesicht strahlt. Sie ist schöner denn je.

„Ich liebe dich auch, Chris!" Kann es wirklich noch besser werden? Auf einmal erkenne ich eine Spur Unsicherheit in ihrem Blick. „Annie?" Sie senkt den Blick doch ich hebe ihr Kinn mit meinen Fingern.

„Ich..."

„Was ist los?"

Sie greift in meinen Nacken, zieht mich hinunter und drückt ihre Lippen auf meine. Leidenschaftlich. Fordernd. Mein Blut kommt in Wallung und rauscht in meinen Ohren. Mein Herzschlag beschleunigt sich und tausend Ameisen krabbeln durch meinen Bauch. Ich spüre, wie sie ihre Hand auf meine Taille legt, mich dichter an sich zieht. Ich nehme ihr Gesicht in meine Hände, lasse meine Zunge in ihren Mund fahren und ihre umschmeicheln. Alles verschwimmt.

Mein ganzer Körper verlangt nach ihr. Dann gehen ihre Hände an meinen Gürtel und plötzlich dämmert mir, was sie vorhat. Ich löse den Kuss, lege meine Hände auf ihre, halte sie zurück.

„Annie", wispere ich ihr entgegen.

„Ich will dich!", bringt sie mir sanft entgegen und führt fort, was sie begonnen hat.

„Wir müssen das jetzt nicht tun", versuche ich sie zu überzeugen. „Ich will es aber!", gibt sie unbeeindruckt zurück. Ich fahre mit den Händen über ihre Taille bis zu den Oberschenkeln, hebe sie hoch und trage sie küssend bis ins Schlafzimmer, wo ich sie sanft auf mein Bett lege.

Ich ziehe die Vorhänge zu, zünde eine Kerze an und lasse im Hintergrund leise Musik laufen, um ein bisschen runterzukommen. Es sollte etwas Besonderes werden und nun liegt sie da auf meinem Bett und will mit mir schlafen. Mein Körper will es ebenso, doch mein Verstand hat Angst, ihr nicht gerecht zu werden

„Komm her", sagt sie leise und ich sehe diese wunderschöne Frau an. Mein Mädchen. Sie knöpft mein Hemd auf und streift es von meinen Schultern.

Ich küsse ihr Schlüsselbein während ich ihr Kleid an

der Seite öffne und ihr anschließend hinaushelfe. Ich ziehe meine Hose und meine Shorts aus, streife mir das Kondom aus meinem Nachtschrank über. Sie liegt bereits vor mir splitterfasernackt und ist so perfekt, wie eine Frau nur sein kann. Wir küssen und liebkosen einander, bevor unsere Körper verschmelzen, eins werden und sich lieben. Stundenlang.

Es ist wohl das schönste Gefühl dieser Welt neben seinem Mädchen zu liegen, sie zu streicheln und zu betrachten, ihr eine schwarze Strähne aus dem Gesicht zu streichen, die sich auf ihre Wange verirrt hat. Glückseligkeit.

„Bist du glücklich?", frage ich sie und ihr Lächeln wird breit. Sie gibt mir einen Kuss.

„Was ist?", frage ich erneut. „Das war besser, als ich es mir vorgestellt hatte!", gibt sie zur Antwort und mein Hirn beginnt zu rattern.

„Ich habe vorher noch nie…naja du weißt schon." Schock. Absoluter Schock. Das kann doch unmöglich ihr Ernst sein.

„Wie meinst du das? Du hast vorher noch nie? Gott Annie, bitte sag mir jetzt nicht…"

„Das war mein erstes Mal", sagt sie, einfach so. Als wäre nichts dabei. Ich lege eine Hand vor meine Augen und bete zu Gott, dass sie mich verarscht.

„Annie!", sage ich frustriert.

„Dein erstes Mal? Komm schon, warum hast du

nichts gesagt?"

„Weil ich nicht wollte, dass es irgendwie komisch für dich ist!" Soll das ein Witz sein? Ich weiß gerade nicht, wohin mit meinen Gefühlen und streife mir meine Boxershorts über, setze mich an den Bettrand und massiere meine pochenden Schläfen.

„Chris?" Ein Hauch Verzweiflung liegt in ihrer Stimme und nur forsch kann ich antworten. „Was?" Ich bin tatsächlich ein wenig sauer auf sie. Hätte sie es mir doch nur gesagt, dann hätte ich…

„Chris, komm schon. Es war wunderschön. Ich hätte es nicht anders gewollt!"

„*Ich* aber, Annie! *Ich* hätte es anders für dich gewollt! Ich hätte es zu etwas Besonderem gemacht!"

„Es war besonders für mich!"

„Oh bitte!" Ich kann es einfach nicht fassen.

„Es war schon deswegen besonders für mich, weil ich es mit dir erleben durfte! Komm schon Chris, verderbe es nicht. Komm wieder ins Bett! Bitte!" Sie küsst meine Schultern, meinen Rücken. Das ist Bestechung! Eindeutig. Widerwillig gebe ich mich geschlagen, auch wenn ich es immer noch nicht in Ordnung finde. Sie hätte es mir sagen müssen. Das hätte sie.

Noch eine ganze Weile liegen wir so nebeneinander und ich genieße ihre warme Haut an meiner, den Duft ihres Haares und ihrer Haut. Ich wünschte, die Zeit würde stehenbleiben und wir könnten für immer hier liegen und uns lieben.

Die letzten Monate waren mit Abstand die besten meines Lebens. Mein Vater war überhaupt nicht erfreut über meine Kündigung und hat in der Zeit der Kündigungsfrist kaum mehr als zehn Worte mit mir gewechselt. Mit dem einzigen Sohn, der in seiner Nähe ist, aber egal. Mir sollte es Recht sein. So konnte ich wenigstens ganz normal meiner Arbeit und meinem Studium nachgehen.

Das Examen habe ich ziemlich gut hinter mich gebracht obwohl Annie mich oft genug abgelenkt hat, in dem sie in meiner Wohnung rumgehangen hat und ich den Blick kaum von ihr abwenden konnte. Inzwischen habe ich bei dem kleinen Italiener angefangen, wo wir bei unserem ersten Date essen gewesen sind. Dadurch bekommen wir dort Prozente und unser Pizza- und Pasta- Konsum ist deutlich gestiegen.

Annie hat ihre Staffelei mit hergebracht und zeichnet überwiegend, wenn ich büffeln muss. Mittlerweile hat ihre Mum akzeptiert, dass sie die halbe Woche bei mir verbringt und scheint mich tatsächlich auch ein klitzekleines bisschen zu mögen.

Mit meinem Vater habe ich schon seit Monaten kein Wort mehr gewechselt. Er meldet sich nicht. Ich melde mich nicht. Ben sagt, wir sind bescheuert und sollen uns gefälligst wieder zusammenraufen, aber auf keinen Fall werde ich den ersten Schritt machen, damit er bei nächster Gelegenheit wieder über Annie herfallen kann. Auf gar keinen Fall.

Heute ist Donnerstag und Annie begnügt sich mal wieder mit Farben und Pinsel. Heute hat sie im Park ein Brautpaar gesehen, das sie mir unbedingt zeigen möchte. Unendliche Liebe. Hoffnungslos romantisch. Das sind Worte, die im Grunde genau auf sie zugeschnitten sind.

Ich sitze an meinem Schreibtisch und gebe vor zu lernen, doch insgeheim beobachte ich sie. Beobachte, wie sie den Pinsel in die Farbe taucht, am Holz des Stieles rumknabbert, während sie überlegt, wo sie ansetzt. Beim Malen sind ihre Haare zu einem lockeren Zopf gebunden und sie trägt ein altes Hemd von ihrem Dad. Manchmal springt sie morgens auf, weil ihr irgendetwas einfällt, das sie sofort zeichnen muss und streift sich nur dieses alte karierte Hemd über. Ohne Hose versteht sich. Ich liebe diesen Anblick und könnte sie stundenlang dabei beobachten.

Morgen sind wir genau ein halbes Jahr zusammen. Das beste halbe Jahr meines Lebens. Was Annie nicht weiß, ist das ich sie morgen übers Wochenende entführen werde. Zu einer kleinen Insel umschlossen vom Meer. Ihre Mum hat bereits ihre Sachen gepackt und es wird sich noch herausstellen, ob das eine kluge Idee war.

Ein romantisches Wochenende ganz in ihrem Sinne, wie ich hoffe. Nur wir zwei. Allein umgeben vom Meer.

Annie

Er hat mir nicht verraten, wo wir hinfahren. Sogar meine Mum ist eingeweiht und hat mir hoffentlich passable Sachen eingepackt.

Ein halbes Jahr sind wir nun schon zusammen. Ein ganzes halbes Jahr, wie es in Jojo Moyes Buch geschrieben steht. Ich hätte nicht gedacht, dass er daran denkt, geschweige denn etwas für uns geplant hat. *Ich* hatte es nicht. Daran gedacht schon, doch dass wir etwas machen würden, kam mir nicht in den Sinn.

Eine Weile sind wir schon unterwegs und ich versuche immer noch herauszufinden, wo die Reise hingeht, doch außer hin und wieder ein paar Hügel und Wälder und mal ein Ortsschild lässt nichts auf unser Ziel schließen. Ich bin gespannt und auch etwas aufgeregt.

Es ist das erste Mal seit Jahren, dass ich woanders hinfahre, ja das ich überhaupt weiter als zehn Kilometer von meinem Zuhause entfernt bin. Und es fühlt sich gut an. Es fühlt sich richtig an, einmal alles hinter sich zu lassen, nicht an morgen zu denken, hier zu sein allein mit Chris.

Ich betrachte ihn während ich meine Hand auf seine lege, die den Schaltknüppel umklammert. Ich bin so froh, so glücklich ihn kennengelernt zu haben. Durch ihn fühlt sich mein Leben wieder wie Leben an. Kein Tag gleicht dem anderen. Ich freue mich auf jeden weiteren mit ihm.

„Wir sind da, naja fast", gesteht er und ich blicke mich aufmerksam um. Hatte ich doch glatt nicht mitbekommen, in welchem Ort wir uns jetzt befinden.

Chris öffnet mir die Tür und augenblicklich steigt mir ein salziger frischer Geruch in die Nase, der mich erahnen lässt, dass wir uns irgendwo am Meer befinden müssen. Er holt unsere Sachen aus dem Kofferraum und nimmt meine Hand, zieht mich hinter sich her. „Kommst du, Annie?" Ich versuche immer noch den Ort herauszufinden, in dem wir uns befinden, schaue mir die Geschäfte an, die Straßennamen, an denen wir vorbeischlendern.

„Wir sind in Wallison, Annie!"

„Wallison? Noch nie gehört!", gebe ich zurück. Wallison. Wir gehen weiter einen gepflasterten Hügel hinauf, eine Art Gasse. Links und rechts von uns sind aneinandergereihte kleine Häuser, jedes in einer anderen Farbe und mit einer eigenen kleinen Tür. Wären sie alle gleich angestrichen, könnte man wohl kaum erkennen, wo welches Haus endet.

Als wir die Spitze endlich erreicht haben, bietet sich mir ein Bild, dass ich so noch nie zuvor gesehen habe, naja nicht im echten Leben zumindest. Vor uns erstreckt sich das blaue Meer in seine Weite. Zu unserer

Rechten zieht sich ein großer Sandstrand mit Dünen und steinernen Felsstegen. Menschen liegen dort auf ihren Handtüchern und genießen die Wärme der Sonne. Kinder bauen Sandburgen und Hunde versuchen die Wellen zu fassen. Die Wellen.

Ich schließe die Augen und höre das Rauschen, das Zurücktreiben des Wassers, bevor es sich mit der nächsten Welle bricht und ans Ufer spült. Ich rieche die klare, salzige Luft und fühle mich auf einmal wie beflügelt. Unglaublich schön.

Eine warme Brise umspielt meine Haare und ich öffne die Augen, blicke in die eisblauen Augen meines Liebsten, laufe auf ihn zu und umarme ihn dafür, dass wir an diesem wunderbaren Ort sind.

„Hey, wir sind doch noch gar nicht angekommen. Es wird noch besser!", schmunzelt er und fährt mit der Hand durch meine Haare, um mir anschließend einen Kuss auf meine Lippen zu drücken.

„Wir müssen dahin!" Er zeigt mit dem Finger zu einem Steg zu unserer linken. Ein großer weißer Bogen aus Metall steht davor, worauf steht: Wallison Fähre. Ich bin noch nie mit einer Fähre gefahren. Es ist nur eine kleine Fähre, höchstens zehn Mann würden Platz darauf finden plus ein, zwei Fahrräder. An den Seiten ist das Boot offen, lediglich eine rote Reling verhindert, dass man hinausstürzen kann. Wir setzen uns weiter hinten hin, um das Schauspiel in voller Pracht zu genießen.

„Wie lange fahren wir?"

„Nicht lang, etwa zehn Minuten!"

Ich bin noch immer gespannt, wo die Reise letztendlich ihr Ende nehmen wird. Ich erschrecke kurz, als sich die Fähre in Bewegung setzt. Winzige Wassertropfen spritzen auf meine Arme und in mein Gesicht. Ich muss lachen. Chris betrachtet mich verträumt und setzt sich hinter mich, umschließt meine Taille mit seinen Armen und so sehen wir gemeinsam nach vorn, wo sich allmählich ein Stück Land vor uns auftut. Eine Insel, wenn ich das richtig sehe. Mein Gott, ich war noch nie auf einer Insel.

„Das ist Wallison Island. So nennen sie es hier. Normalerweise verbringen Leute hier gern ihre Flitterwochen aber ich habe gedacht..." Er hat richtig gedacht. Ich freue mich wie ein kleines Mädchen am ersten Schultag, umarme und küsse ihn voller Aufregung. Eine Insel. Mein Gott.

Nachdem die Fähre angelegt hat, streckt Chris mir seine Hand entgegen und hilft mir beim Hinübersteigen. „Eine Insel! Bist du verrückt?" Sicher kostet unser Aufenthalt hier ein Vermögen.

„Verrückt nach dir auf jeden Fall", grinst er mich an und zieht mich genau vor sich, legt seine Hand an meine Wange.

„Sieh es als vorträgliches Geburtstagsgeschenk!"

„Woher weißt du...?"

„Deine Mum!"

„Natürlich, wer sonst!"

„Darf ich bitten, Lady Parker?" Er macht eine Andeutung der Verbeugung und weist mich an, den Steg entlangzugehen. Am Ende des Holzstegs beginnt feiner zuckriger Sand. Ich ziehe meine Schuhe aus, um ihn unter meinen Füßen zu spüren. Er ist ein wenig heiß von der Sonne also gehe ich ein Stück weiter in Richtung Wasser, um sie darin abzukühlen. Chris stellt sich neben mich und nimmt meine Hand. Einen Moment lang stehen wir da und betrachten den Horizont.

„Soll ich dir unser Ferienhäuschen zeigen?"

„Häuschen?" So langsam glaube ich, dass ich träume. Es ist doch einfach zu schön, um wahr zu sein oder?

Häuschen trifft es nicht ganz würde ich sagen, als ich die gläserne Türe aufschiebe und sich mir ein Anblick wie in einem fünf Sterne Hotel bietet. Ein Ledersofa, Flachbildschirm, Kamin, das Esszimmer mit sechs Stühlen und einem riesigen Glastisch. Die Einbauküche mit Bar. Ein riesiges Schlafzimmer mit Himmelbett. Ein Badezimmer mit Whirlpool und Sauna und zwei weitere Schlafzimmer genau neben unserem.

„Du kannst den Mund wieder zu machen, Annie!",
höre ich Chris aus der offenen Küche lachen.

„Haha sehr witzig. Sag mal, das muss doch ein Vermögen gekostet haben!"

„Das ist schon okay!"

„Okay? Ich fühle mich wie in einer Luxussuite und du verdienst beim Italiener ja nun wirklich keine Goldklumpen, also?" Ich werde ihn solange löchern, bis er es mir verrät.

„Es ist das Anwesen meiner Eltern." Schon zum zweiten Mal öffnet sich mein Mund wie durch Zauberhand. „Das ist ein Scherz oder?"

„Nicht wirklich! Meine Eltern waren früher sehr oft hier im Urlaub. Zwischendurch wurde das Haus eben vermietet, an frisch vermählte Brautpaare, die ihre Flitterwochen genießen wollten. Mittlerweile ist seit über einem Jahr keiner mehr hier gewesen, außer der Haushälterin hin und wieder." Langsam bekomme ich meine Fassung wieder. „Es ist unglaublich schön!" Chris nickt.

Nach dem Auspacken essen wir ein wenig auf der Terrasse. Schon etwas seltsam, wenn jemand anderes für einen kocht. Sie heißt Maria, die Köchin, und hat uns ein Menü gezaubert, wie in einem Sternerestaurant. Irgendwie ist alles etwas surreal aber schon am nächsten Tag habe ich mich daran gewöhnt.

Samstag. Morgen Abend würden wir schon wieder nach Hause fahren, aber das will ich nicht. Können wir nicht einfach hierbleiben und in der Sonne liegen so wie jetzt gerade?

Ich atme die Luft, sauge den Sauerstoff in meine Lungen, halte Chris Hand dabei. Noch nie hat jemand so etwas Unglaubliches für mich getan.

„Ich danke dir!", wispere ich ihm zu.

„Wofür?", fragt er zurück.

„Für all das hier!" Ich mache eine ausschweifende Handbewegung. „Gern geschehen, Annie! Wir können noch öfter herkommen, wenn du magst. Wenn mein Examen durch ist..."

„Das wäre schön!", erwidere ich und lächele ihn an.

„Möchtest du heute hier bleiben oder wollen wir Wallison unsicher machen?"

„Was denkst du denn, was ich will?" Er lächelt.

Am späten Nachmittag ziehen wir uns um zu unserem ersten Date auf dem Wallisoner Festland. Es ist ein warmer Abend, bei dem die Luft nur so strotzt vor Romantik. In den Gaststätten und Cafés sitzen Pärchen, erzählen und lachen miteinander.

Hand in Hand schlendern einige die Promenade entlang und sehen sich die Schaufenster an, albern rum und geben sich hier und da einen flüchtigen Kuss. Nach dem Essen bei einem kleinen Griechen beschließen wir in eine Bar zu gehen und den Wallisoner Flair zu genießen. Hier ist alles ein wenig rustikal, die Zeit scheint stehengeblieben zu sein.

Dunkles Holz ziert die Stühle und Tische, bei denen man sich gegenübersitzt, getrennt durch einen Sichtschutz aus Pflanzen mit den anderen Tischen. Man ist allein und doch wieder nicht, aber es gefällt mir. Im

Hintergrund läuft die leise Musik, die zur Tanzfläche hin immer lauter wird. „Willst du?" Chris folgt aufmerksam meinem Blick. „Wenn du willst?"

„Haha, ich habe geübt", lächelt er siegessicher und nimmt meine Hand. Bis jetzt tanzt noch niemand. Einige von den vorderen Tischen beobachten uns, doch das ist mir egal. Ich konzentriere mich ganz auf Chris, der mich in seinen Armen hält. Ich lehne meinen Kopf an seine Schulter, schließe die Augen und genieße die zarten Töne, zu denen er uns bewegt. Er muss wirklich geübt haben. Meine Schuhspitzen bleiben heute jedenfalls sauber.

Es wird langsam dunkler und wir beschließen den Sonnenuntergang vom Strand aus zu betrachten. Ich stecke meine Füße in das kühle Nass, spüre den matschigen Sand zwischen meine Zehen als plötzlich etwas über meine Füße streicht.

„Aaahh", schreie ich auf, wie es sich für ein Mädchen gehört und springe schnell auf den trockenen Sand. „Was ist?", ruft Chris mir entgegen und läuft schon auf mich zu.

„Irgendetwas ist über meine Füße geschwommen! Bäh, ekelhaft!" Chris hebt einen Stock auf und geht Richtung Wasser, um zu schauen, was es gewesen sein könnte. Er stochert im Sand rum und kommt mit etwas Grünem und Schleimigen darauf zurück und hält es mir vor die Nase. Ich weiche mit erhobenen

Händen zurück. „Igitt, bleib mir bloß fern damit!" Chris lacht und kommt immer näher.

„Meintest du das hier?" Ich drehe mich geschwind um und ergreife rennend und lachend die Flucht. Chris läuft mir mit diesem ekelhaften Zeug hinterher, als ich plötzlich zu Boden sacke auf meine Knie, mich mit den Händen am Boden abstütze und nach Luft ringe. Stiche, überall Stiche in meiner Brust.

Krampfhaft halte ich mir mein Herz und versuche, mich zu beruhigen, als Chris sich hinter mir zu Boden fallen lässt.

„Annie! Gott, Annie! Sag doch was!" Doch das Einzige, was ich tun kann, ist versuchen, wieder zu Atem zu kommen. Tausende Bilder ziehen vor meinem inneren Auge an mir vorbei.

Konzentrier dich, Annie! Atme, Annie! Atme!
Ich deute mit der Hand auf meine Tasche, in der die Tabletten sind, die ich jetzt dringend brauche. Chris greift danach, versucht die Pillendose herauszufischen, doch es ist zu viel Kram darin. *Typisch Annie!*

Ich ringe weiter nach Luft, bringe ein krächzendes Geräusch hervor, dass mich ein wenig Sauerstoff einziehen lässt. Mein Herz klopft viel zu schnell. Ich sehe Sternchen vor meinen Augen tanzen und spüre eine bleierne Schwere, die mich hinunterziehen will, doch ich kämpfe dagegen an.

Chris hält meine Tasche inzwischen über Kopf und schüttet den Inhalt aus bis die glänzende Dose erscheint und er sie mir in die Hand drückt. Mit zitternden Fingern schiebe ich den Deckel hoch und fische die Pille heraus, stecke sie in meinen Mund. Chris reicht mir die Wasserflasche, die ich schon lange nicht mehr dafür brauche aber was schadet es schon. Ich spüle sie hinunter und eine viertel Stunde später beruhigt sich mein krankes Herz, wird Schlag um Schlag langsamer. Chris hält mich noch immer in seinen Armen. Seine Blicke sprechen Bände, erzählen von Angst, Angst um mich und einem Schock, der noch in seinem Mark sitzt.

So hatte er sich den Abend ganz sicher nicht vorgestellt. Meine Mum hatte Recht. Ich habe meine Krankheit vernachlässigt. Habe ich nicht heute Morgen eine wichtige meiner Tabletten vergessen? Aber ich werde nichts sagen. Alles ist in Ordnung. Es ist nicht das erste Mal gewesen und sicher auch nicht das letzte Mal. Das ist der Preis, den man zahlt, wenn man solch ein Leben führt.

„Gott, Annie! Geht's wieder?" Ich nicke und lächle dabei. Er drückt mich an sich.

„Vielleicht sollte ich dich ins Krankenhaus bringen!", schlägt er vor und führt mir damit das schrecklichste Szenario vor Augen, das passieren kann.

„Auf keinen Fall!", platzt es aus mir heraus.

„Es ist nicht nötig, alles in Ordnung. Es geht mir wieder gut!", versichere ich ihm, doch dem wird er kaum Glauben schenken.

„Bist du sicher? Für mich sah es nämlich ganz und gar nicht danach aus! Ich hatte so furchtbare Angst, dich zu verlieren Annie!"

„Wir sollten vielleicht zukünftig auf solche Renneinlagen verzichten!", gebe ich amüsiert zurück.

„Das war nicht witzig, Annie!"

„Ich weiß, tut mir leid!"

Noch eine ganze Weile sitzen wir da und warten, bis auch das letzte bisschen Rosa aus den Wolken verschwunden ist und der Himmel sich eindeckt mit tausenden funkelnden Sternen.

Chris wirft mir seine Jacke über, als er meine Gänsehaut bemerkt und ich schaue ihn an, sein markantes Gesicht, streiche mit den Händen über seinen Dreitagebart und ziehe ihn zu mir heran, um ihn zu küssen. Schmetterlinge flattern in meinem Bauch und ich wünschte, dieser Kurztrip würde ewig dauern.

Ich höre Kinder, deren Haut immer wieder auf einen Ball klatscht, Möwen und Meeresrauschen, Gerede und der Duft von Kaffee steigt mir in die Nase. Ich blinzele und versuche, meinen müden Augen aufzubekommen, schiebe die Decke von meinem Körper.

Decke? Nein, Jacke! Sand klebt überall auf meiner Haut und mühsam richte ich mich auf um zu erkennen, dass wir wohl hier eingeschlafen sein müssen. Ich blicke zu meiner Rechten, wo Chris immer noch gemütlich im Sand liegt und kein Auge aufmacht, bis ich ihn sanft rüttele und seinen Namen sage.

„Chris... "

Er murmelt nur und ich kann nicht verstehen, was er da von sich gibt, also rüttele ich etwas fester und rufe etwas lauter. „Chris!!!"

Plötzlich springt er auf und sieht sich völlig irritiert um. Sand klebt an seiner Wange und ich kann mir ein Schmunzeln nicht verkneifen.

„Was ist passiert? Wo zur Hölle sind wir?" Er wirkt zerknautscht, sein Haar ist verstrubbelt und dennoch sieht er irgendwie süß aus.

„Schätze wir sind hier eingeschlafen", lache ich und wische ihm den Sand aus dem Gesicht.

„Und du? Geht es dir gut?" Plötzlich steht dieselbe Besorgnis von gestern wieder in seinen Augen.

„Könnte nicht besser sein!", antworte ich und drücke ihm einen Kuss auf seine Lippen.

„Mal abgesehen von meinem Hunger, der mich gleich killt aber sonst", füge ich amüsiert hinzu.

„Na klar, was sonst!" Nachdem er sich ausgiebig gestreckt hat, steht er auf und klopft sich den Sand von den Klamotten ehe er mir die Hände entgegenstreckt und mir aufhilft. Als auch ich mich vom Sand befreit habe, gehen wir zu einem Bäcker ganz in der Nähe und verwöhnen uns mit einem schönen Frühstück, bevor wir die nächste Fähre zurück auf die Insel nehmen.

Schwermütig packe ich schon mal meine Sachen zusammen, um noch die restliche Zeit mit Chris auf dieser atemberaubenden Insel zu verbringen. Ein leises Gefühl beschleicht mich, dass ich sie vielleicht zum letzten Mal gesehen habe.

Chris

Ich muss zugeben, dass meine Gedanken noch immer um den gestrigen Abend kreisen. Wie sie dort auf dem Sand gekniet und nach Luft gerungen hat, als wäre jeder Atemzug ihr letzter.

Ich hatte Angst. Panische Angst und zum ersten Mal spürte ich am eigenen Leib, worauf ich mich da eingelassen habe. Ich werde es nicht ertragen können, sie zu verlieren, alles noch einmal zu erleben, wie bei meiner Mum. Es wird mich zerreißen und doch weiß ich, dass ich nicht gehen kann.

Ich liebe diese Frau mehr, als ich sonst jemanden geliebt habe. Das darf einfach nicht wahr sein. Es darf nicht passieren. Niemals! Ich werde es zu verhindern wissen. Irgendetwas muss es doch geben.

Ich werfe einen Blick zurück auf unser Haus. Präge mir jedes Bild genau ein, bevor ich unsere Taschen nehme und zur Fähre gehe. Schwermütig blicken wir auf die See als würden wir etwas von uns dort zurücklassen. Drei Tage waren einfach zu wenig. Das nächste Mal werden wir länger bleiben. Eine Woche vielleicht oder sogar zwei. Doch irgendetwas sagt mir, dass es kein nächstes Mal geben wird. Schnell verwerfe ich den Gedanken und widme mich meiner Annie, umarme sie und blicke mit ihr gemeinsam dem Festland entgegen.

„Ich gehe schnell tanken!", sage ich während sie es sich schon im Wagen gemütlich macht. Als ich bezahlt habe und aus der Tür trete schmunzele ich über den Anblick, der sich mir gerade bietet. Ein Paar Converse haben sich ihren Weg aus dem Fenster gebahnt und warten lässig übereinandergeschlagen auf die Abfahrt.

„Willst du deine Füße nicht lieber reinholen?", necke ich Annie, die ihre Lehne soweit es geht nach hinten gestellt hat und ihre Schuhe scheinbar eine Lüftung brauchen.

„Nö!", ist die einzige Antwort, die ich bekomme, bevor Annie sich einen Hut aufs Gesicht legt und die Fahrt über vor sich hin döst. Sie muss kaputter sein, als sie zugeben will, daher beschließe ich, sie am besten nach Hause zu bringen. Nach einer Stunde Stau und insgesamt drei Stunden Fahrt parke ich vor Annies Einfahrt.

„Aufgewacht Sonnenschein!", sage ich leise und nehme ihr den Hut vom Gesicht. Eine dicke Strähne liegt quer über ihr Gesicht, die ich behutsam nach hinten lege. Sie sieht so verdammt hübsch aus und scheint tief und fest zu schlafen, weshalb ich beschließe, sie nicht zu wecken, sondern direkt nach oben ins Bett zu tragen. Ich schnalle sie ab und hebe sie auf meine

Arme, was sich als leichter erweist als gedacht, da sie ja schon in der richtigen Position gelegen hat. Annie schlingt ihre Arme um meinen Hals. Ihre Mum sieht uns schon auf der Veranda und kommt herausgestürmt.

„Was ist passiert?"

„Gar nichts", sage ich leise, „sie ist nur eingeschlafen!" Ihre Mum nickt beruhigt und führt uns nach oben, öffnet die Tür von Annies Zimmer, wo ich sie sanft auf ihr Bett lege und mich mit einem Kuss auf die Stirn bei ihr verabschiede. „Bis morgen, Süße!"

Ich gehe raus und schließe die Tür, hole ihre Sachen aus dem Auto und plaudere noch kurz mit Mary, bevor auch ich mich auf den Heimweg mache und sehnlichst in mein Bett falle, das viel zu groß ist ohne Annie. In Gedanken an meine Liebste schlafe ich ein.

Der nächste Morgen macht mir deutlich, dass unmotiviert zu sein, ganz schön anstrengend ist. Völlig unkonzentriert sitze ich hier im Hörsaal, bekomme kaum mit, was um mich herum geschieht. Ich will zu Annie. Als dann auch noch mein Handy in voller Lautstärke losgeht, verheißt mir der Blick des Professors, dass ich mich lieber aus dem Staub machen sollte.

Na Alter! Wie war der Kurzurlaub?

Geil und erschreckend zu gleich.

Eine gefühlte Sekunde später klingelt es erneut.

„Mit dem ersten Wort komme ich ja klar, aber mit dem Zweiten kann ich gewissermaßen nicht viel anfangen! Wieso erschreckend?"

„Oh Ben. Es sitzt mir verdammt nochmal immer noch in den Knochen."

„Nun erzähl schon!" Ben hört aufmerksam zu. Zu aufmerksam für meinen Geschmack. Noch nicht mal atmen kann ich ihn hören und als ich fertig bin schallt gähnende Stille in das Telefon.

„Ben? Bist du noch da?"

„Sicher!"

„Und?"

„Was und?"

„Ja sagst du nichts dazu?"

„Ehrlich gesagt, kleiner Bruder, weiß ich nicht, was ich dir raten soll. Ich denke, dass musst du ganz allein für dich entscheiden. Alles, was ich weiß ist, das du daran zerbrechen wirst, wenn sie von uns gehen muss."

„Das wird nicht passieren!", gebe ich wütend zurück und umklammere mein Telefon fester.

„Chris..."

„Nein, Ben! Nicht dieses Mal! Nicht Annie! Nicht so! Sag nichts mehr! Ich will es nicht hören!" Ich verdränge die aufsteigenden Tränen und trete den Heimweg an. Heute kann ich eh nichts Interessantes mehr an den Vorlesungen finden. Heute nicht und auch den Rest der Woche nicht. Ich versuche wirklich, mich zusammenzureißen, doch dieser eine Vorfall hat ein Loch in meine Brust gerissen, dass so schnell niemand mehr zusammenfügen kann.

Doch morgen ist Annies Geburtstag. Die ganze Woche habe ich mich schon zurückgehalten, ihr gesagt, ich hätte zu tun und müsste für die Vorlesungen büffeln und dann noch die Arbeit. Sie hat es so hingenommen, doch morgen werde ich mich ihr stellen müssen. Bis morgen muss ich wissen, wie es mit uns weitergeht, ob es mit uns weitergeht. Ob ich das alles noch einmal durchstehen kann.

Die ganze Nacht denke ich darüber nach. Über sie, über mich, ihre Krankheit, über uns. Am nächsten Morgen fühle ich mich wie gerädert, als wäre ein tonnenschwerer Laster über mich gefahren.

Einen Liter Kaffee und eine Dusche später kann ich behaupten, wieder halbwegs bei Verstand zu sein. Ich fahre mit den Fingern über die Kette, die ich Annie zum Geburtstag besorgt habe und schließe den Deckel des kleinen Kästchens, um es anschließend in Geschenkpapier einzuschlagen, nicht gerade eine meiner Stärken.

Dann ziehe ich meine schwarze Stoffhose und das weiße Hemd an, dass ich bei unserem Date auf dem Fußballplatz getragen habe. Immerhin ist es ihr zwanzigster Geburtstag und sicher werden einige ihrer Verwandten dort sein, die ich bis jetzt noch nicht kennenlernen durfte. Ich bin ein wenig nervös, als ich abermals auf der Veranda stehe und die Klingel drücke. Mary öffnet die Tür und umarmt mich zur Begrüßung. Sie weiß sicher nicht, was letztes Wochenende vorgefallen ist, sonst hätte sie mich längst zur Rede gestellt. Noch immer mache ich mir Vorwürfe, den Krankenwagen nicht gerufen zu haben. Vielleicht steckt doch mehr dahinter, als Annie zugeben will.

„Hallo Chris, schön, dass du da bist! Komm doch schon mal mit in die Küche."

Eine zweistöckige Torte steht auf der Anrichte mit einer riesigen Zwanzig obendrauf. Rundherum Mohnblumen aus einer Zuckermasse. Annie liebt Mohnblumen. Schon einige Male im Juni mussten wir mitten auf der Landstraße anhalten, weil sie ein Mohnblumenfeld gesehen hatte. Sie stieg aus und rannte mitten hinein, ihr Gesicht strahlte wie nachts die Sterne am Himmel und jedes Mal machte mein Herz einen Sprung, wenn ich sie so sah.

Sogar jetzt, aus der bloßen Erinnerung heraus beschert mir der Gedanke daran ein Lächeln auf die Lippen.

„Chris! Ist alles in Ordnung?"

„Annie!", hauche ich überglücklich in ihr Ohr während ich sie an mich drücke.

„Es tut mir so leid!"

„Ach ja? Und was bitte genau?" Irritiert schaut sie mich an und stemmt die Hände in die Hüften. Erst jetzt fällt mir ihr bezauberndes blaues Kleid auf und ihre Haare, die heute mal so ganz anders aussehen als sonst. Am liebsten würde ich auf der Stelle mit ihr nach oben verschwinden, doch ihr Knuff in meine Seite holt mich wieder in die Realität zurück.

„Chris! Was tut dir leid?" Einen Moment lang überlege ich, was ich sagen soll.

„Dass ich so wenig Zeit für dich hatte in den letzten Tagen", überspiele ich schnell meine eigentlichen Gedanken. Niemals würde ich sie aufgeben können. Niemals.

„Happy Birthday, Annie! Ich liebe dich!" Ich nehme ihr Gesicht in meine Hände und küsse sie leidenschaftlich, bekomme kaum den Blick ihrer Mutter mit, bis diese sich räuspert.

„Entschuldigung", sage ich entschuldigend in ihre Richtung und ziehe Annie hinter mir her in den Flur, wo wir kurz ungestört sind. Ich ziehe das Geschenk aus meiner Tasche und lege es in ihre Hände.

„Aber Chris, unser Wochenende! Ich dachte..."

„Nun mach es schon auf. Es ist nur etwas Kleines!", versichere ich ihr, ehe sie das Geschenkband löst und das Papier abreißt. Neugierig öffnet sie den Deckel und Tränen steigen in ihre Augen, wovon eine sich den Weg ihrer Wange runter bahnt.

„Annie", flüstere ich leise. Zu Tränen treiben wollte

ich sie nun wirklich nicht.

„Chris, sie ist wunderschön!" Sie nimmt die Kette aus der Schachtel und betrachtet den kleinen Anhänger in Form eines Engels.

„Die wird dich beschützen, wo immer du auch bist", verspreche ich und lege ihr die Kette um den Hals. Sie fährt mit den Fingern darüber und fällt mir plötzlich um den Hals. „Ich danke dir, Chris!" Überraschung gelungen.

„Na, wer tuschelt denn da auf dem Flur?", vernehme ich eine mir noch fremde Stimme. Annies Gesicht hellt sich augenblicklich auf.

„Becki!", ruft sie sichtlich erfreut und läuft ihrer Schwester direkt in die Arme, die so anders aussieht, als ich sie mir vorgestellt habe. Die beiden haben kaum Ähnlichkeit miteinander, schon gar nicht, was ihre Haarfarbe angeht, da Becki's eindeutig rot sind.

„Was machst du denn hier? Ich dachte, du könntest nicht kommen?"

„Hab's mir anders überlegt!", gibt sie zurück.

„Wir sehen uns im Moment so selten, da wollte ich wenigstens bei deinem Zwanzigsten nicht mit Abwesenheit glänzen." Annie lacht, bevor sie mit Becki auf mich zu kommt und uns vorstellt.

„Becki, das ist Chris! Und Chris, das ist meine Schwester Becki!" Wir reichen uns die Hände.

„Hi. Du bist also der Typ, der meiner Schwester den Kopf verdreht hat!", witzelt sie und grinst dabei.

„Der bin ich wohl!", gebe ich gelassen zurück.

Die meiste Zeit des Abends haben sich die beiden Schwestern viel zu erzählen und hin und wieder hätte ich schwören können, meinen Namen zu hören. Zu gern hätte ich gewusst, was die beiden über mich tuscheln.

Einige Stunden später gehen die ersten Gäste wieder und der ruhigere Teil des Abends beginnt. Leise Musik läuft, die meisten sind drinnen, nur uns zieht es nach draußen. Mit einer Decke bewaffnet gehen wir in den Garten, wo wir uns unter freiem Himmel niederlassen und die aufsteigenden Sterne bewundern.

„Da! Hast du gesehen? Eine Sternschnuppe!" Ich schüttele den Kopf. „Dann wünsch dir was!", weise ich sie an.

„Was soll ich mir schon wünschen?", gibt sie mit unsicherer Mine zurück.

„Ich weiß nicht. Denk an deine Traumwand, das sind auch Wünsche!"

„Wünsche, die sich nie erfüllen werden!"

Ihre Worte machen mich traurig. Irgendwo verstehe ich ihre Denkweise, aber irgendwo hat sie auch Unrecht.

„Du darfst dich nicht aufgeben, Annie!"

„Ich gebe mich nicht auf, ich denke nur realistisch!"

„Das ist dasselbe, wenn du mich fragst! Warte kurz,

ich komme gleich wieder!" Annie sieht mir verwundert hinterher und schaut noch überraschter, als ich mit Zettel und Stift wieder zu ihr zurückkomme.

„Was soll das werden?"

„Wirst du gleich sehen!", verspreche ich ihr und setze den Stift an. Annie schielt über meine Schulter.

„Annies crazy Lifelist? Was soll das sein?" Sie rümpft die Nase.

„Das, meine Liebste, ist deine Wunschliste! Alle Sachen, die wir heute hier aufschreiben, werden wir beide irgendwann zusammen machen!" Ich glaube, sie hat noch nie etwas Bekloppteres gesehen.

„Du hast sie nicht mehr alle!", gibt sie zurück und legt sich wieder auf die Decke, betrachtet die Sterne, während ich schon beginne zu schreiben. Leichtathletikteam beitreten. Medizin studieren. Ärztin werden. Alle großen Städte besuchen.

„Was schreibst du da?"

„Deine Wünsche!" Ich lache.

„Was weißt du schon von meinen Wünschen?" Die große Liebe finden. Wieder die Insel besuchen. Jetzt habe ich sie. Annie richtet sich auf und setzt sich neben mich. „Zeig mal her!" Neugierig beginnt sie zu lesen. „Stift bitte!" Ich gehorche und schaue nicht schlecht, als sie eine Sache bereits abhakt.

„Die große Liebe habe ich doch bereits gefunden, du Idiot!" Ihre Augen blitzen und im nächsten Moment liegen ihre weichen Lippen auf meinen. Ich auch.

Annie

Was würde ich wohl gern einmal tun? Was würde ich mir für *mich* wünschen, wenn ich nicht diese blöde Krankheit hätte. Gar nicht so einfach. Wo soll man da anfangen? Ich denke eine Rangordnung wäre ebenfalls nicht schlecht.

Ich bin noch nie so hoch geschaukelt, dass es mir im Bauch gekribbelt hat. Ich konnte noch nie in meinem Leben Achterbahn fahren, die großen mit den Loopings. Ich konnte nie so viele Seifenblasen pusten, dass ich darin tanzen konnte. Ich habe noch nie Karaoke in einer Bar gesungen oder ein Bier getrunken, habe noch nie eine Nacht in einer Disco durchgemacht, bin nie auf Konzerten gewesen.

Ich wollte schon immer mal mit einem Fahrrad einen Berg hinuntersausen und meine Arme zu den Seiten ausstrecken. Ich habe nie einen triefenden Burger in einem Diner gegessen und war noch niemals im Winter Schlittschuh fahren.

„Das hast du alles noch nie in deinem Leben gemacht?", fragt Chris erstaunt, als er die Punkte durchliest. Ich schüttele den Kopf. „Mum war immer sehr darauf bedacht, dass mir nichts passiert, verstehst du?" Für ihn sind das alles gewiss gewöhnliche Dinge, die jeder schon einmal in seinem Leben gemacht hat, aber für mich ist all das Neuland. Neuland, dass ich nur zu gern einmal mit ihm betreten würde.

„Was ist mit deiner Zukunft? Hast du dafür keine Wünsche?" Die Zukunft. Wie selten hatte ich darüber nachgedacht. „Ich wünsche mir, mit dir zusammen zu sein, für immer. Eines Tages um deine Hand anzuhalten und dass du ja sagen würdest. Ich wünsche mir, dass wir eines Tages heiraten werden und uns ein nettes Haus suchen, egal wo. Ein, zwei Kinder wären auch nicht schlecht!" Chris lacht und ich boxe ihm in die Seite, woraufhin er mich in den Arm nimmt.

„Wie schön wäre es, wenn all das möglich wäre!" Ich sehe zum Himmel und wieder huscht eine Sternschnuppe über uns vorbei. Ich schließe die Augen und wünsche mir, dass alles wahr wird, was wir uns eben gewünscht haben.

„Was macht ihr da?", höre ich Becki's Stimme und weise sie an, sich neben mich zu legen. Kopf an Kopf beobachteten wir die Sterne, bis wieder eine Sternschnuppe am Himmel entlangrauscht.

„Wünsch dir was!", sage ich zu ihr.

„Was soll ich mir schon wünschen?", erwidert sie und Chris kann nicht an sich halten, den Kopf zu schütteln und zu lachen.

„Schwestern!" Mehr fällt ihm nicht dazu ein.

„Ich mag ihn!", flüstert mir Becki ins Ohr und ich kuschele mich glücklich an sie. Wer weiß, wann ich wieder die Gelegenheit haben werde.

Es ist Mittwoch und ich werde heute Chris beim Fußballspielen zusehen. Das letzte große Spiel in dieser Saison gegen seine Erzfeinde. Langsam wird es kälter draußen, sodass ich ohne meinen blauen Baumwollmantel kaum noch das Haus verlasse.

Meine nächste große Untersuchung steht am Freitag an und irgendetwas sagt mir, dass ich dieses Mal nicht einfach wieder dort hinausspazieren werde. Zu oft war mir in den letzten Tagen schwindelig geworden. Natürlich habe ich niemandem davon erzählt, schon gar nicht meiner Mum. Sie hätte mich sicher sofort ins Krankenhaus geschleppt aber das kann ich nicht. Zu gut läuft es gerade zwischen Chris und mir, dass ich keinen Tag ohne ihn aushalten würde.

Wie immer sitze ich ganz vorne mit einigen anderen Frauen und Männern, die meines Erachtens nach ebenfalls Familienangehörige und Freunde der Spieler sind. Alles jubelt und klatscht, als die ersten zwei Tore fallen, die jedoch schnell von den Erzfeinden aufgeholt werden.

Es sind die letzten fünf Minuten, in denen die Zeit stillzustehen scheint. Alle sind angespannt, fiebern mit bei jedem Pfiff, jedem Sprint und jeder Torchance, die vergeigt wird. Adam rennt auf das Tor zu, spielt einen Gegner aus und sieht Chris auf der anderen Seite ungedeckt, der immer wieder andeutet, er solle ihm den Ball zupassen.

Alles johlt, alles brüllt, Arme werden in die Luft gerissen, ich höre die Ratschen in doppelter Lautstärke, bevor alles vor meinen Augen verschwimmt.

Nein, nicht jetzt, nicht hier!

Alles passiert wie in Zeitlupe, meine Knie werden weich und sacken schlussendlich zusammen. Die Schwerkraft gewinnt und zieht mich hinunter. Alles was ich noch sehe ist Chris' Gesicht, den stummen Schrei meines Namens, bevor alles schwarz wird und ich in eine Dunkelheit falle, die mich nicht wieder loslassen will.

Ich sitze auf Asphalt, kalt und schwarz. Es ist so dunkel, dass ich kaum mehr meine Hand vor Augen sehen kann. Verwirrt blicke ich mich um, doch weit und breit ist nichts und niemand zu sehen bis auf ein kleines Licht irgendwo dort hinten.

Ich stehe auf und gehe langsam darauf zu, als mir auffällt, dass keiner meiner Schritte einen Laut macht. Ich werfe einen Blick auf meine Schuhe, doch scheint alles in Ordnung damit zu sein also gehe ich unbeirrt weiter.

Etwas zieht mich dorthin und irgendwie auch nicht. Egal wie viele Schritte ich mache, das Licht verändert sich nicht. Müsste es nicht größer werden, je mehr ich an Entfernung verringere? Ich beginne zu laufen, zu rennen, doch nichts passiert. Ich komme noch nicht mal außer Atem also bleibe ich stehen und dre-

he mich um. Mir stockt der Atem, als plötzlich Chris hinter mir steht und mir seine Hand entgegenstreckt. „Bleib bei mir, Annie! Bleib bei mir!" Ohne zu zögern ergreife ich seine Hand und werde hinaufgezogen, hinauf zurück ins Licht.

Alles ist grell um mich herum als ich versuche, die Augen zu öffnen. Ich muss ein paar Mal blinzeln, um erste Umrisse wahrzunehmen, zu erkennen, wo ich gelandet bin. Es war also kein Traum. Ich bin im Krankenhaus. In einem dieser sterilen Zimmer, in dem ich so schnell eigentlich nicht zu Hause sein wollte. Chris sitzt auf einem Stuhl dicht an meinem Bett und hält meine Hand.

Ich versuche mich etwas aufzurichten, scheitere kläglich an meiner verlorenen Kraft. Ich fühle mich, als würden zwanzig Ziegelsteine auf mir liegen und fasse mir instinktiv ans Herz, versuche ruhig zu atmen.

Er trägt noch seine Fußballsachen, was mir zeigt, dass ich noch nicht allzu lange hier drin sein kann. Ein Wasserglas steht auf der anderen Seite auf meinem Nachtschrank. Ich strecke meinen Arm aus, erreiche es nicht. Ich versuche es noch einmal, berühre das Glas etwas zu stark mit meinen Fingern, wodurch es klirrend zu Boden fällt. *Verdammt!* Chris schreckt hoch und sieht erschrocken in mein Gesicht.

„Annie! Gott sei Dank!" Er umarmt mich so fest, dass

ich befürchte, gleich keine Luft mehr zu bekommen, also klopfe ich auf seinen Rücken.

„Entschuldige! Ich bin nur so froh, dass du wieder wach bist. Ich sollte die Schwester rufen." Er steht auf und drückt den Knopf, der darauf zu blinken beginnt. „Wasser bitte", wispere ich, denn mein Hals ist staubtrocken, nicht in der Lage auch nur einen Ton herauszubringen.

„Wasser, natürlich. Warte kurz." Er nimmt das Glas von dem anderen Nachttisch, füllt es und hält es mir an den Mund, als wäre das hier nicht schon peinlich genug, wobei ich wusste, dass dieser Tag irgendwann kommen würde. Nur hatte ich ihn nicht so bald erwartet.

„Das Spiel", wispere ich erneut, bevor er mir wieder das Glas an die Lippen hält.

„Ist nicht so wichtig!" Sein Blick wird warm, ich weiß sofort, dass sie verloren haben und das meinetwegen. „Na toll", gebe ich entgeistert zurück.

„Annie, das ist in diesem Augenblick das Unwichtigste überhaupt. Das Wichtigste ist, dass du dich jetzt ausruhst und wieder gesund wirst, hörst du?" Ich nicke, obwohl ich weiß, dass es unrealistisch wäre, zu glauben, dass ich wieder gesund werde. Doch ihm will ich diese Hoffnung nicht nehmen. Noch nicht.

„Annie!!!" Mum. Wer sonst würde in dieser Lautstärke in ein Krankenzimmer brüllen.

„Es geht mir gut Mum!" Ich versuche zu lächeln.

„Gut geht es dir, wenn du wieder zu Hause bist, junges Fräulein." Sie streicht mir über die Haare und gibt mir einen Kuss auf die Stirn, verbirgt ihre aufsteigenden Tränen.

„Ich werde Doktor Summers suchen, Liebes!" Ich nicke und suche Chris' Blick. „Es wird alles wieder gut! Ich verspreche es." Tränen steigen mir in die Augen. So vieles wollte ich noch mit ihm zusammen erleben und nun sind all unsere Pläne dahin. Puff. An einem einzigen Tag, in einer einzigen Minute. Kann das Leben wirklich so ein Arschloch sein?

Chris wischt meine Tränen weg, küsst mich auf den Mund. Mein Bauch kribbelt wie am ersten Tag. Wenigstens das funktioniert noch.

„Hallo Annie!" Die kleine blonde Arzthelferin kommt herein und sieht sich meine Werte an.

„Na da hast du ja ganz schön was hinter dir nicht?"

„Kann man so sagen", gebe ich zurück.

„Doktor Summers müsste gleich da sein. Ich schicke jemanden, der das kaputte Glas entfernt. Ruh dich solange aus." Ihr Blick bleibt an Chris haften, mustert ihn von oben bis unten, bevor sie sich lächelnd umdreht und geht. Auch ich muss schmunzeln. Chris sieht an sich herunter und hebt die Schultern.

„Was ist?"

„Gar nichts!", lüge ich ihn an und warte mit ihm auf die Ärztin und meine Mum.

„Hallo Annie!" Doktor Summers reicht mir die Hand, ihr Blick sieht besorgt aus. Kein gutes Zeichen.

„Doktor Summers", gebe ich zurück und sehe gebannt auf ihre Lippen.

„Annie, sag mal, ging es dir in letzter Zeit vielleicht hin und wieder nicht so gut? Schwindel, Atemnot, Müdigkeit, Appetitlosigkeit? Klingelt da was?"

„Also Appetit hatte ich immer." Ich verziehe meinen Mund zu einem schuldbewussten grinsen. Die Blicke meiner Mutter und Chris haften auf mir und warten auf Antwort.

„Annie, jetzt ist nicht mehr die Zeit zu scherzen, sondern die Wahrheit zu sagen!" Ich sehe auf das Ende meiner Bettdecke und nicke.

„Mir war öfter mal schwindlig und schlecht in den letzten beiden Wochen. Einmal hatte ich extreme Atemnot." Doktor Summers Blick gleitet zu meiner Mutter und verhärtet sich.

„Wir werden einen Ultraschall machen. In zehn Minuten. Ich lasse ein Gerät herbringen und junger Mann", nun schaut sie zu Chris, mustert ihn ebenfalls, „sie sollten nach Hause gehen und sich etwas Anderes anziehen!" Sie zwinkert ihm zu und wieder entlockt es mir ein Schmunzeln.

„Ist schon ok, Chris. Du darfst eh nicht bei der Untersuchung dabei sein."
Er geht nur widerwillig.

„Ich werde gleich zurück sein. Brauchst du noch etwas?" Ich schüttele den Kopf.

„Ich brauche nichts außer dich!" Er beugt sich vor und gibt mir einen Kuss.

„Bis gleich!"

„Das wird jetzt einmal kurz kalt, Annie." Ich nicke, denn mittlerweile ist mir dieses Glibberzeugs wohlbekannt. Heute jedoch ist es kälter als zuvor. Heute bekomme ich eine Gänsehaut und ziehe die Decke ein Stück höher. Doktor Summers positioniert den Ultraschallkopf, beobachtet und zeichnet auf, macht Fotos von meinem Herzen, kontrolliert Größe und das Blutvolumen, welches durch die Kammern gepumpt wird.

Es dauert eine halbe Ewigkeit bevor sie mich mit einem Tuch von der glibbrigen Masse befreit und mein schickes Krankenhaushemd wieder runter zieht. Sie legt ihre Hand auf meinen Oberschenkel, setzt sich an meinen Bettrand und legt ihr Erklärungsgesicht auf. Meine Mum steht noch immer.

„Annie, ich habe dich noch nie angelogen und werde auch jetzt nicht damit anfangen." Ich nicke bestätigend und spüre, wie sich mein Magen krampfhaft zusammenzieht.

„Es ist so, dass…" Sie scheint der richtigen Worte nicht Herr zu werden und holt einmal tief Luft, bevor sie weiterredet.

„Dein Herz hat sich weiter vergrößert, Annie. Es ist schwächer geworden, deswegen wird dir bei Belastung schnell schwindlig und du bekommst Atemnot, weil der Sauerstoff nicht schnell genug in dein Blut transportiert werden kann. Nimmst du deine Tabletten regelmäßig?" Wieder nicke ich. „Okay, das ist perfekt! Im Moment bist du stabil, aber wir werden dich hierbehalten müssen. Du bist zu schwach, um nach Hause gehen zu können und außerdem müssen wir dich beobachten, sehen, ob es nicht noch schlimmer wird. Ich werde deinen Status aktualisieren. Eine Herztransplantation ist in deinem Alter und deinem Zustand unumgänglich würde ich sagen, aber ich werde mich hierzu noch mit meinen Kollegen beraten. Und bis dahin sieh zu, dass du dich nicht überanstrengst, okay?"

„Okay!" Sie steht auf und wendet sich nun meiner Mutter zu, geht mit ihr vor die Tür, jedoch haben meine Ohren bis jetzt noch nicht gelitten. Ein „Tut mir leid, Misses Parker" kann nie etwas Gutes bedeuten. Der Blick meiner Mum spricht ebenfalls Bände.

„Oh Kleines!", sagt sie mit Tränen in den Augen und umarmt mich. Perfektes Timing für Chris' Wiederauftauchen.

„Was ist passiert?" Stocksteif steht er da, als hätte er einen Geist gesehen. Hypnotisiert von der Umarmung und dem Schluchzen meiner Mutter.

„Es ist gar nichts! Meine Mutter neigt zu Übertreibungen. Geh nach Hause, Mum. Du kannst nichts tun im Moment." Sie nickt und richtet sich mühselig auf.

„Wobei ich durchaus erfreut über ein paar meiner Klamotten wäre", rufe ich ihr hinterher, während sie vor Chris stehenbleibt und ihre Hand an seine Wange legt. „Im Moment ist sie stabil aber sie wird hierbleiben müssen. Vorerst." Er nickt, nimmt ihr Hand in seine Hände und nickt ihr zu.

„Dann werde ich auch hierbleiben!"

Chris

Tage vergehen und ziehen sich wie Gummi ohne eine Aussicht auf Verbesserung von Annies Zustand. Ein paar Mal hatte mein Vater versucht, Kontakt mit mir aufzunehmen, doch ich konnte seine Reden jetzt einfach nicht ertragen. Der Einzige, mit dem ich darüber reden konnte, war Ben. Meistens hörte er einfach nur zu aber mehr brauchte ich auch nicht.

Fast jeden Tag verbrachte ich bei ihr, schwänzte wichtige Vorlesungen um ihr nah sein zu können, denn jeden Tag, so wusste ich, könnte das Blatt sich wenden, könnte es ihr schlechter gehen. Und für den Fall wollte ich bei ihr sein.

Ich übernahm weiterhin abends die Schichten im Restaurant, denn irgendwie musste ich schließlich die Miete bezahlen. Nachts konnte ich nur noch selten schlafen, entwickelte Bilder der letzten sechs Monate, in denen wir glücklich waren. Schaute mir jedes Bild, jedes Lächeln genau an. Es war ein himmelweiter Unterschied zu ihrem jetzigen Aussehen.

Sie ist immer noch schön, keine Frage, doch sie sieht schwach und zerbrechlich aus. Jedes Mal versetzt es mir einen Stich ins Herz, sie so zu sehen. Jedes Mal sehe ich meine Mutter neben ihr, die nur darauf wartet, sie hinüber zu begleiten. Doch so leicht gibt Annie nicht auf.

Das ist mein Leben und nur ich bestimme, wann es Zeit ist, zu gehen. Stark ist sie in der Tat. Für heute habe ich ihr einen neuen Skizzenblock besorgt und die Kohlestifte, die sie so mag. Gerade, als ich mich auf den Weg ins Krankenhaus machen will, klingelt es an der Tür.

„Ich bin's. Kann ich reinkommen?" Mein Vater ist noch nie in meiner Wohnung gewesen. Warum ausgerechnet jetzt?

„Was willst du?", frage ich forsch, denn jede Minute, die verstreicht ist eine weniger, die ich bei Annie sein kann.

„Hallo Junge", begrüßt er mich und legt die Hand auf meine Schulter.

„Ben hat mir alles erzählt. Über dich und über Annie. Ich... ich wollte mich bei dir entschuldigen. Was ich da damals gesagt habe, dazu hatte ich kein Recht. Ich hätte deine Entscheidung und vor allem Annie akzeptieren müssen und du hattest Recht, mit allem, was du die letzten Jahre gesagt hast. Über deine Mutter. Ich habe die Bilder weggeräumt, weil ich es nicht ertragen konnte sie darauf zu sehen. Es hat so weh getan, sie zu verlieren. So weh..." Tränen sammeln sich in seinen Augen und ich muss zweimal hinschauen, sie als solche zu erkennen.

Ich habe meinen Vater selten weinen sehen und bin

auch nicht in der Verfassung weiter den bockigen Jungen zu spielen, der ich die letzten Monate war.

„Kannst du mir verzeihen?"

„Sicher kann ich das!" Und zum ersten Mal nach einer Ewigkeit fallen wir uns in die Arme. Vater und Sohn. Mutter wäre stolz auf uns.

„Grüße sie von mir und bitte Junge, wenn ihr etwas braucht, gebt Bescheid. Ihr könnt auf mich zählen!"

„Danke Dad!" Ich bringe ihn zur Tür, seine Worte haben mich auf eine Idee gebracht. Ich greife den Ersatzschlüssel und mache mich auf den Weg zu Annie.

„Hallo mein Schatz!"

„Bist spät dran heut", stellt sie mit fragender Mine fest.

„Mein Dad war bei mir", sage ich trocken obwohl ich weiß, welch eine Neugierde ich nun bei ihr geweckt habe.

Im Schneidersitz sitzt sie auf dem Bett und starrt mich mit großen Augen an.

„Nun erzähl schon oder soll ich sterben vor Neugier?" Sie verschränkt die Arme vor der Brust.

„Er wollte sich aussprechen, sich mit mir versöhnen. Er lässt dich grüßen und entschuldigt sich für seinen Auftritt damals. Er sei nicht er selbst gewesen."

„Guter Mann! Ich schätze, Ben hat ihm alles erzählt?" Ich nicke wissentlich.

„Du Annie? Was hältst du von einem Schlüssel für meine Wohnung?"

„Einen Schlüssel für seine Wohnung sollte man schon haben", scherzt sie.

„Heute wieder Kasper zum Frühstück?" Sie lächelt und nickt. Ich ziehe den Schlüssel aus meiner Hosentasche und drücke ihn ihr in die Hand.

„Was ist das?"

„Ein Schlüssel würde ich sagen!" Sie rollt die Augen.

„Das ist mir schon klar. Wofür ist der?"

„Für meine Wohnung natürlich!" Sie guckt amüsiert.

„Du gibst mir einen Schlüssel für deine Wohnung? *Jetzt???*" Ein wenig erkenne ich die Ironie darin.

„Der Schlüssel ist das Symbol unserer Hoffnung, unserer Liebe. Es bedeutet, dass du hier rauskommen wirst und irgendwann werden wir dann zusammenziehen." Jetzt begreift sie und strahlt genau wie früher. „Ich danke dir!", flüstert sie mir zu und zieht mich zu einem leidenschaftlichen Kuss zu sich heran.

„Hey, nicht so stürmisch!" Ich lege meine Hand auf ihre Brust. „Wir wollen das Herz doch nicht aufregen."

„Auf keinen Fall!", gibt sie zurück und umarmt mich. Ich bin sicher, über den Skizzenblock wird sie sich noch mehr freuen.

Eine weitere Woche vergeht. Annie wandert auf der Liste immer höher, doch scheinbar ist es schwer einen Spender mit ihrer Blutgruppe zu finden. Einer der Nachteile, wenn man Blutgruppe Null hat, doch wir werden die Hoffnung nicht aufgeben. Irgendwo wird es ein Herz für sie geben. Es muss eines geben.

Heute ist richtig viel los. Draußen spielt das Wetter schon seit Tagen verrückt und alle verkrümeln sich nach drinnen, wo es warm und gemütlich ist. So auch ins Restaurant. Eigentlich sollte ich mich nicht beklagen, denn dadurch bekomme ich ein richtig gutes Trinkgeld und im Moment kann ich das nur zu gut gebrauchen.

„Bentley, Telefon für dich!" Mein Chef hasst es, wenn während der Schicht Anrufe aufs Betriebstelefon kommen und ich kassiere einen scharfen Blick.

„Mach es kurz!"

„Hallo? Chris Bentley hier." Schluchzen am anderen Ende. Mary schätze ich.

„Mary? Was ist los? Ist was mit Annie?" Mein Herz klopft wie wild. Meine Finger kribbeln und meine Hand ballt sich zur Faust.

„Es...es geht ihr schlechter Chris! Sie...sie haben ein Blutgerinnsel entdeckt in ihrem Herzen. Komm schnell!" Ich lege den Hörer auf und starre einen Moment vor mich hin, bevor ich meine Faust gegen die Wand schmettere. Blut tropft hinunter, doch alles, was ich wahrnehme ist die Übelkeit, die gerade meinen Körper durchfährt. Ich löse den Knoten meiner Schürze, werfe sie auf den Tresen und renne hinaus.

„Hey Bentley!!!", höre ich den Chef noch meinen Namen rufen aber es ist mir egal. Zitternd stecke ich den Schlüssel ins Zündschloss und fahre los in der Hoffnung, dass ich nicht zu spät komme.

Der Anblick, der sich mir bietet ist bei weitem kein schöner. Annie liegt wieder auf der Intensivstation, angeschlossen an ein Sauerstoffgerät. Sie sieht schwach und blass aus, ihre Lippen sind blau. Sie schläft. Ihre Mum und Becki kommen auf mich zu, Mary weint.

„Sie wissen nicht, wie lange sie es durchhalten wird. Wenn sich das Gerinnsel löst und weiterwandert...", Becki schluchzt, „es könnte alles passieren." Ich höre, was sie sagt, doch brauche einen Moment, um zu begreifen und diese Nachricht zu verdauen, bevor ich zu Annie gehe und ihre Hand in meine nehme.

„Bitte Annie! Verlass mich nicht! Halte durch, noch ein wenig. Sie finden sicher noch ein Herz, ganz bestimmt! Du darfst nicht aufgeben!" Tränen sammeln sich in meinen Augen und bahnen sich ihren Weg über meine Wangen, als ich Annies Hand an meiner Haut spüre.

„Hey", wispert sie und blinzelt mich durch ihre müden Augen an. „Hey", gebe ich schluchzend zurück.

„Ich liebe dich, Chris! Das weißt du, oder?" Ich nicke. Natürlich weiß ich das. Wie könnte ich nicht. Auch in ihren Augen sammeln sich Tränen, sie schluckt schwer. „Es tut mir alles so leid", schluchzt sie und dicke Tropfen kullern über ihre Wangen.

„Nichts braucht dir leid tun, mein Schatz! Nicht um

alles in der Welt hätte ich auch nur eine Sekunde missen wollen, die ich mit dir verbracht habe, hörst du? Nicht um alles in der Welt!"

„Und nun ist es vorbei", stellt sie bitter fest.

„Sag sowas nicht, Annie. Es gibt noch Hoffnung. Sie werden ein Herz finden. Da bin ich ganz sicher!", verspreche ich ihr, obwohl ich mir mittlerweile nicht wirklich mehr sicher bin. Jeden Moment kann es passieren, jeden Moment so weit sein. Ich möchte mir nicht vor Augen führen, wie es sein wird ohne sie. Ich kann es nicht. Ohne Annie ist mein Leben sinnlos. Sie ist schwach.

„Ich bin müde", flüstert sie und ist schon eingeschlafen, bevor ich antworten kann. Ich küsse ihre Hand und lege sie auf ihre Decke. Ben. Ich brauche Ben. Verstört gehe ich aus dem Zimmer und fische mein Handy aus der Hosentasche, wähle seine Nummer. Schnell geht er ran, doch ich bin nicht im Stande etwas zu sagen, schluchze nur und schlucke den dicken Kloß in meinem Hals hinunter.

„Chris? Hey, Chris! Man, sag doch etwas!" Ich sammle meine Kraft und presse den schlimmsten Satz aus meinen Lippen hervor, den ich je sagen musste.

„Annie, sie...sie...sie wird sterben Ben. Sie wird sterben!" Ich sinke auf die Knie und lasse meinen Körper weinen.

„Chris? Ich komme sofort. In ein paar Stunden bin ich bei dir." Ich lege auf, wische meine Tränen aus dem Gesicht, setze mich auf den Boden und lehne mich an die Wand, bis Doktor Summers um die Ecke kommt.

„Chris!" Sie sagt nur meinen Namen, doch steckt so viel Mitleid darin. Mitleid, dass ich jetzt nicht gebrauchen kann. Sie setzt sich neben mich und fängt an zu erzählen über Annie. Wie sie sich kennengelernt haben, wie sie zu Freunden wurden, die Ärztin und das kleine Mädchen. Ich höre aufmerksam zu, lasse mich nur zu gern von meinem Geheule ablenken.

„Annie hatte nie etwas für die Liebe übrig gehabt, weißt du? Sie hatte nie wirklich daran geglaubt, dass es sie gibt, bis sie dich traf. Hier im Krankenhaus. Ihre Augen haben so gestrahlt jedes Mal, wenn sie von dir erzählt hat. Du hast ihr alles gegeben, wovon sie nie zu träumen gewagt hätte. Du musst jetzt stark sein, Chris. Für eure Liebe, für Annie!" Sie legt die Hand auf meine Schulter und steht wieder auf, geht in Annies Zimmer. Ich gehe nach Haus, habe noch etwas zu erledigen.

Ich sehe die Bilder, Bilder von ihr, die überall in meiner Wohnung verstreut liegen. Ich würde sie sicher nie vergessen, ich nicht. Doch ich will, dass sie lebt. Irgendeine Möglichkeit muss es doch geben. Ich gehe in meiner Wohnung auf und ab, denke immer wieder an unsere letzte Begegnung vorhin. Annie hat sich bereits aufgegeben. Es war ein Abschied ihrerseits. Ich habe es gespürt auch wenn ich es nicht wahrhaben wollte. An der Schlafzimmertür hängt noch immer mein Anzug von ihrem Geburtstag. Eigentlich wollte ich ihn längst in die Reinigung geben.

Mein Blick fällt auf einen Zettel, dessen Spitze aus der Jackentasche ragt. Neugierig hole ich ihn heraus, falte ihn auseinander und muss zwangsläufig schmunzeln, als ich den Titel lese.

Annies crazy Lifelist.

Das ist es. Voller Zuversicht setze ich mich an den Schreibtisch und hole ein neues Blatt Papier aus der Schublade, setzte den Stift an.

Annies crazy Lifelist

Punkt 1: So hoch schaukeln, dass es im Bauch kribbelt

Punkt 2: So viele Seifenblasen pusten, dass ich darin tanzen kann.

Punkt 3: Achterbahn mit Looping fahren

Punkt 4: Karaoke in einer Bar singen

Punkt 5: ein Bier trinken

Punkt 6: eine Nacht durchtanzen

Punkt 7: mit dem Rad einen Hang hinuntersausen

Punkt 8: einen triefenden Burger futtern

Punkt 9: Schlittschuh fahren

Punkt 10: alle großen Städte der Welt besuchen

Punkt 11: einem Leichtathletikteam beitreten

Punkt 12: Medizin studieren

Punkt 13: Ärztin werden

Punkt 14: die große Liebe finden

Punkt 15: Heiraten

Punkt 16: ein Haus bauen (einfach einziehen ist langweilig)

Punkt 17: Zwei Kinder bekommen

„Ich habe die Liste noch um drei Punkte erweitert, ich hoffe, das ist okay", sage ich zu ihr, ohne eine Antwort zu erwarten. Reglos liegt sie da, wie eine Hülle ohne Seele. Sie hat die Augen seitdem nicht mehr geöffnet.

„Punkt achtzehn", ich muss schon wieder heulen, „gesund bleiben".

„Punkt neunzehn, alt werden! Und mit alt meine ich alt, Annie Parker! Vor neunzig darfst du diese Welt nicht verlassen und Punkt zwanzig ist der wichtigste überhaupt! Glücklich sein! Hörst du?" Ich rutsche ein Stück näher an ihr Bett, nehme ihre Hand und lege sie an meine Wange.

„Ich liebe dich so sehr, Annie Parker! Ich würde mein Leben geben, um deines zu retten! Bitte, komm zu mir zurück! Ich bitte dich!" Ich schließe die Augen, meine Lider sind so schwer in letzter Zeit.

„Chris!", höre ich Marys Stimme.

„Chris, wach auf!" Ich reibe meine Augen, sehe mich um und stelle fest, dass ich immer noch im Krankenhaus bin. Alles unverändert. Ich muss eingeschlafen sein.

„Junge, fahr doch nach Hause. Du kannst hier nichts tun. Ich rufe dich sofort an, wenn sich irgendetwas ändert. Draußen ist es noch stockfinster. Ich gebe Annie einen Kuss auf die Stirn.

„Bis morgen Liebste!" Wehmütig verlasse ich ihr Zimmer und steige ins Auto. Sicher ist Ben bald da. Ich bin froh, wenn jemand bei mir ist, sollte es passieren. Ich stecke den Schlüssel ins Zündschloss und fahre nach Hause.

Annie

Mittlerweile fühle ich mich wie in Trance. Ich habe keine Schmerzen, ob es nun an den Medikamenten liegt oder ich wirklich keine habe, keine Ahnung. Es ist seltsam, wenn man sich der Welt nicht mehr so mitteilen kann wie sonst. Zu schwer sind meine Lider, als dass ich sie öffnen könnte, wann ich will. Mein Körper verlangt nach Ruhe und Stille.

Habe ich dennoch eben mitbekommen, dass Chris hier war und mir diese bescheuerte Liste vorgelesen hat. Glücklich sein. Also wirklich. Ich wäre glücklich geworden, sehr glücklich sogar, wenn ich mit ihm hätte alt werden können. Aber das Leben ist nun mal kein Wunschkonzert nicht wahr?

Ich bin schwach. Ich bin so schwach. Immer öfter wird ein Teil von mir in diese andere, dunkle Welt gezogen doch niemals erreiche ich das Licht. Ist es vielleicht gar keine Welt, sondern nur ein Traum?

Bruchstücke meiner Seele, die sich nicht lösen wollen von einem Leben mit Chris? Was nützt es noch, wenn es kein Herz für mich gibt. Wozu an das Leben klammern, wenn ich doch bereit bin, zu gehen. Meine Eltern werden es nicht verstehen. Chris wird trauern, eine Weile zumindest. Ein zwei Jahre vielleicht und dann wird er bereit sein, neue Wege zu gehen, ein neues Mädchen zu finden, mit dem er Kinder haben kann, mit der er glücklich sein kann, bis sie neunzig sind. Das wünsche ich ihm.

Ich höre Stimmen. Aufgeregte Stimmen, die meine Gedanken unterbrechen. Ich höre meine Eltern, Becki und Doktor Summers, versuche genauer hinzuhören, doch ich kann es nicht verstehen. Was ist da los? Sterbe ich jetzt? Mit aller Macht versuche ich meine Lider nach oben zu bewegen, bis sie einen Spalt breit offen sind und ich zwei Schwestern über mir erblicke.

„Doktor Summers", ruft eine von ihnen und deutet auf mein Gesicht.

„Annie, jetzt wird alles gut! Wir haben ein Herz für dich, hörst du? Du bekommst ein Herz!" Ich versuche zu lächeln, höre, wie meine Mum und Becki weinen und doch kann ich nur an eines denken. Ich sammle noch einmal all meine Kraft, um diesen einen Namen zu sagen.

„Chris", krächzt es aus meiner Kehle, meine Mum nimmt meine Hand. „Ich rufe ihn an, Kleines! Ich rufe ihn an!" Beruhigt lasse ich mich zurückfallen, schließe die Augen und kann es kaum fassen. Ich bekomme ein Herz. Ein normales, gesundes Herz. Hörst du Chris? Wir werden glücklich sein und wir werden alt sein, neunzig vielleicht.

Ich lächle innerlich bevor das Narkosemittel mich übermannt und wegzieht aus dieser Welt in schwarzes Nichts.

„Was ist das für ein seltsamer Ort?" Ich blicke an mir hinunter, auf meine Beine, meinen Körper, ehe ich ein wenig länger auf meinen Händen verweile, sie hin und her drehe. Es ist, als wäre dies die Wirklichkeit und doch wieder nicht.

Der Himmel ist trüb und wolkenverhangen, sofern es der Himmel sein soll. Um mich herum ist...nichts. Unter mir ein Feld, das seinen Sommer wohl schon lange hinter sich hat. Die Ähren brechen unter meinem Gewicht, sind strohgleich. Einzig in der Ferne nehme ich etwas wahr, unscheinbar aber doch ist es da. Ich setze mich in Bewegung, immer einen Schritt nach dem anderen und nehme nur unterbewusst wahr, dass meine Schritte auch hier lautlos sind.

Ich laufe schneller und immer schneller und doch scheint es sich mir nicht zu nähern. Mein Herz schlägt laut. Kurz bevor ich dazu geneigt bin aufzugeben, erscheint es vor mir in seiner vollen Größe. Ein Baum, so riesig und wunderschön, wie ich noch nie einen Baum zuvor gesehen habe. Abertausende kleine rote und grüne Blätter, ja selbst der Stamm scheint so, als hätte er die Töne der Blätter über die Zeit hinweg angenommen. Rot, grün und braun sind auf ihm vermischt. Starke Wurzeln dringen in die Erde und halten ihn an seinem Platz, werden es immer tun. Ich bestaune ihn noch eine Weile, ehe mir eine Mauer auffällt, die hinter ihm verläuft.

Eine Mauer so lang, als würde sie kein Ende nehmen. Ich gehe auf sie zu und strecke meine Finger entgegen dem kalt scheinenden Gemäuer. Oder ist es gar keins? Fast bin ich versucht, sie zu berühren, doch dann nehme ich eine Stimme wahr, ein Flüstern gar.

„Tu's nicht!" Träume ich? Erschrocken trete ich einen Schritt zurück, bringe etwas Entfernung zwischen das kalte Gestein und mir.

„Du darfst nicht hier sein. Geh! Du musst wieder gehen, Annie!" Annie? Woher...?

„Geh jetzt!" Ein plötzlicher Ruck zieht mich nach hinten, sodass meine Arme und Beine nach vorn fallen, wie eine Hand, die meinen Körper hält, damit ich nicht nach unten falle. Immer weiter und weiter hinauf werde ich gezogen, durch Wolken, das schwarze Nichts, wieder Wolken und schlussendlich das Licht. Es ist so grell, dass ich meine Augen schließen muss und alles um mich herum verschwindet.

Das Licht ist beißend und grell, ich schaffe es kaum, meine Augen zu öffnen. Schmerzen überall. Ich ziehe zischend die Luft zwischen meinen Zähnen ein, um nicht zu schreien. Jemand schrickt auf, drückt meine Hand und greift an mir vorbei zu dem Knopf, der augenblicklich zu blinken beginnt. Sofort kommt die Schwester und, stellt irgendetwas an der Infusion ein, die durch meine Venen fließt und lindert damit innerhalb kürzester Zeit das meiste der Schmerzen. Noch immer ist vor meinen Augen alles verschwommen, ich muss ein paarmal blinzeln, ehe ich die ersten Umrisse erkennen kann. Jemand sitzt an meinem Bett.

„Chris?", krächze ich hervor und sogleich reicht mir diese Person ein Glas Wasser, legt es an meine Lippen. Ich nippe nur daran. „Ich bin es, Schwesterchen! Ich bin so froh, dass du wieder bei uns bist. Ich hatte ja solche Angst um dich. Mama und Papa sind in der Cafeteria. Sie kommen sicher gleich zurück.

„Wo ist Chris?", setze ich erneut zur Frage an.

„Ich habe auf seinen Anrufbeantworter gesprochen, er war so erschöpft. Sicher schläft er sich ein wenig aus." Beruhigt lasse ich mich wieder in die Matratze fallen, als Doktor Summers hereinkommt.

„Hallo Annie! Wie fühlst du dich?" Als hätten mich zehn Laster überrollt.

„Ganz gut. Ich habe Schmerzen und bin ziemlich müde."

„Du hast die Operation sehr gut überstanden. Ich bin so stolz auf dich, Annie! Sie hat mehrere Stunden gedauert und war überaus anstrengend für deinen Körper, daher solltest du dich die nächsten Wochen gut ausruhen und jegliche Art von Aufregung vermeiden." Ich nicke.

„Jawohl, Mam!" Sie lächelt und geht aus dem Zimmer, das kurz darauf meine Eltern betreten. Meine

Mum streicht über meine Haare, küsst mich auf die Stirn und hat Tränen in den Augen.

„Ich bin so stolz auf dich Kleines! Wir lassen dich jetzt erstmal in Ruhe. Du solltest schlafen." Ich nicke und schließe abermals meine Augen, bin in Gedanken nur bei ihm. Chris. Wo bist du?

Wieder stehe ich auf dieser seltsamen Wiese in dieser seltsamen Welt. Sollte es meine Traumwelt sein, ist sie ganz schön trostlos. Wieder sehe ich mich um und erkenne nichts als das Feld unter meinen Füßen.

Ich suche in der Ferne nach dem Baum, mache ihn mit meinen Augen aus und renne noch einmal auf ihn zu. Wieder rührt er sich kein Stück, egal wie schnell meine Füße mich tragen, also bleibe ich stehen und blicke zurück. Nichts. Plötzlich, als ich mich wieder nach vorne wende, steht er da in all seiner Pracht.

Ein paar seiner roten Blätter muss er verloren haben, so scheint es zumindest. Wieder erscheint hinter ihm wie durch Zauberhand die graue, kalte Mauer und wieder gehe ich ein paar Schritte auf sie zu, als eine Stimme erneut versucht, mich davon abzuhalten, sie zu berühren.

„Ich hatte doch gesagt, du sollst gehen!" Irgendwie kommt mir diese Stimme sonderlich bekannt vor und ich gehe noch einen Schritt auf das Gestein zu.

„Du bist hinter der Mauer, stimmt's? Woher kennst du meinen Namen?" Die Stimme lacht, mein Herz

stolpert. Schmetterlinge tanzen in meinem Bauch. Wie ist das möglich?

„Wie könnte ich deinen Namen nicht kennen, Annie!" Er ist es. Jetzt bin ich ganz sicher.

„Chris? Bist du es? Natürlich bist du es! Was, wie, wieso bist du hinter dieser Mauer? Wie kann ich zu dir kommen?"

„Du kannst nicht zu mir kommen, Annie!" Ich spüre, dass er genau vor mir steht, hinter der Wand, seinen Kopf gegen das Gestein lehnt. Ich berühre die Mauer an der Stelle, wo ich seine Hand vermute, lege meine flache Hand darauf und könnte fast meinen, dass ich seine Wärme fühle. „Warum sagst du das? Es muss einen Weg geben!"

„Keinen, den ich dich gehen lassen werde." Was soll das nun wieder bedeuten? Ich blicke mich um und mein Blick stoppt bei dem Baum. Vielleicht könnte ich hinüberklettern.

„Vergiss es, Annie! Das darfst du nicht! Das darf niemand!"

„Ich habe überhaupt nichts gesagt!", gebe ich verwundert zurück.

„Das heißt nicht, dass ich es nicht hören kann!" Scheiß drauf. Ich nehme Kurs auf den Baum, berühre den untersten Ast.

„Nein, Annie! Das darfst du nicht! Geh jetzt! Wach auf! Wach auf!

Wieder sticht das Licht in meinen Augen. Wieder solch ein seltsamer Traum. Ist das eine der Nebenwirkungen, wenn man ein fremdes Herz in sich trägt? Alles fühlt sich anders an und doch wieder nicht. Ich atme die Luft. Es geht so leicht, dass ich verdutzt bin. Ich möchte mich aufrichten, doch Schmerzen bohren sich durch meine Brust. Niemand ist im Zimmer. Es ist ruhig, viel zu ruhig. Auf dem Tisch am Fenster sehe ich meinen Skizzenblock. Ich greife nach der Fernbedienung und lasse mich ein Stück hochfahren.

Die Seite mit der Zeichnung von ihm ist aufgeschlagen, darauf liegt der Schlüssel. Der Schlüssel, den er mir letztens gegeben hat, damit ich immer bei ihm sein könnte, wenn ich es wollte. Was für eine Frage.

Im Moment brennt kein Wunsch sehnlicher in mir, als ihn endlich zu sehen. Oder vielleicht ist er schon da gewesen während ich geschlafen habe? So wird es sein. Die Türklinke geht hinunter und ich hoffe inständig, dass ein paar blaue Augen hereinspazieren, doch leider ist dem nicht so. Es ist mein Vater, der mich überglücklich anschaut.

„Spätzchen, so haben wir dich schon seit Wochen nicht mehr gesehen. Du siehst gut aus, also unter den Umständen", gesteht er und kneift ein Auge zusammen.

„Jetzt wird alles gut!"

„Dad, wo ist Chris? War er schon hier? Ich will ihn unbedingt sehen!" Und unbedingt ist noch gelinde ausgedrückt.

„Ich weiß es nicht, Spätzchen! Deine Mum ist wesentlich länger hier gewesen als ich. Wir können sie gleich fragen. Ich glaube, es wird schon getuschelt vor der Tür." Als die Klinke runtergeht und meine Mum den Raum betritt, erkenne ich schon, dass etwas ganz und gar nicht in Ordnung ist. Sie hält sich die Hand vor den Mund, versucht ein Schluchzen zu unterdrücken, blickt mir schockiert in die Augen. Mir wird schlecht. Mein Magen zieht sich zusammen. Mein neues Herz schlägt schnell.

„Mum, was ist denn los?" Meine Stimme zittert. Meine Hände tun es ihr gleich als ein Mann hereinkommt, dessen Augen ich nur zu gut kenne, dennoch passen sie nicht zu seinem Erscheinungsbild. Augenringe lassen darauf schließen, dass er die ganze Nacht wach war oder gar geweint hat. Ich hoffe um keines von beiden. Der Mann kommt auf mich zu und setzt sich auf meine Bettkante, ich scheue mich nicht.

„Weißt du, wer ich bin?" Natürlich weiß ich es, er kann es nur sein.

„Du bist Ben. Chris' Bruder", stelle ich trocken fest und er nickt. Meine Gedanken wirbeln durcheinander, ein pochender Schmerz legt sich auf meine Schläfen und ich wage nicht, ihm diese eine Frage zu stellen.

Stumm sehen wir uns an. Tränen sammeln sich in unseren Augen, als ich mich traue, es laut auszusprechen. „Wo...ist...er?" Er legt seine Hand auf meine, instinktiv schaue ich darauf und beginne zu begreifen.

„Nein!", springt es aus mir hervor. „Das kann nicht sein! Das darf nicht sein!" Ich schüttele den Kopf, kann keinen klaren Gedanken fassen, halte eine Hand vor meinen Mund, um meinen Schrei zu ersticken.

„Er hatte einen Unfall. Gestern Nacht", schluchzt er, „es tut mir so leid, Annie! Es tut mir so leid!" Alles dreht sich, beginnt zu verschwimmen, mir wird schlecht. Ich kann das nicht glauben, will es nicht. Ich will raus aus meinem Bett, doch ein Stich in meinem Herzen hält mich darin gefangen. Ich ringe nach Luft, werde panisch. Will nicht mehr hier sein, will überhaupt nicht mehr sein. Der Monitor piept, mein Herz rast, ich will es nicht mehr. Nehmt es zurück! Ich will es nicht mehr. Bens Arme halten mich fest.

Ich schlage um mich und auf ihn ein, habe mich nicht mehr unter Kontrolle. Alles ist egal. Ich will nicht mehr leben. Will nicht mehr hier sein. Spüre einen Stich in meinem Oberschenkel, werde müde, so müde. Ben legt mich nach hinten.

Die Dunkelheit reißt mich mit sich. Schwer wie Beton sacke ich in mein Kissen, werde fortgetragen, schließe die Augen. Ich bin bereit.

„Annie! Was tust du schon wieder hier?" Verdammt, *bin ich wütend. Ich bin sowas von wütend, gehe auf*

die Wand zu und schlage immer wieder mit meiner zur Faust geballten Hand dagegen, doch spüre ich keinen Schmerz in dieser Welt. Keinen körperlichen jedenfalls.

„Warum hast du es mir nicht gesagt, Chris?", schreie ich ihn an, „warum nicht, zum Teufel?" Er schweigt. „Rede gefälligst! Das bist du mir schuldig! Du hast mich verlassen, einfach verlassen. Lässt mich allein in dieser kalten Welt. Ich will das nicht! Ich will das alles nicht, hörst du? Ich kann nicht ohne dich leben und ich will es auch nicht!", schreie ich immer noch über diese verdammte Mauer. Warum nur? Warum? Ich drehe mich um und sacke an der Mauer zusammen, lege meinen Kopf auf die Knie und Tränen laufen ungebremst über mein Gesicht. Alles, was ich will, ist ihn sehen. Nur einmal seine blauen Augen sehen. Doch das werde ich nicht. Nie mehr.

Chris

Meine Handflächen stützen sich an die Mauer. So gern würde ich sie in den Arm nehmen, sie trösten und doch kann ich es nicht. Werde es niemals mehr können. Es ist nicht richtig, Wut zu empfinden an diesem Ort oder Trauer. Wieder einmal blicke ich die wolkenverhangene Treppe nach oben, die ich längst hätte hinaufsteigen sollen, doch ich konnte es nicht.

Als ich begriffen hatte, was geschehen war, dass ich gestorben war, hatte ich nur eines im Sinn, und zwar Annie. Ich konnte nicht fort, nicht jetzt. Doch nicht ausgerechnet jetzt, wo sie mich gebraucht hätte.

Ich weiß nicht, wie viele Chancen einem hier gegeben werden und trotzdem kann ich nicht verschwinden, solange ich Annie nicht in Sicherheit weiß. Zu sehr liebe ich sie und zu sehr weiß ich, dass sie meinen Tod nur schwer überwinden wird, aber sie muss.

Nun hat sie ihr ganzes Leben noch vor sich, uneingeschränkt, kann alles machen, was sie möchte und sich immer erträumt hat. Irgendwie muss ich ihr das begreiflich machen. Ihr Schluchzen zerreißt mich innerlich. So schöne Stunden, Tage, Wochen verbinden uns. Die besten Monate meines Lebens. Ich sollte mich glücklich schätzen, dass ich sie erleben durfte.

„Annie?", sage ich behutsam ihren Namen in der Hoffnung, sie würde sich etwas beruhigen, doch ihre Tränen scheinen nicht zu versiegen. Ich drehe mich um, gehe in die Knie, lehne mit dem Rücken an der Wand. Zeit spielt hier kaum eine Rolle also gebe ich ihr einen Moment, damit sie zur Ruhe kommen kann.

„Annie?", frage ich erneut als ihr Schluchzen verstummt.

„Bist du noch da?"

„Ich bin noch da!", antwortet sie trocken. Noch nie gab es eine ähnliche Stille zwischen uns.

„Was ist passiert, Chris?", fragt sie ungebremst und ich erinnere mich nur zu ungern an den Tag, der mir das Leben nahm.

„Ich war bei dir im Krankenhaus an diesem Abend, bin eingeschlafen an deinem Bett, als deine Mum mich weckte, meinte, ich solle nach Hause fahren, um mich auszuruhen. Sie trifft keine Schuld!", füge ich hinterher, um ihr den aufwehenden Wind aus den Segeln zu nehmen.

„Und dann?", fragt sie hörbar schwer.

„Ich stieg ins Auto und fuhr los. Das Letzte, an das ich mich erinnere ist ein Lastwagen und schwere Holzstämme, die von seinem Hänger auf die Straße flogen. Einer erwischte meine Scheibe, ich hörte noch den Krankenwagen und Ben, meinen Bruder. Aber vielleicht war das auch nur Einbildung, ich weiß es nicht genau. Kurz darauf befand ich mich hier. Es hat nicht lange gedauert, bis ich wusste, was passiert sein muss." Ich lausche, kann jedoch keine Regung ihrerseits vernehmen.

„Annie?", frage ich, um sicherzugehen, dass ich nicht nur mit der Wand rede.

„Ich bin noch hier", stellt sie zögernd fest.

„Ich kann dich nicht verlassen, Chris! Ich werde hierbleiben, hier bei dir!" In jeder anderen Situation liebe ich ihre Sturheit, nur nicht hier. „Das kannst du nicht!", gebe ich entschlossen zurück.

„Ach nein? Du wirst schon sehen!", erwidert sie ebenso entschlossen. „Ich werde immer wieder zurückkommen, hörst du? Immer wieder!" Ein Wind kommt auf und ich weiß, dass sie nun fortgerissen wird in die Welt der Lebenden, wo sie hingehört. Doch wäre es nicht Annie, wenn sie nicht wahrhaftig wieder hier erscheinen würde. Also warte ich erneut...auf ihre Rückkehr.

Annie

„Annie? Kannst du mich hören? Annie!" Durch meine geschlossenen Lider sehe ich ein helles Licht vor mir hin und her schwirren. Langsam versuche ich, sie zu öffnen und nehme Doktor Summers Umrisse wahr. Was ist passiert?

„Was ist passiert?", presse ich aus meiner trockenen Kehle hervor.

„Tut mir leid, Annie. Wir mussten dich ruhigstellen." Ruhigstellen? Der stechende Schmerz. Aber natürlich. Dann war es kein Traum. Chris ist tot und ich…ich bin immer noch hier. Ich muss einen Weg finden, bei ihm zu bleiben, irgendwie. Koste es, was es wolle. So irrational es sich auch anfühlt, so viel lieber ist mir die Welt, in der *er* sich gerade aufhält.

Auch wenn es nicht wirklich ist, auch wenn es nur eine Traumwelt sein sollte oder ich mir das alles nur einbilde. Eines weiß ich genau, nämlich, dass ich nicht ohne ihn in dieser Welt bleiben will.

Er war es, der meinem Leben einen neuen Sinn gegeben hatte. Er war es, der mich zum ersten Mal bedingungslos geliebt, mich auf Händen getragen hat. Tränen rinnen abermals über mein Gesicht. Meine erste große Liebe, herausgerissen aus seinem jungen Leben. Einfach so. In einem einzigen Augenblick. Ich kann mich damit nicht abfinden. Ich will das nicht glauben. Gerade jetzt, wo alles wieder in Ordnung werden sollte. Gerade jetzt, wo ich ein Herz bekommen habe. Ein gesundes. Ich drehe mich zur Seite, wende mich ab und ignoriere den Schmerz, der sich in meiner Brust ausbreitet. Die Narbe ist noch frisch. Keine drei Tage ist es her. Mir ist alles egal.

Doktor Summers legt ihre Hand auf meinen Oberarm, überlegt lange, was sie sagen kann oder sagen sollte.

„Annie…", sagt sie so bemitleidenswert, wie man einen Namen nur aussprechen kann.

„Es tut mir alles so leid, Annie!" Ihre Stimme klingt so bedrückt, wie ich es nie zuvor gehört habe. Fast ist *sie* diejenige, die mir leidtut. Ich weiß, was ich tun muss, um ihn wiederzusehen, um bei ihm zu sein, egal ob Traum oder nicht. Also schließe ich die Augen.

„Ich habe doch gesagt, dass ich wiederkomme", grinse ich vor mich hin und laufe auf die Wand zu, hinter der Chris jeden Tag auf mich wartet.

Tage und Wochen vergehen, in denen ich kaum in der echten Welt verweilen will. Jeden Tag kommt meine Mum und schaut nach mir. Oft schon habe ich so getan, als würde ich schlafen, denn es gibt nichts, was mich noch in dieser Welt hält. Ich will einzig und allein bei ihm sein, bei Chris sein auch wenn ich ihn nicht spüren oder gar sehen kann. Ich kann ausschließlich mit ihm reden in dieser anderen Welt, doch das genügt mir. Solange wir zusammen sind, ist alles andere unwichtig.

Schon oft habe ich überlegt, den Baum hinaufzuklettern und einfach über die Mauer zu springen, doch Chris warnt mich jedes Mal davor. Seine Welt würde anders aussehen als meine. Es wäre noch nicht an der Zeit für mich, dort zu sein. Im Grunde lebe ich nur noch, damit ich in meinen Träumen bei ihm sein kann.

Doktor Summers sieht oft nach mir. Manchmal unterhält sie sich mit meiner Mutter, erklärt ihr, dass mein Verhalten psychosomatischer Natur wäre und sie nicht wirklich etwas dagegen unternehmen können. Am liebsten würde sie einen Psychiater hinzuziehen, doch was würde es nützen, wenn ich nicht rede. Ich rede schon lange nicht mehr. Mit niemandem außer Chris natürlich. Meine Narbe verheilt gut.

Die Schmerzen werden täglich weniger, mein Körper erholt sich von den Strapazen und bald würde einer Entlassung nichts mehr im Wege stehen, wäre ich nicht in mir selbst versunken. Meine Mutter weint sehr oft an meinem Bett. Ich weiß, sie will mich zurück, doch ich kann einfach nicht. Ich bringe es nicht übers Herz, ihn zu verlassen, es endgültig zu machen.

Ich habe Angst, ohne ihn zu sein. Angst, den nächsten Schritt zu machen und nach vorn zu schauen. Ich weiß nicht, wie es für mich in der richtigen Welt weitergehen soll, doch irgendwann muss ich eine Entscheidung treffen. Für das Leben oder den Tod.

Ich weiß, dass es unfair wäre meiner Familie gegenüber, aber ist der Tod nicht nur ein weiterer Schritt im Leben? Für immer könnten wir zusammen sein. Vereint in alle Ewigkeit. Das ist mein größter Wunsch und so soll es auch sein. Heute Abend werde ich es ihm sagen und bis dahin werde ich etwas tun, was ich schon seit Monaten nicht mehr getan habe.

Ich nehme den Block zur Hand, den er mir einst mitgebracht hat und setze den Kohlestift auf das Papier. Die Härte des Stiftes fühlt sich gut an zwischen meinen Fingern und so beginne ich, die feinen Linien darauf zu bringen. Jedes Detail rufe ich mir in Erinnerung, jedes seiner Grübchen, wenn er lächelte, das Funkeln in seinen Augen, wenn er mich sah. Schon nach kurzer Zeit stand er vor mir, so schön wie immer und ich betrachtete die Zeichnung mit weinenden Augen, legte sie auf meine Decke.

Ich vermisse ihn so sehr, würde es immer tun, wenn ich hierbleiben würde. Der Entschluss ist gefasst. Ich werde sterben, um bei ihm zu sein. Ich weiß noch nicht wie, aber ich werde es bald tun.

„Auf gar keinen Fall, Annie!", erwidert er empört, als ich ihm von meinen Plänen berichte.

„Das kannst du unmöglich Ernst meinen", setzt er noch hinterher und anhand seiner Stimme kann ich hören, wie er hinter der Mauer hin und herläuft.

„Annie, versteh doch, du hast ein Leben, du kannst wieder ganz gesund werden!"

„Ich will kein Leben ohne dich, krank oder gesund. Ich brauche dich, verdammt! Begreifst du das denn nicht?", schreie ich ihm verzweifelt entgegen.

„Ich bin tot, Annie! TOT! Und du bist am Leben! Du hast ein wunderbares Geschenk bekommen und willst es einfach wegwerfen? Das kann ich unmöglich zulassen und das ist nicht das, was ich für dich will, Annie! Begreife doch, dass deine Zeit noch nicht gekommen ist. Du kannst jetzt tun, was du schon immer tun wolltest. Denk an deine Traumwand. Du kannst jetzt Ärztin werden, das wolltest du doch immer, Annie! Bitte! Ich bitte dich, werfe dein Leben nicht weg. Nicht meinetwegen. Das hätte ich nie gewollt. Ich bitte dich, Annie! Versprich es mir!", fordert er und weiß partout nicht, was ich dazu sagen soll. So hatte ich mir die Unterhaltung nicht mal ansatzweise vorgestellt.

„Ich...ich weiß nicht, was ich sagen soll."

„Versprich es mir, Annie. Tu's für mich. Versprich, dass du dein Leben leben wirst. Für mich! Ich bitte dich!" Fast schon flehend sprudeln diese Worte aus seinem Mund, doch ich kann es ihm noch nicht ver-sprechen, denn das würde bedeuten, dass ich mich mit seinem Tod abgefunden hätte und soweit war ich noch lange nicht.

„Erzähl mir, wie es auf deiner Seite aussieht!", weise ich ihn an. „Bitte was?", gibt er irritiert zurück.

„Du hast gesagt, meine Seite wäre anders als deine. Also erzähl mir, wie deine Seite aussieht. Ich möchte es wissen." Ich setzte mich mit dem Rücken an die Mauer und lausche seiner Stimme.

„Auf meiner Seite ist alles hell. Es kommt mir vor, als wäre alles hier vom Licht umgeben. Auf meine Seite ist die Mauer golden und zarte Ornamente sind dar-auf zu spüren, wenn man mit den Fingerspitzen über sie fährt. Der Himmel ist blau mit einigen weißen Wolken verhangen, ebenso die Treppe..."

„Die Treppe?", frage ich erstaunt.

„Ja, die Treppe!"

„Du hast nie etwas davon gesagt, dass eine Treppe auf deiner Seite ist."

„Bis jetzt war es auch nicht relevant", gibt er scherz-haft zurück und ich schließe meine Augen, um mir vorzustellen, wie er gerade schmunzelt.

„Erzähl mir mehr von der Treppe!"

„Nun ja, sie ist genauso blau wie der Himmel und al-les um mich herum. Die Stufen sehen aus, als wären sie aus Wolken gemacht und führen nach oben in eine klare blaue Welt, wie es scheint. Dort sieht man *stets eine Mondsichel und einen Stern neben ihr, der heller leuchtet als ich je einen Stern habe leuchten sehen." Er klingt so fasziniert von dem Bild, dass sich ihm bietet, dass ich mich frage, wie er bis jetzt widerstehen konnte, dort hindurchzugehen.*

„Naja ich weiß ja nicht, was mich dahinter erwartet. Am ersten Tag, als ich hier stand, wurde ich angezogen von dem Übertritt. Ich stand schon auf der ersten Stufe, als ich plötzlich deine Stimme hörte. Sie hielt mich zurück und ich blieb, bis heute." Tränen schossen mir ins Gesicht. Ich allein war also der Grund, dass er nicht hinübergehen und seinen Frieden finden konnte. „Annie, dich trifft keine Schuld. Ich habe es selbst so entschieden und bis jetzt hat sich nichts an den Stufen geändert. Sie sind immer noch hier."

„Wer weiß, wie lange noch", gebe ich mit Bedenken zurück und stehe auf, um wieder in meine Welt zu gehen. Ich muss nachdenken und zwar ohne dass Chris all meine Gedanken hören kann.

„Annie!", hält er mich noch zurück.

„Chris?"

„Denke immer daran, dass ich dich liebe und immer bei dir sein werde. Egal, was passiert! Ein Teil von mir wird immer bei dir sein! Der Wichtigste!" Der Wichtigste. Was soll das nun wieder bedeuten? Das sollte keineswegs ein Abschied sein. Gerade, als ich noch antworten will, zieht mich das Licht zurück in die rea-

le Welt.

Ich öffne meine Augen, es ist bereits der nächste Morgen. Seit zwei Stunden liege ich nun da und denke über alles nach, was Chris gesagt hat, bevor die Schwester mit dem Frühstückstablett herein kommt, es wie jeden Tag auf meinen Nachtschrank stellt und meinen Blutdruck sowie Körpertemperatur misst.

Doch heute ist etwas anders, heute schenke ich ihr ein zartes Lächeln, wo sonst Ignoranz war. Sie lächelt zurück. Nachdem sie gegangen ist, hebe ich den Deckel und nehme mir die Erdbeere, welche sich mir verstohlen entgegenreckt. Ich kann sie bereits schmecken, bevor ich sie auf meiner Zunge spüre und schließe die Augen, um mich dem Geschmack hinzugeben. *Die echte Welt*, dämmert es mir und ich setze den Deckel wieder auf das Tablett, drehe mich wieder zur Seite und denke weiter darüber nach, ob ich mein Leben wirklich aufgeben will.

Heute ist wieder Visite, weshalb Doktor Summers kurze Zeit später in meinem Zimmer steht.

„Und Annie? Wie geht es dir heute?" Schon lange erwartet sie keine Antwort mehr und doch habe ich heute das Bedürfnis danach.

„Gut", gebe ich sanft zurück und nur eine Sekunde später sitzt sie auf meinem Bettrand, legt ihre Hand auf meine Schulter, woraufhin ich mich zu ihr umdrehe und ihr in die strahlenden Augen blicke.

„Es ist schön, zu sehen, dass du noch da bist", entgegnet sie und umarmt mich. Ihre Wärme fühlt sich gut an, menschlich.

„Annie, ich weiß, jetzt ist vielleicht nicht der richtige Augenblick", sagt sie und senkt dabei ihren Blick, was mir verheißt, dass etwas nicht in Ordnung ist.

„Was ist?", frage ich und bereite mich auf alles vor, was jetzt zu kommen droht.

„Ich habe ein wenig recherchiert, was den Unfall angeht von Chris." Mein Herzschlag beschleunigt sich. „Und?", hake ich nach einer gefühlten Ewigkeit der Stille nach.

„Weißt du noch, der Tag an dem du und Chris euch kennengelernt habt?" Ich nicke und kann mir ein Schmunzeln nicht unterdrücken. Wie könnte ich diesen Tag vergessen!

„Weißt du, warum er hier im Krankenhaus war?"

„Er war Medizinstudent und hat mit der Oberärztin gesprochen." *Mit der Oberärztin, Doktor Summers ist hier die Oberärztin.*

„Er hat mit *dir* gesprochen", stelle ich fest und mich beschleicht ein mulmiges Gefühl. Irgendetwas an diesem Gespräch gefällt mir absolut nicht.

„Er war nicht nur dort, um mit mir zu sprechen", gibt sie zurück und schaut mich eindringlich an.

„Sondern?", hake ich nach.

„Er hat sich eintragen lassen, in die Liste."

„Die Liste?"

„Die Organspenderliste, Annie!"

Er hat sich in die Spenderliste eintragen lassen? Aber warum hat er mir das nicht erzählt?

„Da ist noch mehr, Annie!" Mein Gott, wie kann da jetzt noch mehr sein. Ich sehe Angst in ihrem Blick. Eine Angst, die ich noch niemals bei ihr gesehen habe. Noch nicht einmal, als sie mir damals von meiner Krankheit erzählte oder letztens, als sie mir die schlechte Nachricht überbrachte, dass ich dem Tode geweiht wäre.

Nein, das was sie jetzt belastet, sitzt weitaus tiefer und macht mir genau deswegen so eine Scheißangst. Ich atme tief durch und beobachte ihre Lippen, starre gebannt darauf und warte auf weitere Erklärungen.

„Als Chris den Unfall hatte, war dort eine gewisse Zeit, in der er Hirntod war." Ich halte erschrocken die Hand vor meinen Mund.

„Er hatte darüber verfügt, dass in solchem Falle seine Organe an Menschen gehen, die diese dringend benötigen, verstehst du, was ich dir sage, Annie?" Ich schlucke, kneife die Augen zusammen und bereits jetzt wird mir speiübel.

„Dein Herz... ist das von Chris", fügt sie noch hinterher und wie automatisch wandert meine Hand zu meiner Brust.

„Du hast sein Herz bekommen. Ich wollte, dass du das weißt, denn ich bin sicher, er würde genau wie ich wollen, dass du lebst und etwas mit deinem Leben anfängst, das du dir schon immer gewünscht hast!" Ich kann nicht mehr, saure Flüssigkeit schießt meine Kehle hoch und gerade noch kann mir Doktor Summers den Mülleimer unter die Nase halten, bevor ich mich schwindelig übergebe.

Ein Teil von mir wird immer bei dir sein!
Der Wichtigste!

Er hat es gewusst. Er wusste es und hat es mir nicht gesagt. Immer wieder donnern seine Worte in meinem Schädel. Doktor Summers reicht mir ein Wasserglas und ich nehme ein paar Schlucke, um den sauren Geschmack aus meinem Mund zu spülen.

„Du wirst das sicher erstmal verdauen müssen!" Ihr Daumen streicht über meine Hand, während sie diese festhält. Ich nicke und lege mich zurück, drehe den Kopf in Richtung Fenster und starre hinaus.

„Ich lasse dich allein, dann kannst du darüber nachdenken!" Mit diesen Worten steht sie auf und geht aus dem Zimmer, das gerade wieder so unendlich groß geworden ist. Ich fühle mich allein, also schließe ich die Augen, in der Hoffnung gleich einschlafen zu können.

Chris

„*Ein Teil von dir wird immer bei mir sein? Der Wichtigste?*", brüllt sie mich an und scheint wirklich sauer auf mich zu sein. Verdammt sauer. Es ist nichts gegen die Kugel Blaubeereis, die ich einmal versehentlich auf ihr weißes Shirt fallen lassen habe, oh nein. Diese Wut ist so viel größer und ich kann es ihr noch nicht einmal verübeln.

Ich hatte Schiss. Schiss, es ihr zu sagen. Wie ein verdammter Feigling. Dabei bin ich doch schon tot. Was hätte passieren sollen, hier auf der anderen Seite der Mauer. Sie hätte sicherlich wieder versucht, über den Baum zu klettern, aber wirklich sicher kann ich jetzt auch nicht sein, dass sie es nicht tut.

Ich folge ihrer Stimme, laufe mit ihr zusammen hin und her und weiß einfach nicht, was ich zu meiner Verteidigung sagen soll.

„Hätte sie dir das überhaupt verraten dürfen?", bringe ich dummerweise hervor und plötzlich ist es mucksmäuschenstill. Beängstigend, wenn ich es mir genau überlege.

„Annie?" Ich lausche, doch kann ich sie oder ihre Gedanken nicht hören. „Annie, bist du noch da?", frage ich erneut, doch bekomme keine Antwort. Schließlich *verrät mir ein verächtliches Schnauben, dass sie noch immer dort steht. Wahrscheinlich hat sie die Arme vor die Brust verschränkt und zieht einen Schmollmund. „Ich hatte Angst, Annie", beginne ich zu erzählen und lehne mich mit dem Rücken an die Wand. „Ich wusste nicht, wie du reagieren würdest, verstehst du das nicht? Ich wusste nicht, ob es dich zerstören würde. Ich hatte einfach Angst davor", setze ich noch hinterher.*

„Warum hast du mich angelogen?", fragt sie dann leise.

„Wieso angelogen?", gebe ich irritiert zurück.

„Du hast mir nicht gesagt, dass du dich in die Liste eintragen lassen hast. Du hast gesagt, du hättest mit der Oberärztin gesprochen!"

„Habe ich ja auch genau genommen!", gebe ich scherzhaft zurück, doch bereue es schon im nächsten Augenblick.

„Ich habe es dir verheimlicht und dich nicht angelogen."

„Das kommt aufs selbe raus, Chris! Aber warum? Warum hast du es mir verheimlicht?"

„Weil es alles so real gemacht hätte", versuche ich zu erklären.

„Aber es war real, Chris. Das war es immer!"

„Ich weiß. Doch eine Zeit lang wollte ich es nicht wahrhaben, wollte es verdrängen. Ich liebte dich so sehr, Annie. Ich wollte mir nicht ausmalen, wie es ge-

wesen wäre, dich zu verlieren!" Einen Moment lang sagt keiner ein Wort und eine Spur von Abschied liegt in der Luft, doch Annie ist noch immer nicht ganz bereit dazu. „Und jetzt habe ich dich verloren", sagt sie traurig und ich kann spüren, wie ihre Tränen die Wangen hinunterlaufen.

„Ich werde immer bei dir sein, Annie! Immer! Egal, wo ich bin oder wo diese Stufen mich hinführen werden, ich werde immer auf dich Acht geben, das verspreche ich dir!"

„Ich weiß! Ich kann es spüren. Schon dass wir beide hier an diesem Ort sind, noch einmal miteinander reden können, es ist wie ein Wunder!", gibt sie zurück und ich spüre, wie ihr Tränen trocknen.

„Ich werde noch einmal wiederkommen. Einmal noch, damit wir uns verabschieden können. Ich meine, du kannst nicht ewig zwischen den Welten sein und auf mich warten!" Oh wie ich das könnte mein Schatz. Ich kneife schmerzlich die Augen zusammen, es tut so weh. Der Gedanke, sie verlieren zu müssen erscheint mir unerträglich zu sein und doch muss ich sie gehen lassen, muss ich sie leben lassen.

Nicht umsonst hat das Schicksal unsere Bande so besonders verknüpft. Sie wird mich immer spüren können, egal wo sie ist. Ich werde auf eine Weise immer bei ihr sein. In unserem Herzen.

„Ich werde auf dich warten", sage ich noch, um kurz darauf den Windzug zu spüren, der sie mit sich trägt.

Wie gern ich ihr gefolgt wäre. Wie gern ich mein Leben mit ihr verbracht hätte. Keine Sekunde möchte ich missen, in der wir zusammen waren. Ich habe wahrhaftig geliebt und ist das nicht eines der Schicksale eines jeden Menschen, ohne das es sich nicht zu leben lohnt? Ich kenne die Liebe und werde sie niemals vergessen. Der Mond steht hell heute im Übergang und zieht mich erneut in seinen Bann.

Mit jeder Faser meines Seins bin ich gewillt hinüberzugehen, doch ich werde widerstehen, werde noch einmal auf sie warten. Ein letztes Mal.

Auf dieser Seite des Seins gibt es kein Zeitgefühl. Es ist, als würde man schlafen und jeden Moment aufwachen und doch wieder nicht. Hier unterscheidet sich nichts. Kein Tag, keine Nacht, das Blau des Himmels ist immerwährend. Man gleitet leicht und weich auf dem Boden, sofern er einer ist. Ewiglich.

So fühlt sich hier alles an. Man ist frei und doch nicht befreit vom Ballast des Lebens. Ob der Übergang einen vergessen lässt? Ob ich meine Mutter wiedersehen werde? Jeder Augenblick hier könnte der Letzte sein. Ich sehe mich um und frage mich, wieso ich nie versucht habe, hier wegzugehen.

Vom ersten Augenblick meines Todes an stehe ich hier und bewege mich nirgendwo hin. Zu weit erscheint mir diese Welt, als es gerade heute zu versu-

chen.

„Chris?", höre ich ihre süße Stimme und spüre den nahenden Abschied, der mich überfährt wie die Baumstämme in jener Nacht, in der ich mein Ende fand.

„Ich bin noch hier, Liebste!", sage ich und lege meine Hände an die Stellen der Mauer, hinter denen ich ihre vermute.

„Bist du soweit?", frage ich schmerzlich, denn ich würde es wohl nie wirklich sein.

„Wie kann ich bereit für etwas sein, dass ich niemals wollte?" Ihre Stirn lehnt an der Mauer, ich tue es ihr gleich. „Die Zeit mit dir war die beste meines Lebens, Annie! Nur durch dich weiß ich, was wahre Liebe ist. Ich werde dir auf immer dankbar sein."

„Du hast mir neuen Mut gegeben, mir Hoffnung ge- macht, mich nicht aufzugeben. Hast mir gezeigt, wie viel Spaß das Leben machen kann, mich zu neuen Träumen geführt, mir eine Zukunft gegeben", sie schluchzt, „und du hast mir das Wichtigste überhaupt geschenkt, dein Herz! Das kann ich niemals wieder gut machen. Ich werde dich so wahnsinnig vermis- sen!"

„Lebe deine Träume, Annie! Damit machst du es wieder gut. Ich hätte dir jederzeit alles gegeben. Je- derzeit. Ich liebe dich!"

„Ich werde dich immer lieben! Irgendwann werden

wir uns wiedersehen, oder?"

*„Ich werde auf dich warten, auf der anderen Seite",
gebe ich sicher zurück, „sag Ben, er soll die Finger
von dir lassen und sag meinem Vater, dass ich ihm
verzeihe!", und zum letzten Mal trägt der Wind mein
Liebstes fort. Fort in eine Welt, in der es für mich keinen Platz mehr gibt.*

*Noch immer leuchtet der Mond hell und der Stern
funkelt stärker als je zuvor. Ich gehe zur Treppe und
sehe nach oben, spüre eine Wärme, die mich übermannt und nach oben zieht.*

*Ich setze meinen Fuß auf die erste Stufe und fühle
mich zu Hause. Ein Zuhause, wie ich es zuletzt gespürt hatte, als meine Mutter noch am Leben war. Ich
setze den nächsten Fuß auf die Treppe und eine warme Welle durchströmt meinen Körper. Vor meinem
Auge erscheint eine Silhouette, ganz zart. Mit jedem
Schritt wird sie mir näher, wärmer, vertrauter. Sie
streckt eine Hand nach mir aus, flüstert, es ist Zeit,
nach Hause zu kommen und schon längst weiß ich,
auf wen ich da zugehe.*

*Ich strecke meine Hand aus, berühre ihre Finger be-
vor ein grelles Licht uns beißend und zärtlich ver-
schluckt. Ich muss lächeln. Ich bin zu Hause.*

Annie

Ich öffne meine feuchten Augen, schluchze, doch lächle dabei. Ich fühle mich leichter, befreiter und doch schmerzt die Sehnsucht in meiner Brust. Er ist jetzt an einem besseren Ort. Er ist nach Hause gegangen, sagt mir irgendetwas tief in meinem Herzen, seinem Herzen, unserem Herzen.

Meine Mum reicht mir ein Taschentuch. Keine Ahnung, wie lange sie schon dort sitzt, doch augenblicklich springe ich auf, falle ihr in die Arme und rieche den Duft ihrer frisch gewaschenen Haare. Freudentränen bahnen sich ihren Weg über ihre Wange.

Sie lächelt. Endlich lächelt sie wieder. Zu lange schon habe ich sie davon abgehalten, meine eigene Mum. „Ich habe dich lieb", flüstere ich in ihr Ohr und drücke sie so fest an mich, wie ich nur kann. Nie wieder werde ich mich so benehmen. Nie wieder.

Weitere Wochen vergehen, ehe endlich der Tag meiner Entlassung ins Haus steht. Seltsam fühlt es sich an, seine Sachen zusammenzupacken und zu wissen, dass man bald wieder Zuhause ist. Einem Zuhause, in dem einen alles an ihn erinnern wird. Ich setzte mich auf mein Bett, sehe aus dem Fenster und überlege, was ich denn nun eigentlich mit meinem neuen Leben anfangen werde. Ich ziehe die Schublade an meinem Nachtschrank heraus, in dem die letzte Skizze von ihm liegt, sehe ihm in seine schönen Augen und fahre mit den Fingerspitzen über sein Gesicht und seine Lippen, als mein Blick auf ein kleines blitzendes Etwas weiter hinter im Schubfach fällt.

Ich greife hinein und fische jenen Schlüssel hinaus, den er mir am letzten meiner guten Tage mitgebracht hat. Ich schließe meine Augen, umklammere das kalte Metall.

„Der Schlüssel ist das Symbol unserer Hoffnung, unserer Liebe. Es bedeutet, dass du hier rauskommen wirst und irgendwann werden wir dann zusammenziehen", rufe ich mir seine Worte in Erinnerung und blicke schwermütig auf den kleinen Schlüssel und einen zusammengefalteten Zettel in meiner Hand. Vorsichtig falte ich ihn auseinander und muss plötzlich lachen, als ich sehe, was dort geschrieben steht.

Annies crazy Lifelist

Punkt 1: So hoch schaukeln, dass es im Bauch kribbelt

Punkt 2: So viele Seifenblasen pusten, dass ich darin

tanzen kann.

Punkt 3: Achterbahn mit Looping fahren

Punkt 4: Karaoke in einer Bar singen

Punkt 5: ein Bier trinken

Punkt 6: eine Nacht durchtanzen

Punkt 7: mit dem Rad einen Hang hinuntersausen

Punkt 8: einen triefenden Burger futtern

Punkt 9: Schlittschuh fahren

Punkt 10: alle großen Städte der Welt besuchen

Punkt 11: einem Leichtathletikteam beitreten

Punkt 12: Medizin studieren

Punkt 13: Ärztin werden

Punkt 14: die große Liebe finden

Punkt 15: Heiraten

Punkt 16: ein Haus bauen (einfach einziehen ist lang-

weilig)

Punkt 17: Zwei Kinder bekommen

Ich stocke, als ich sehe, dass er die Liste erweitert hat. Gerührt halte ich die Hand vor meinen Mund und unterdrücke das Schluchzen, welches sich aufmacht, meine Kehle zu verlassen.

Punkt 18: Gesund bleiben

Punkt 19: Alt werden!

Und mit alt meine ich alt, Annie Parker! Vor neunzig darfst du diese Welt nicht verlassen!

Punkt 20 ist der wichtigste überhaupt:

Glücklich sein! Und das bis ans Ende deiner Tage!
Ich krame meinen Kohlestift aus meiner Tasche. Einen Punkt können wir streichen, mein Lieber!
   Die große Liebe finden! Denn meine große Liebe hatte ich in dir gefunden, Chris Bentley! Niemals werde ich dich vergessen! Niemals!

   Die Zeit im Krankenhaus war keine Schöne und doch hat sie mich Dinge gelehrt, über die ich im Alltag wahrscheinlich noch nicht einmal gestolpert wäre, wenn man mich direkt mit der Nase drauf gestoßen hätte. Mit gemischten Gefühlen blicke ich zurück, sehe das Krankenhaus durch den Spiegel immer kleiner werden. Ich lege meine Hand auf meine Brust und bin dankbar, dass ich noch zurückblicken kann.

Ich lasse meine Tasche neben meinem Bett auf den Fußboden fallen, blicke mich in meinem Zimmer um. Irgendwie ist es jetzt nicht mehr dasselbe. Erinnerungen hüllen mich ein und legen sich wie eine Decke auf meinen Körper. Berührungen, Küsse, die Wärme seiner Brust. Das alles fehlt mir nun und wird mir immer fehlen. Mein Blick streift über meine Traumwand, die Anmeldeformulare für das College.

Ich stehe auf und nehme sie ab, lege sie auf meinen Schreibtisch und überlege kurz, bevor ich mich hinsetze und sie ausfülle. Ich vergesse fast die Zeit um mich bis meine Mum mich zum Essen ruft. Ich schiebe die Unterlagen in einen Umschlag, schnappe mir meine Liste und den Schlüssel und gehe nach unten, esse ein wenig meiner Mutter zuliebe, bevor ich mich auf den Weg zur Post mache und anschließend zum ersten Mal Chris auf dem Friedhof besuchen werde.

Frische Blumen sind rund um sein Grab aufgestellt und auf einem anmutig geschliffenen Grabstein steht in feiner Schrift: Wir gedenken in ewig unserem lieben Sohn Chris Bentley. Ich lege die rote Rose, die ich gerade beim Friedhofsgärtner gekauft habe, auf den

Stein und versinke in tiefen Gedanken, lasse alles Revue passieren, was in den letzten Monaten geschehen ist. So viele Dinge in so kurzer Zeit. Manche würden ein ganzes Leben davon zehren. Mein Herz schlägt schnell. Wer nie geliebt hat, kann nicht den Schmerz verstehen und die Leere, die solch ein Mensch in deinem Herzen hinterlässt.

Wie tausend Stiche, die immer wiederkehren sobald man einen Gedanken an ihn hervorkramt, den man so erfolgreich zu verdrängen versucht hat. Da nützt keine Wärme der Welt und keine Sonnenstrahlen, um deine Seele wieder zu erleuchten und deine geschundene Seele wieder zusammenzuführen.

Sicher heilen Wunden mit der Zeit, doch niemals jene, die man sich nicht zu offenbaren traut. Mein Schmerz sitzt tief, so sehr vermisse ich ihn.

Ich dachte, ich wäre schon stark genug, ihn zu besuchen, doch ich habe mich eindeutig getäuscht. Panik steigt plötzlich in mir auf und erst jetzt bemerke ich die riesigen Regentropfen, die meine Kleidung bereits durchnässt haben. Ich ringe nach Luft, stütze mich am harten Stein, bevor sich alles um mich herum in ein Karussell verwandelt. Meine Knie sacken zusammen und dann sehe ich sie, diese wunderschönen blauen Augen. Starke Arme fangen mich auf und legen schützend einen Stoff über meinen durchnässten Körper. Ich schmiege mich an seine Brust und beruhige mich sofort, als ich diese vertraute Wärme spüre.

Ich schließe die Augen und murmele seinen Namen, bevor mich abermals die Dunkelheit umschließt.

Chris!

Leise Stimmen dringen durch meinen pochenden Schädel. Was ist passiert? Wo bin ich? Ich öffne langsam meine Lider, nehme zwei vertraute Umrisse wahr. Doktor Summers ist einer von ihnen. Bin ich wieder im Krankenhaus?

„Chris! Wo ist Chris?", presse ich zwischen meinen Lippen hervor und würde am liebsten aufspringen, wenn mich mein donnernder Schädel nicht zum Liegenbleiben zwingen würde.

Ich sehe besorgte Blicke zwischen meiner Mum und der Ärztin, die eindeutig keinen weißen Kittel trägt und überhaupt ganz anders aussieht mit offenen Haaren, die ihre Schulterblätter verdecken. Hinter ihr mache ich meine Wand aus, an der noch immer die Pins in der Landkarte stecken. Ich bin zu Hause und er hat mich hier hingebracht! Aber das ist doch nicht möglich, oder?

„Wo ist er?", frage ich erneut, da sich scheinbar keiner genötigt fühlt, mir zu antworten.

„Wen meinst du, Schätzchen?" Meine Mutter ist sichtlich besorgt, weshalb ich nicht gewillt bin, noch einmal nach ihm zu fragen.

„Was ist passiert? Wie bin ich hierhergekommen?", stelle ich mich unwissend.

„Du bist auf dem Friedhof zusammengebrochen mein Schatz! Ben hat dich gefunden und hierher gebracht." Natürlich, Ben. Chris' Bruder. Deshalb diese Augen. Ich bin enttäuscht obwohl ich wusste, dass es nicht möglich sein kann. Das Schicksal spielt manchmal seltsame Streiche.

„Du solltest dich ausruhen, Annie! Das war die Bedingung…"

„Jaja, ich weiß!", fahre ich ihr ins Wort, woraufhin ich einen zornigen Blick ernte.

„Wenn das noch einmal passiert, kannst du mich gerne wieder im Krankenhaus besuchen kommen, Annie! Wir haben immer ein Bett für dich frei!", entgegnet sie ernst.

„Danke aber nein, danke!", gebe ich trotzig zurück.

„Behalten Sie sie im Auge, Mary!" Meine Mutter blickt erst zu mir und dann nickt sie, bevor sie Doktor Summers hinaus begleitet. Ich werfe einen Blick aus dem Fenster und stelle fest, dass es bereits dunkel geworden ist. Für heute hatte ich ja auch genug Aufregung. Ich stecke meine Hand in die Hosentasche und umfasse das kleine harte Metall. Morgen werde ich in seine Wohnung gehen.

Ich blinzele durch meine halboffenen Lider, gähne und strecke mich. Der Morgen kann so schön sein.

„Guten Morgen Sonnenschein!", klingt es durch die

Tür, die zuvor einen Spalt breit geöffnet wurde.

„Hast du Hunger?" Ich nicke.

„Zur Feier des Tages mache ich dir Pancakes!"
Ich liebe Pancakes immer noch. Einige Dinge ändern sich eben doch nie. Mein Blick fällt auf mein Handy, dass auf meinem Nachttisch liegt. Eine neue Nachricht.

Hey. Ich hoffe, es geht dir wieder gut. Du hast immer noch meine Jacke.
Gruß, Ben (Chris Bruder) ;)

Also bitte, ich weiß jawohl, wer er ist. Ich schaue mich in meinem Zimmer um und entdecke sie an einem Haken an meiner Tür.

Hol sie dir ab in Chris Wohnung um elf Uhr!
Gruß, Annie (Chris Freundin) ;)

Was soll man bitte schreiben, wenn einem sein Liebstes genommen wurde? Exfreundin trifft es in dem Falle nicht wirklich.

Ich genieße jeden Bissen. Kein Mensch auf der Welt kann Pancakes so wahnsinnig gut zubereiten wie meine Mum. Nach monatelangem Krankenhausfraß kommt es mir fast wie eine Luxusspeise vor und umso langsamer esse ich diese schmackhaften Dinger.

Ein Blick auf die Uhr lässt mich jedoch hochschrecken und mein Dinner abbrechen. Es ist bereits halb elf und fertig machen muss ich mich auch noch.

„Annie!", ruft meine Mutter mir empört hinterher.

„Esse später noch welche! Waren mega lecker Mum!" Zwanzig Minuten später sitze ich samt Jacke und Schlüssel in der U-Bahn und warte mit einem mulmigen Gefühl im Bauch auf die nächste Haltestelle. Ich kann mir kaum ausmalen, wie es sein wird, die Wohnung ohne ihn zu betreten.

Wochenlang, nein Monate bin ich nicht hier gewesen und es macht mir eine Scheißangst, jetzt vor dieser Tür zu stehen und nicht zu wissen, was mich dahinter erwartet. Ich stecke den Schlüssel ins Schloss und drehe ihn langsam um, schließe die Augen, atme tief durch, bevor ich die Tür aufstoße und tausend Erinnerungen auf mich einhämmern.

Wie angewurzelt stehe ich da und muss mich einen Augenblick sammeln, um anschließend den Mut zu fassen, hineinzugehen. Mein Herz klopft wie wild, als ich noch immer seinen Geruch wahrnehme. Es ist fast, als wäre er noch hier und würde jeden Moment durch die Tür kommen, mich in den Arm nehmen und küssen. Doch das wird nie wieder geschehen.

Ich hänge Bens Jacke an den Haken neben der von Chris, fahre mit den Fingern über den mir wohlbekannten Stoff und rieche daran, ziehe seinen Duft in meine Nase bis sich mein Herzschlag etwas normalisiert. In der Küche ist alles wie immer, alter Kaffee steht noch in der Kanne. Ich kippe ihn aus und fülle das abgefärbte Glas mit Wasser. Im Bad steht sein Aftershave und das Haar- Gel, mit dem er seine Zotteln morgens in Form gebracht hat, mehr oder weniger. Ich muss grinsen. Das Bettzeug im Schlafzimmer ist verwüstet, der Kleiderschrank steht offen und seine schmutzigen Sachen liegen lieblos auf dem Boden verstreut. Ich sammle sie auf und bringe sie in die Waschmaschine, als es an der Tür klingelt. Das muss Ben sein, ich drücke den Türöffner und stelle fest, dass ich ein wenig nervös bin.

Seit meinem Ausbruch im Krankenhaus hatte ich ihn nicht mehr gesehen und ich werde mich noch dafür entschuldigen müssen. Genauso für das Szenario auf dem Friedhof. So lernt man doch gern den Bruder seines toten Freundes kennen, nicht wahr? Er klopft noch einmal, nachdem er oben angekommen ist und ich öffne die Tür.

Mein Herz schlägt mir bis zum Hals, als ich in seine Augen blicke, die denselben zarten Stern um seine Iris haben wie einst bei Chris. Einen Moment verharren wir zwischen Tür und Angel, bis er mich begrüßt.

„Hi Annie", sagt er nur und streckt mir die Hand entgegen, verzieht seinen Mund zu einem sanften Lächeln und ich spüre eine Wärme, als ich sie berühre, eine Wärme, die mir wohlbekannt ist.

„Hi!" Mehr bringe ich im ersten Moment nicht zu

Stande. „Darf ich reinkommen?", fragt er und ein schelmischer Anflug legt sich in sein Lächeln. Ich schüttele meinen Kopf, um wieder zur Besinnung zu kommen und winke ihn rein. „Na klar!"

„Danke", gibt er zurück und läuft an mir vorbei, „es muss schwer für dich sein, wieder in die Wohnung zu kommen nach so langer Zeit", stellt er schließlich fest und trifft den Nagel auf den Kopf. Ich frage mich, ob er vielleicht schon vor mir einmal hier war.

„Ich bin so selten hier gewesen." Er geht in die einzelnen Räume, sieht sich darin um, nimmt hin und wieder etwas in die Hand, was ihn an Chris zu erinnern scheint und schmunzelt dabei. Ich trotte ihm hinterher, bis wir in den einzigen Raum gelangen, in dem ich heute noch nicht gewesen bin und plötzlich stockt mir der Atem.

Bilder, überall Bilder, von mir, von ihm, von uns. Vom Picknick auf dem Fußballfeld, meinem Geburtstag, unserem Wochenendtrip auf die Insel, unzählige Bilder vom Strand, Bilder aus meinem Zimmer und seiner Wohnung. Bilder von mir vor der Staffelei, Bilder, die ich heimlich von ihm gemacht habe. Bilder, auf denen ich einen Schmollmund ziehe und die Arme vor der Brust verschränke, Nahaufnahmen von meinem Gesicht, meinem Mund beim Lächeln.

Bilder von uns, wie wir uns umarmen, uns küssen. Zahlreiche Bilder. Münder, die sich berühren. Hände, die sich halten. Ich kann nicht mehr. Ich muss hier raus. Einfach nur raus. Sofort.

Ben

Ich hätte mir nicht ausmalen können, wie sehr er sie geliebt hat. Würde ich jetzt nicht hier in diesem Raum voller Bilder stehen, hätte ich es wahrscheinlich nie begriffen. Ich hätte früher kommen müssen, viel früher. Dann würde ich jetzt nicht hier stehen wie der letzte Trottel.

Chris hatte so einige Freundinnen in den letzten Jahren, doch seit Mum's Tod hatte er sich sehr zurückgehalten. Ich hätte wissen müssen, dass sie etwas Besonderes für ihn ist. Hätte mehr mit ihm reden, mehr hinterfragen müssen. Kein Wunder, dass sie rausgerannt ist. Wenn es schon für mich so überwältigend ist, wie muss es erst für Annie sein. Ich kann es mir kaum vorstellen. Ich wende mich ab und sehe nach, ob es ihr gut geht. Sie hockt im Flur, Chris Jacke zwischen ihren Händen, Tränen in den Augen.

Kein Mensch kann es ihr verübeln. Sie hat ihr Liebstes verloren und ich meinen Bruder.

„Alles ok?" Natürlich ist nichts ok und nach ihrem Wutausbruch im Krankenhaus traue ich ihr auch jetzt einen dieser Ausbrüche zu. Menschen verhalten sich sonderbar, wenn sie um jemandem trauern. Ich weiß, wovon ich spreche. Ich habe es gesehen, bei meinem

Dad. Alle Erinnerungen an meine Mutter wurden ausgelöscht. Zu sehr schmerzte ihn ihr Verlust. Zu sehr schmerzten die Bilder von ihren glücklichen Jahren, der Duft ihres Parfüms, der einem jedes Mal in die Nase stieg, wenn man das Bad betreten hatte.

Dad räumte alle Erinnerungen aus, verstaute sie in Schubläden und Schränken, als wären sie damit für immer verschwunden. Doch weit gefehlt. Irgendwann holen sie einen immer ein. Meistens dann, wenn man es am wenigstens erwartet. Man kann noch so sehr versuchen, alles und jeden auszugrenzen, keine Gefühle mehr zulassen, sich abschotten von der Welt da draußen und doch klopfen sie irgendwann an deine Haustür und wollen wieder herein.

Weil man diesen Menschen nun einmal geliebt hat. Weil man um nichts in der Welt die Zeit missen möchte, die man mit ihm verbringen durfte. Weil man sich eben doch erinnern möchte.

Annie nickt. „Ich habe diese ganzen Bilder noch nie gesehen, weißt du?", sieht sie mich mit tränenunterlaufenen Augen an. Ich setze mich neben sie.

„Wir hatten nie einen Grund, uns erinnern zu müssen. Das Einzige, was zählte, war das Hier und Jetzt." Sie reibt den Stoff zwischen ihren Fingern.

„Er muss sehr gelitten haben, als es mir schlechter ging. All die Bilder", sie schluchzt, Tränen bahnen sich den Weg über ihre Wangen und instinktiv lege ich meinen Arm um sie, um ihr Halt zu geben und zu trösten. Sie legt ihren Kopf an meine Schulter und eine Wärme durchflutet mich, die ich schon lange nicht mehr gespürt habe. Sie gibt mir Kraft. Kraft, all das hier zu überstehen. Eine Weile sitzen wir so da, still und leise, keiner muss etwas sagen, jeder ist in seinen Gedanken verloren. Gedanken um Chris.

So oft hatte ich mir vorgenommen, vorbeizuschauen. So oft habe ich andere Sachen vorgeschoben, weil es eben einfacher war. So oft werde ich es nun bereuen, nicht bei ihm gewesen zu sein. Tränen steigen mir in die Augen, die ich erfolgreich zu verdrängen versuche, den Kloß in meinem Hals hinunterschlucke und kurz die Augen schließe, um mich zu sammeln, als Annie die Stille unterbricht.

„Was machen wir mit all seinen Sachen?", fragt sie nachdenklich und gleichzeitig bedrückt.

„Ich weiß es nicht, ehrlich gesagt. Wir haben noch anderthalb Monate, um seine Wohnung zu räumen. Vater hat sie schon kurz nach seinem Tod gekündigt." Annies Augen weiten sich und starren mich an.

„So bald schon?" Ich nicke. Sie sieht wieder auf die Jacke in ihren Händen, bevor sie aufsteht und sie sich überzieht.

„Ein paar Sachen möchte ich gern behalten. Zur Erinnerung", sagt sie leise und lächelt zart dabei. Sie ist nicht im Geringsten so wie mein Vater. Sie würde niemals die Erinnerungen an Chris auslöschen wollen, egal wie sehr sein Verlust sie auch schmerzt.

Annie atmet tief durch, schließt für einen kurzen Moment die Augen und geht ins Wohnzimmer, entschlossen, sich dieses eine Bild von der Leine zu holen. „Nimmst du die anderen für mich ab, bitte? Ich muss jetzt erstmal nach Hause!"

„Natürlich!", gebe ich zurück und begleite sie zur Tür, wo sie sich noch einmal umdreht.

„Vielleicht können wir uns einmal unterhalten, beim Essen, über die Wohnung und Chris Sachen. Wenn du nichts dagegen hast." Ich bin überrascht, dass sie ausgerechnet mich bittet, wo wir uns doch kaum kennen.

„Chris war dein Bruder. Ich denke, wenn jemand nur ansatzweise versteht, wie ich mich fühle, dann du!" Ich nicke. „Gern, Annie!" Ihre grünen Augen versetzen mir einen ungewollten Stich in Nähe meines Herzens.

„Vielleicht im Diner? Er hat mir erzählt, dass ihr dort immer zusammen essen wart", schmunzelt sie und der nächste Stich hat sich aufgemacht, mein Herz zu durchbohren. „Ja, das stimmt. Ich war schon ewig nicht mehr dort."

„Was hältst du von morgen?" Wieder nicke ich.

„Morgen hätte ich Zeit!"

„Abgemacht. Also zwölf Uhr im Diner, ja? Wir treffen uns dort!"

„Alles klar, bis morgen!" Ich schließe die Tür und zum ersten Mal bin ich allein in Chris Wohnung. Schwermütig gehe ich in Richtung Wohnzimmer, sehe mich noch einmal um, sehe all die Bilder und beginne, sie nacheinander von den Leinen und Möbeln zu nehmen. Hin und wieder entlockt mir das ein oder andere Bild ein Schmunzeln. Auch jetzt tut es noch gut, meinen Bruder lachen zu sehen und sei es nur ein Abbild von ihm. Er muss sehr glücklich gewesen sein in der Zeit. Dank Annie. Ich halte ein Bild von ihr zwischen meinen Fingern. Ihre schwarzen Haare heben sich ab von dem weißen Kleid, dessen Spitze ihren Nacken und ihre Schultern ziert. Sie blickt in Richtung Sonnenuntergang und lächelt verträumt. Ich erwische mich dabei, wie ich ebenfalls lächle und lege das Bild schnell zu den anderen.

Plötzlich sieht das Wohnzimmer leer aus, ohne jegliches Leben darin. Ich setze mich auf das Sofa und blicke mich eine Weile um, versuche mir vorzustellen, wie Chris hier gelebt hat.

Vielleicht bleibe ich doch in der Stadt. Wenigstens für eine Weile. Für Dad. Ich rapple mich auf und fahre in den Baumarkt, um Umzugskartons zu holen. Irgendwie muss ich ja mal anfangen.

Noch immer ist mein Elternhaus viel zu groß und leer für einen einzigen Menschen. Die Mauern sind kalt und hart, wie inzwischen auch die Seele meines Vaters. So scheint es jedenfalls. Seit Chris Tod hat er kaum ein paar Worte mit mir gewechselt, die Beerdigungsvorbereitungen mir allein überlassen und wieder sämtliche Bilder in Schubladen verstaut.

Jeden Morgen sitzt er am Frühstückstisch, trinkt seinen Kaffee, isst seinen Vollkorntoast, um anschließend ohne eine Miene zu verziehen zur Arbeit zu fahren und den ganzen Tag dort zu bleiben. Nicht einmal habe ich ihn weinen sehen oder irgendeine Art Trauer in seiner Gegenwart empfunden, doch ich war mir sicher, dass er im Grunde seines Herzens zerstört war. Zwei Menschen hatte er nun verloren, die ihm sein Liebstes waren. Eigentlich könnte man froh sein, dass er seinen Kummer nicht anderweitig auslebt und doch ist sein gänzliches Verhalten ebenso wenig normal. Nicht ewig kann er diese Mauern instand halten, die ihn umgeben. Irgendwann muss er Gefühle zulassen und dann werde ich da sein.

Schon über einen Monat helfe ich ihm bereits in der Firma, weiß, dass sein größter Wunsch einmal war, dass einer seiner Söhne den Laden übernimmt und weiterführt. Seit Tagen schon denke ich über diese Möglichkeit nach, seit Tagen schon will sie mir nicht mehr aus dem Kopf gehen. Annies Bild hämmert sich plötzlich wieder in mein Gehirn und ich rufe mir unser Essen im Diner in Erinnerung. Zwölf Uhr. Jetzt ist es elf. Ein paar Minuten stehe ich vorm Kleiderschrank. Was soll man schon anziehen, wenn die Freundin von seinem toten Bruder mit einem essen gehen will. Schließlich fische ich mir ein blaues Shirt heraus und belasse es bei meiner Jeans.

Da ich scheinbar zu früh bin, öffne ich schon mal die Tür, gehe hinein und versuche mit hunderten Erinnerungen zu kämpfen, an gemeinsame Treffen jede Woche hier in genau diesem Diner. Noch immer kann ich ihn spüren. Es ist, als würde er sich mir gleich gegenübersetzen, doch stattdessen tut es Annie.

„Hey, bist du schon länger hier?" Ich schüttele den Kopf. „Grad erst gekommen!" Es ist seltsam, mit ihr hier zu sitzen, wo ich sie doch kaum kenne und doch fühlt es sich an, als wäre sie eine alte Freundin. Meine Handflächen beginnen zu schwitzen. Verdammt! Was ist nur los mit mir.

Beim Essen fühle ich mich wesentlich wohler. Ohne dass ich danach gefragt habe, erzählt Annie mir alles über die gemeinsame Zeit mit ihr und Chris. Wie sie sich kennengelernt haben, die ersten Dates, Urlaub auf Mum's Insel bis hin zu dem Fußballspiel, bei dem sie zusammengebrochen war.

Chris hatte mir das alles natürlich schon einmal erzählt, doch es aus ihrem Mund zu hören fühlte sich an, wie die zweite Seite der Medaille aufzudecken, die man so lange nicht mehr umgedreht hatte. Mir entstand ein ganz anderes Bild von meinem Bruder.

Vieles fügte sich zusammen und bis zum Schluss hörte ich ihr aufmerksam zu, bis ich schließlich am Zug war. Ich erzählte ihr von unserer Kindheit, von Dingen, an die ich mich immer noch erinnere, als wären sie erst gestern gewesen. Dinge, die ich wohl niemals vergessen werde. Tage, wie jener, an dem ich Chris Fahrrad fahren beibringen wollte, ich ihm Anschwung gegeben hatte und er in voller Fahrt starr vor Angst war, nicht bremsen konnte und nur knapp die große Eiche verfehlt hatte. Tage, an denen wir angeln waren und Chris meinte, er müsse versuchen, mich in den See zu schubsen, weil er keinen einzigen Fisch gefangen hatte und ich zwanzig. Am Ende war er derjenige mit den nassen Klamotten.

Ich erzählte von Ausflügen, ersten Lieben und Prügeleien, dem ersten Bier und der ersten Zigarette, bei der wir uns fast totgehustet hatten. Von der Schule, Konfirmation und unserem Abschluss samt Abschlussball. Schwermütig erzählte ich auch von der Zeit, in der meine Mutter noch gelebt hatte, von einem Vater, der glücklich war und sich immer für uns interessiert hatte.

Es kostete mich ein wenig Überwindung von ihrem Tod zu sprechen und davon, wie sich danach alles veränderte, ich wegzog und Chris hier sich selbst überlassen hatte. Wie automatisch ballt sich meine Hand zur Faust, als ich darüber nachdenke. Annie legt sanft die ihre darauf, sieht mich mitleidig und gleichzeitig aufbauend an.

„Damals war es die richtige Entscheidung. Du konntest nicht wissen, was ihm einmal wiederfahren würde", versucht sie mich zu trösten und flickt damit ein kleines Stück meines gebrochenen Herzens wieder zusammen. Ich kann verstehen, warum Chris sie geliebt hat. Er hätte nicht gehen dürfen. Noch nicht.

„Nein, das konnte ich nicht wissen aber ich hätte ihn nicht allein zurücklassen sollen. Ich wusste, dass er allein war und doch…"

„Hast du entschlossen, dein Leben zu leben und bist deinem Herzen gefolgt", unterbricht sie meine Gedanken, „Ich kann nichts Verwerfliches daran entdecken!", fügt sie noch hinzu und doch werden die Vorwürfe mich wohl für immer begleiten.

Nach dem Essen beschließen wir, eine Weile spazieren zu gehen und Chris zu besuchen. Einige seiner Sachen würde Annie gerne behalten wollen. Sie wird mir dabei helfen, sie zu sortieren und wegzugeben und ich bin dankbar, jemanden an meiner Seite zu haben, der mich dabei unterstützt, obwohl es für sie sicher nicht einfacher wird als für mich.

Eine Weile stehen wir still an seinem Grabstein. Annies Augen füllen sich mit Tränen, die den Weg über ihre Wangen suchen.

„Wenn sich jemand Vorwürfe machen sollte, dann ich", gibt sie mir zu verstehen und ich kann nicht anders, als sie entgeistert anzusehen. Ihre Hände zittern und ihr Gesicht ist blass. Noch nicht mal ein Schluchzen, nur die Tränen tropfen an ihrem Kinn hinunter.

„Annie, das…", will ich beginnen, ihr die Vorwürfe auszureden, als sie mich unterbricht.

„Hätte er mich nicht kennengelernt, wäre das alles

nicht passiert. Er hätte sich nicht in mich verliebt, wäre nicht im Krankenhaus gewesen und wäre nicht nach Hause gefahren in dieser Nacht!" Trauer wandelt sich in Zorn. Ihr wütender Blick entgeht mir kaum. „Es ist alles meine Schuld!", fügt sie hinterher, dreht sich um und geht. Mein Blick gleitet auf den grauen Stein. Ich kann sie doch nicht einfach gehen lassen. Nicht so. Ich nehme meine Beine in die Hand und laufe ihr hinterher, versuche sie einzuholen. Sie geht schnell, doch ich gehe schneller, fasse ihren Arm und halte sie zurück.

„Annie!", rufe ich ihr entgegen. Sie bleibt stehen, den Kopf auf den Boden gerichtet. Vermutlich weint sie immer noch. Sie hält sich eine Hand vor den Mund, will den Ausbruch ersticken, nach dem ihr Körper verlangt, doch es gelingt ihr nicht.

Sanft ziehe ich sie an mich, nur wiederwillig dreht sie sich um und lässt sich schluchzend in meine Arme fallen. Ihr ganzer Körper bebt, während sie sich ausweint an meiner Brust. Ich streiche ihr über die glatten schwarzen Haare, atme ihren zarten Duft und will nur eines in diesem Moment. Ihr Trost spenden, so gut es eben geht. Ihre Tränen trocknen, denn das grün ihrer Augen ist nicht für die Traurigkeit geschaffen.

Sie sollte lächeln jeden einzelnen Tag. So gern würde ich ihr die Schmerzen nehmen, die sie so quälen, doch ich weiß nicht wie. Die Zeit heilt alle Wunden pflegen viele in solchen Situationen zu sagen, doch ist wahre Liebe nicht unendlich? Ein Teil wird immer fehlen, auch wenn man sich die Erinnerungen bewahrt, so ist das Liebste nicht zurückzubringen. Nie mehr.

Annie

Mein ganzer Körper scheint unter ihm zu weinen, ein wenig unbehaglich ist es schon, doch ist er nicht der Einzige, der meine Gefühle wenigstens ein bisschen nachvollziehen kann? Wo sonst sollte ich mich so hingeben können. Bei meinen Eltern sicher nicht und auch Freundinnen sind leider rar geworden, nachdem meine Krankheit damals in der Schule die Runde gemacht hatte. Bei Ben fühle ich mich wohl.

Es ist, als würde ich ihn schon ewig kennen. Oft war ich bei den Telefonaten der Brüder dabei, wodurch es mir vorkommt, als würde ich ihn schon ein wenig kennen. Er streicht über meine Haare, hat die andere Hand an meinen Rücken gelegt, um mich zu halten.

Ich fühle mich geborgen und doch nagt das schlechte Gewissen an mir. Sollte ich ihm überhaupt so nah sein? Immerhin ist er Chris Bruder. Etwas eigenartig ist es schon. Ich versuche, wieder zu Fassung zu kommen und löse mich aus der Umarmung, die mir so viel Wärme geschenkt hat, wische meine Tränen ab und versuche zu Lächeln.

„Entschuldige", ist alles, was ich hervorbringen kann.

„Du brauchst dich nicht entschuldigen!", gibt er sanft zurück und lächelt dabei.

„Aber du bist im Unrecht!", fügt er noch hinzu. Ich blicke ihn verwirrt an. Was meint er damit?

„Dich kennenzulernen war das Beste, was Chris nach dem Tod unserer Mutter passieren konnte. Solange hatte er sich vor sämtlichen Gefühlen verschlossen, an kaum Jemandem Interesse gezeigt, bis er dich getroffen hat. Er hat so oft von dir gesprochen, Annie. Eigentlich jedes Mal, wenn wir telefoniert haben und er war sowas von glücklich. Glaub mir, Annie, du warst das Beste, was ihm widerfahren konnte. Niemand konnte wissen, dass eure Geschichte so ein Ende nimmt. Das ist das Leben", lächelt er sanft, „und du hattest es für ihn wieder lebenswert gemacht! Mach dir keine Vorwürfe! Er würde das nicht wollen und das weißt du auch!" Er hat Recht.

Auch Chris war alles für mich. Ich hätte nie an die Liebe geglaubt, die wahre Liebe, wenn er sie mir nicht geschenkt hätte. Ich bin mir sicher, eines Tages werden wir uns wieder sehen. Irgendwo.

„Ich danke dir!" Er nickt, bevor er etwas in seiner Tasche zu suchen scheint.

„Das ist für dich!" Er reicht mir ein großes weißes Bilderalbum mit einem blauen Band auf der linken Seite. Auf dem Einband ein Bild von Chris und mir. Ich fahre mit den Fingern über sein Gesicht, blättere durch die Seiten.

„Ich dachte, so hast du eine schöne Erinnerung an eure gemeinsame Zeit." Wieder füllen sich meine Augen mit Tränen, als ich bei dem ein oder anderen Bild hängenbleibe, mich an jenen Moment erinnere, in dem wir es aufgenommen haben. „Ich danke dir!", wispere ich und umarme ihn erneut. Ein besseres Geschenk hätte man mir nicht machen können.

Die Wochen waren schneller ins Land gezogen, als ich angenommen hatte. Jeden Tag erfreute ich mich an dem Album, das Ben mir geschenkt hatte. Es ist eine Art Trost, ein Gefühl, als wäre er noch immer bei mir. Manchmal ertappte ich mich dabei, wie ich mit ihm redete, um anschließend festzustellen, dass ich total bescheuert bin. Mum sagt, es wäre die Gewohnheit und wenn es mir dadurch besser gehen würde, sollte ich doch ruhig weiter mit ihm reden.

Hin und wieder hatte ich mich mit Ben getroffen, im Diner, auf dem Friedhof oder in Chris Wohnung. Langsam ist es an der Zeit, die letzten Sachen zusammen zu räumen, denn ein Nachmieter ist bereits gefunden. Chris Dad hat sich in der ganzen Zeit nicht einmal dort blicken lassen und Ben meint, es würde ihm zusehends schlechter gehen. Der Verlust verlangt ihm einiges ab, doch er ist nicht bereit, mit einem Arzt darüber zu sprechen.

Eher würde er sich erschießen, als einem Seelenklemptner sein Leid vorzutragen. Er wisse schließlich, was er empfindet und warum er sich so verhält.

Einem Dickschädel ist immer schwer zu helfen.

Heute wollen wir die letzten Kartons aus der Wohnung holen und dann wird nichts mehr übrig sein von dem Ort, an dem wir einst so glücklich waren und uns liebten. Dieser Gang fällt mir schwer und ohne Ben hätte ich wohl niemals die Stärke aufgebracht, die nötig war, die Wohnung leer zu räumen.

„Lass dir Zeit", entgegnet er, bevor er die restlichen Sachen ins Auto trägt. Ich durchstreife langsam jeden Raum, atme noch einmal den Duft der Wände, streiche mit den Fingerkuppen über den Türrahmen, an den er mich oft gepresst hat, um mich voller Verlangen zu küssen. Ich schließe meine Augen, berühre meine Lippen und lasse alles noch einmal lebendig werden. Ein Glücksgefühl rauscht durch meinen Körper, dass ich mir bewahren möchte, am liebsten in eine Flasche füllen und verschließen würde, um es immer bei mir zu tragen.

„Bist du soweit?" Ich nicke, obwohl ich es wohl niemals sein würde. Ich drehe den Schlüssel ein letztes Mal im Schloss um und ziehe ihn heraus, lege ihn schwermütig in Bens Hand wohlwissend, dass ich diese Wohnung nie wieder betreten werde.

Mir wird schwer ums Herz, als wir den Weg zum Auto antreten, immer wieder drehe ich mich um, noch nicht bereit, alles loszulassen. Wie ein schwerer Stein in meiner Magengrube hält sich die Sehnsucht nach ihm und unserem Leben, wie es vor ein paar

Monaten noch gewesen war.

Heute fahren wir zu Bens und Chris Elternhaus. Seit diesem einen Mal war ich nicht mehr dort gewesen. Nur ungern erinnere ich mich an diesen Tag, an dem wir das Haus so überstürzt verlassen haben.

„Es muss seltsam für dich sein, wieder hierher zu kommen", stellt Ben fest, als wäre er gerade meinen Gedanken gefolgt.

„Nun ja, sehr lange war ich ja nicht hier gewesen." Er schmunzelt und dabei fallen mir dieselben Grübchen auf, die sich auch um Chris Lächeln immer gebildet haben. „Was ist?", fragt Ben, als er bemerkt, dass ich ihn beobachte. Wie peinlich. Ich spüre die Wärme, die sich auf meine Wangen legt. „Nichts!", entgegne ich verlegen und blicke aus dem Fenster bis wir vor dem Eingang zum Stehen kommen.

Noch immer beeindruckt mich dieses imposante Gebäude. Sicher haben die Jungs früher oft Fangen und Verstecken gespielt. Becki und ich hätten es jedenfalls getan. Chris Sachen bringen wir in den Raum neben Bens Zimmer. Auch er wollte einige seiner Sachen behalten, um sich die Erinnerung zu bewahren. Sicher vergisst man niemals einen Menschen, den man einmal von Herzen geliebt hat und doch verblassen die Erinnerungen mit der Zeit. Details lösen sich in Luft auf und bald schon denkt man nicht mehr in jeder verdammten einzelnen Sekunde an die Zeit, die man nie mehr mit ihm haben wird.

Gerade, als wir wieder zur Tür hinaus wollen, kommt Mr. Bentley von der Arbeit zurück und ist sichtlich schockiert über meine Anwesenheit.

„Miss Parker!", bringt er überrascht hervor.

„Mister Bentley", gebe ich gleichgültig zurück. Man kann die Anspannung förmlich fühlen.

„Was machen sie denn hier?", fragt er nun ganz direkt. „Annie hat mich begleitet. Heute musste die Wohnung aufgelöst werden", bringt Ben sich im rechten Moment ein.

„Bitte, bleibt doch noch auf einen Kaffee!", fordert er uns auf, doch ich habe wahrlich kein gutes Gefühl dabei, mit ihm in einem Raum sitzen zu müssen.

„Dad, wir müssen eigentlich..."

„Ach kommt schon. Tut mir den Gefallen! Es ist immer so einsam hier in der großen Hütte." Ben sieht mich fragend an und entgegen meines Instinktes nicke ich ihm zu. „Auf ein Wasser!" Das ist kalt und lässt sich schnell runterspülen.

„Wunderbar!", gibt Bens Vater zurück und geht in Richtung desselben Saals, in dem wir bei meinem letzten Besuch waren. All meine Alarmglocken klingeln, doch ich will mir diese Blöße einfach nicht geben.

„Annie, wir müssen nicht bleiben", flüstert Ben mir ins Ohr und ich spüre seinen Atem in meinem Nacken kitzeln. „Es ist schon ok", versichere ich ihm und folge seinem Vater.

„Und, Annie? Wie haben sie den Tod meines Sohnes verkraftet?", fällt er mit der Tür ins Haus, doch ich habe bereits damit gerechnet, dass er wütend sein würde.

„Dad, was ist denn bitte in dich gefahren?" Ben schüttelt den Kopf.

„Ich arbeite noch daran!", gebe ich ehrlich zurück, denn hier ist eh kein Weiterkommen in Sicht.

„Wussten Sie, dass er Organspender war?", fragt er nun eindeutig nachdrücklicher als eben noch. Ich schlucke, meine Handflächen werden feucht. Er weiß Bescheid. Ich nicke. Ben verfolgt das Schauspiel, bei dem er nicht weiß, wie er eingreifen soll.

„Dann wissen Sie wahrscheinlich auch, dass er kurz vor seinem Tod eines seiner Organe gespendet hat, nicht wahr?" Seine Stimme wird immer lauter und zittert vor Zorn. Mein Herzschlag beschleunigt sich. Auf diese Weise sollte Ben es nicht erfahren, der immer noch verwirrt zwischen seinem Vater und mir hin und her blickt. Ich nicke wieder und versuche, seinem eindringlichen Blick standzuhalten, so schwer es mir auch fällt. Seine Halsschlagader pulsiert. Seine Augen verengen sich zu prüfenden Schlitzen. Siegessicher holt er zum letzten Schlag aus.

„Dann werden Sie es wohl ebenso seltsam finden wie ich, dass genau an dem Tag, an dem mein Sohn gestorben ist und sein wichtigstes Organ gespendet hat, Sie ein Herz erhalten haben, dass dieselbe Blutgruppe aufweist wie Ihres, oder Annie?" Seine Hände ballen sich zur Faust. Egal, was ich jetzt sagen würde, alles würde die Situation zum Eskalieren bringen. Ich schaue zu Ben, der immer noch verzweifelt versucht zu verstehen, was hier vor sich geht. Ich kann die ausbrechenden Tränen nicht zurückhalten. Schluchzend wende ich mich Ben zu.

„Es tut mir so leid", versuche ich zu erklären. Er hat es noch immer nicht begriffen. „Ich habe Chris Herz implantiert bekommen in jener Nacht. Ich wusste es nicht, ich… ich…" Ich bin nicht mehr in der Lage, irgendetwas zu sagen. Meine Gefühle überschlagen sich. Ich höre das Blut in meinen Ohren rauschen. Mein Herz donnert. Eine Flut von Tränen überströmt mein Gesicht als ich einen stechenden Schmerz in meiner Brust spüre. Alles ist so eng. Ich krampfe meine Hand in mein Shirt, stehe auf und renne hinaus. Ich muss hier raus und ich will nie, nie wieder da rein.

Ich stoße die Tür auf, laufe die Treppe hinunter und bleibe kurz an der Stelle stehen, an der vorhin noch Bens Wagen stand. Nach kurzer Orientierungslosigkeit trete ich völlig aufgewühlt den Heimweg an ohne darüber nachzudenken, wie lange ich wohl zu Fuß brauchen würde. Ich ringe nach Luft, lasse mich auf einem großen Stein nieder, um wieder zu Atem zu kommen, als ich Ben rufen höre.

„Annie! Annie!" Sofort setzt er sich in Bewegung, als er mich auf dem Stein ausmacht.

„Annie! Alles in Ordnung?"

„Annie", sagt er nun etwas ruhiger, bevor er kurz vor mir stehen bleibt. Mein Blick haftet auf meinen Schuhspitzen, denn ich wage nicht, ihn anzusehen. Er hockt sich hin, blickt in mein Gesicht. Mit seinen Fingern hebt er mein Kinn an, sodass ich ihn ansehen muss. Ich versuche, mein Schluchzen zurückzuhalten. Auch dieses Mal habe ich es keine Stunde in diesem Haus aushalten können.

„Du hättest es mir sagen können!", sagt er eindringlich und blickt mir direkt in die Augen. Eine Gänsehaut überfährt meinen Körper.

„Das wollte ich! Das hätte ich noch. Ich konnte es noch nicht", versuche ich ihm zu erklären.

„Wann hast du es erfahren?"

„Im Krankenhaus", gebe ich ehrlich zurück.

„Ich konnte lange Zeit nicht damit umgehen, weißt du, bis Chris..."

„Chris?", fällt er mir überrascht ins Wort. Verdammt, was soll ich denn jetzt sagen? Sicher würde er denken, dass ich verrückt bin.

„Ich...ich dachte, Chris würde sicher nicht umsonst gestorben sein..."

„Das war nicht das, was du eigentlich sagen wolltest, oder?", hakt er noch einmal nach und ich bin sicher, er wird nicht eher Ruhe geben, bis er eine ehrliche Antwort hat.

„Du hältst mich sicher für verrückt", lache ich verzweifelt. „Lass es darauf ankommen", gibt er zurück und zögerlich beginne ich, ihm von meinen Träumen zu erzählen.

„Seit jener Nacht, in dem ich sein Herz bekommen hatte, träumte ich von ihm. Ich war an einem seltsamen Ort, der irgendwie wie unsere Welt war und doch wieder nicht. Dann war da diese Mauer, hinter der Chris war. Wir konnten uns nicht sehen aber hören. Ich versuchte mehrmals, auf seine Seite zu gelangen, doch er duldete es nicht, meinte, es wäre nicht an der Zeit. Ich habe so gelitten, wollte nicht mehr leben. Ich gab alles dafür, so oft wie möglich am Tag zu schlafen, um bei ihm sein zu können. Doch irgendwann musste er gehen. Ich begriff, dass ich der einzige Grund war, der ihn auf unserer Seite gehalten hat. Er wollte, dass ich gehe und mein Leben lebe, da wir uns eh irgendwann wiedersehen würden. Ohne seinen Zuspruch wäre ich wohl weiter vor mich hin vegetiert in diesem Zimmer." Ich schaue zu Ben, der sich die ganze Zeit nicht gerührt hat. Entweder er glaubt mir oder er lässt mich gleich in die Psychiatrie einliefern. Ich hoffe natürlich, dass er imstande ist, mir zu glauben, doch würde ich es tun an seiner Stelle? Ich weiß es nicht.

Auf einmal streckt er mir die Hand entgegen.

„Komm mit! Ich will dir etwas zeigen." Ich trotte hinter ihm her am Haus vorbei in den hinteren Teil des Grundstücks. Hinter einem großen bepflanzten Bogen erstreckt sich grünes Gras soweit das Auge reicht. Mittendrin ein Baum, an dem eine Schaukel angebracht ist. Das Holz wirkt spröde und alt. Hier und dort erkenne ich einen Riss zwischen den eigens angebrachten Schrauben.

„Chris und ich waren oft hier, als wir noch kleiner waren. Abwechselnd setzten wir uns auf die Schaukel und unsere Mutter gab uns Anschwung. Was haben wir gelacht, als wir ganz oben angekommen waren und unsere Bäuche gekribbelt haben, als würden tausend Ameisen darin Football spielen. Bis heute hängt sie hier, weil Chris der Meinung war, dass wir hier immer am Glücklichsten gewesen waren. Nach Mum's Tod kam er oft hierher und glaubte sie zu *spüren*. Ich will ehrlich mit dir sein, Annie. Ich glaube eigentlich nicht an solchen Humbug. Ich glaube an das, was ich sehen und anfassen kann. Ich glaube an dich und ich glaube dir, dass du erlebt hast, wovon du mir erzähltest. Nicht mehr und nicht weniger. Ich hoffe, das genügt dir." Ich nicke lächelnd und bin wahnsinnig froh über seine Worte. Meine Finger berühren das Holz der Jahrzehnte.

„Setz dich!", fordert Ben mich auf und schon kurz darauf klammere ich mich an die Seile, in der Hoffnung das Brett würde unter meinem Gewicht nicht nachgeben.

„Halt dich fest!", sagt er noch während er mich sanft nach hinten zieht, um mich anschließend fallen zu lassen. Immer wieder spüre ich seine Hand in meinem Rücken, schaukele höher und höher. Fast habe ich ein wenig Angst und schließe für einen kurzen Moment die Augen, nur um sie gleich darauf wieder zu öffnen. Immerhin wollte ich nichts verpassen von meinem ersten richtigen Schaukeln. Der Wind rauscht in meinen Ohren und mit jedem Schwung fühle ich mich ein wenig freier, glücklicher und kann mir ein Lachen nicht unterdrücken, als ich die abertausenden Ameisen in meinem Bauch spüre.

Was für ein unglaubliches Gefühl. So berauschend und friedlich zugleich. Nur langsam lasse ich mich ausschaukeln und genieße die letzten schwungvollen Züge, ehe ich mich mit meinen Schuhen abbremse und zum Stehen komme. „Wow", fährt es aus mir heraus und ich bemerke, dass ich immer noch lächle.

„Ja, es ist schon eine besondere Schaukel", schmunzelt Ben und schaut etwas verwirrt drein, als ich in meiner Tasche krame und einen Zettel hervorhole, um einen Satz davon abzuhaken.

„Was ist das?", fragt er und stellt sich hinter mich, hält sich an den Seilen fest und schielt über meine Schulter. „Annies crazy Lifelist", stellt er lachend fest. „Das kann nur auf meines Bruders Mist gewachsen sein!"

„Ja genau. An meinem Geburtstag hatte er diese Idee. Er wollte wissen, was ich alles einmal machen möchte, falls ich wieder gesund werde. Schaukeln war eine Sache davon."

„Schaukeln?", fragt er ungläubig.

„Sag bloß, du bist noch nie geschaukelt?" Ich schüttele den Kopf. „Jedenfalls nie so hoch. Meine Mum war früher etwas übervorsichtig. Schon vor meiner Krankheit."

„Was steht da noch?", fragt er neugierig und ich reiche ihm die Liste hoch, die er aufmerksam mustert.

„Okay, Achterbahn kann ich auf keinen Fall mit dir fahren! Da wird mir schlecht aber den Rest sollten wir hinbekommen." Es fühlt sich seltsam an, dass er so mit mir spricht. Als wären wir Freunde. Doch ich bin mir noch nicht sicher, ob wir das jemals sein könnten. Noch immer versetzt jeder seiner Blicke mir einen Stich ins Herz, den ich nicht deuten kann.

Zu ähnlich sind seine Augen denen von Chris und ich kann nicht bestreiten, dass ich mich allein dadurch schon zu ihm hingezogen fühle. Wie absurd.

Er kommt um die Schaukel, zieht mich an den Händen in den Stand. Zu nah stehen wir nun beieinander. Schlechtes Gewissen durchzieht meinen Körper. Er ist sein Bruder. *Chris* Bruder! Instinktiv gehe ich einen Schritt zurück. Meine Wangen erröten.

„Ich denke, ich sollte gehen."

„Ich fahre dich nach Hause!" Gemeinsam gehen wir zum Auto, wo er mir die Tür öffnet und ich hineinsteige. Gedankenversunken blicke ich aus dem Fenster. „Glaubst du, er kann mir irgendwann verzeihen? Dein

Dad?"

„Da gibt es nichts zu verzeihen, Annie! Er kriegt sich schon wieder ein. Irgendwann. Ich denke, es war Schicksal, dass alles so gekommen ist."

„Schicksal?", frage nun ich ungläubig.

„Ich denke, du glaubst nicht an so etwas?", stichele ich ihn.

„Tu ich auch nicht. Aber in diesem Fall weiß ich nicht, wie man es sonst nennen sollte."

Ben

Ich muss zugeben, ich war mehr als überrascht, zu hören, dass das Herz meines Bruders in der Brust seiner Freundin schlägt. So etwas hat es sicher noch nie gegeben. Außer in Filmen vielleicht. Doch kann ich sie deswegen hassen? Sicher nicht.

Es ist nicht ihre Schuld, dass alles so gekommen ist. Niemand hätte das vorhersehen können und selbst wenn, hätte Chris sie sicher nicht einfach so gehen lassen.

Vor ihrem Haus stelle ich den Motor ab und öffne ihr die Autotür. Ich bringe sie noch zur Veranda, wo ich jedes andere Mädchen, für das ich so empfunden hätte, wohl mit einem Kuss verabschiedet hätte. Doch nicht Annie. Nicht die Freundin meines verstorbenen Bruders. Sicher würde er ausrasten, wenn er um meine Gefühle wüsste. Sicher würde ich einen Schlag kassieren genau ins Gesicht.

Wie sie dasteht und in den Himmel blickt. Ihr Haar weht sacht in der warmen Brise. Fast hätte ich einfach ihr Gesicht in meine Hände genommen und sie geküsst, doch ich halte mich zurück, balle meine Hände zur Faust und atme tief ein. Mein Herzschlag beruhigt sich und ich versuche diese verdammten

Schmetterlinge im Keim zu ersticken. „Na dann, gute Nacht, Annie!"

„Gute Nacht Ben. Danke fürs Bringen", fügt sie noch hinzu, lächelt und geht ins Haus.

„Bis bald!" Ich drehe mich um und gehe langsam zum Auto. Nächstes Wochenende werde ich sie in eine Karaoke Bar schleppen. Ein Haken mehr auf ihrer Liste.

Ich hatte noch einiges zu tun, ehe ich nach Hause gefahren bin. Es wird bereits langsam dunkel, doch noch immer brennt das Licht im Schlafzimmer meines Vaters, weswegen ich beschließe, ihn noch zur Rede zu stellen. Kein Laut ist zu vernehmen, als ich leise die Türklinke zu seinem Zimmer hinunterdrücke. Das Bild, was sich mir bietet ist traurig und bemitleidenswert zugleich.

Wie oft er jene DVD von seiner Hochzeit wohl schon angesehen hat, die gerade auf dem Fernseher läuft. Bilder von Mum und Chris liegen auf seinem Bett und seinem Tisch. Manchmal vergesse ich, wie schmerzhaft es auch für ihn sein muss. Immer tut er so kalt und steckt all seine Gefühle in seinen Zorn. Doch diesen heute an Annie auszulassen, war nicht einmal annähernd in Ordnung oder die feine englische Art.

Und das Leben muss nun einmal weitergehen, ohne Frage. Ob wir es nun wollen oder nicht. Das Leben nimmt keine Rücksicht auf uns.

Er schläft, ein Bilderalbum neben ihm auf seinem Kissen. Ich räume die Bilder zusammen und verstaue sie zusammen mit den Alben wieder in seinem Nachtschrank. Dann mache ich den Fernseher und das Licht aus, decke ihn zu, bevor ich aus dem Zimmer gehe. Vielleicht ziehe ich ihn doch nicht zur Rechenschaft. Immerhin muss er im Moment eine Menge durchmachen, obwohl er versucht, es sich nicht anmerken zu lassen.

Am nächsten Tag ist alles so wie immer. Schon lange war Dad keinen Sonntag mehr zu Hause geblieben. Jedenfalls nicht solange ich jetzt hier bin. Keinen einzigen Tag hält er aus in seinem Haus und ich frage mich ernsthaft, warum er sich so daran klammert.

Früher oder später werde ich mir sicher wieder eine eigene Wohnung nehmen, da ich heut Nacht beschlossen habe, erst einmal hier zu bleiben und zu schauen, wie die Dinge sich zuweilen entwickeln. Ich vermag es nicht, Dad in seinem Zustand allein zu lassen und auch Annie wegen kann ich nicht einfach wieder verschwinden. Vorerst werde ich meinem Vater in der Firma helfen.

Ich leere meinen Kaffeebecher in einem großen Schluck, stelle ihn auf die Tischplatte und mache mich ebenfalls auf den Weg in die Firma. Mein Dad sieht mich verwirrt an, als ich das Büro betrete und ich könnte schwören, eine Röte auf seinen Wangen wahrgenommen zu haben. „Was willst du hier? Es ist Sonntag!"

„Ich könnte dich dasselbe fragen", gebe ich amüsiert zurück. „Ich werde vorerst hier bleiben und dir in der Firma helfen!", sage ich bestimmt, um ihm klarzumachen, dass ich keine Widerrede akzeptieren werde.

„Vorerst?", fragt er und zieht prüfend eine Augenbraue hoch. „Wir werden sehen, wie sich alles entwickelt."

„Du magst sie, hm?"

„Ich weiß nicht, wovon du redest!", sage ich flüchtig und nehme mir die Akten der letzten Wochen vor, setze mich mit ihnen an den Schreibtisch. Etliche Bewerber hatte mein Vater abgelehnt nach Chris Tod, keiner wäre gut genug für diesen Job. In Wirklichkeit war nur keiner gut genug, es mit ihm länger als zehn Minuten im selben Raum auszuhalten. Mich wird er nicht so schnell los werden wie die anderen. Egal, was er zu wissen glaubt.

„Ich meine Annie. Man kann sehen, dass du dich zu ihr hingezogen fühlst."

„Und wenn schon, es bedeutet gar nichts. Sie war die Freundin von Chris und wenn du nicht zufällig vorhast, dich für dein Verhalten bei ihr zu entschuldigen, dann brauchst du nicht weiter mit mir darüber reden."

„Stört es dich denn gar nicht?", fragt er empört und stellt sich vor meinen Schreibtisch, ballt eine Hand zur Faust.

„Was spielt das noch für eine Rolle, Dad?" Tränen

steigen in mir auf, die ich erfolgreich zu unterdrücken versuche. „Chris ist tot. Dein Zorn wird ihn nicht wieder zurückbringen. Er hat Annies Leben gerettet und hätte sicher alles dafür gegeben, damit sie nicht sterben muss. Es ist nicht zu ändern. Er ist tot und sie lebt. Punkt!"

„Es hätte andersrum sein sollen!", sagt er abfällig und ich kann meinen Ohren nicht trauen.

„Hörst du überhaupt selbst, was du da von dir gibst? Es war ein Unfall, Dad! Ein Unfall! Niemand kann etwas dafür!" Schon lange war ich nicht mehr so wütend wie in diesem Augenblick.

„Wenn er sie nicht kennengelernt hätte, wäre er sicher noch am Leben! Begreifst du das denn nicht?" Ich kann nicht anders, als den Kopf zu schütteln. „Wenn er sie nicht kennengelernt hätte, würde er immer noch umher wandeln wie eine leere Hülle, die nichts und niemanden an sich heranlässt. Nur durch Annie hatte er wieder gelebt, Gefühle gezeigt, sich verliebt. Er war glücklich, Dad! Zählt das für dich überhaupt nicht?"

„Lieber eine leere Hülle als einen toten Sohn!" Das ist zu viel des Guten. Was könnte ich dem noch entgegensetzen. Im Moment ist ihm nicht zu helfen, also nehme ich meine Akten unter den Arm und setze mich in ein leeres Büro weit weg von ihm. Gut, dass heute Sonntag ist und ich die freie Auswahl habe.

Die ganze Woche lang war die Stimmung zwischen meinem Vater und mir nicht gerade die Beste gewesen. Wir aßen getrennt, redeten im Büro kaum ein Wort miteinander, schon gar nicht, wenn es nicht die Firma betraf. Er ist so ein verdammter Sturkopf.

Erst jetzt wird mir klar, wie Chris sich die ganze Zeit über hier gefühlt haben muss. Jetzt verstehe ich, warum er unbedingt raus wollte aus der Firma. Doch das Meiste prallt an mir ab wie ein Gummiball. Vater ist so beschränkt in seinem Tun, dass er noch nicht mal mitbekommt, dass Caroline ihm jeden Morgen einen Kaffee bringt und ihn dabei angrinst wie ein Honigkuchenpferd. Ich bin mir sicher, dass sie abgesehen von ihren Assistenzpflichten noch andere Absichten bei meinem Vater hegt, doch er ist blind vor Wut.

Umso erleichterter bin ich, als diese grauenvolle Woche endlich hinter mir liegt und das Wochenende vor der Tür steht. Da ich nicht weiß, wie Annie zu Überraschungen steht, habe ich mir vorgenommen, ihr wenigstens die Möglichkeit einzuräumen, sich etwas aufzubrezeln. Ihre Schwester Becki ist ebenfalls übers Wochenende da und wird uns vermutlich begleiten. So haben eventuelle Annäherungsversuche erst gar keine Chance und ich bin für heute aus dem Schneider.

Bin um neunzehn Uhr bei dir! Zieht euch was Nettes an! Gruß, Ben

Ich denke, das sind genügend Hinweise für den heutigen Abend und wie erwartet, lässt die Antwort nicht lange auf sich warten.

Was soll die Geheimniskrämerei? Wohin entführst du uns? Sag schon! Gruß, Annie

Nichts werde ich sagen, außer dass sie die Liste mitnehmen soll. Heute Abend werden wir gleich drei Fliegen mit einer Klappe schlagen.

Circa eine halbe Stunde werden wir fahren müssen. So groß unsere Stadt auch ist, Karaoke gibt es hier in keinem der schmucken Vororte. Generell wird *Party machen* hier nicht sehr groß geschrieben.

Ich muss zugeben, dass ich schon etwas nervös bin, den Abend gleich mit zwei Mädels zu verbringen, auch noch mit einer, die ich noch nicht kenne aber es wird schon schief gehen. Heute habe ich mich ebenfalls in Schale geworfen. Ich denke, es ist im Sinne von Chris, Annies Lifelist abzuarbeiten.

Punkt neunzehn Uhr parke ich vor Annies Haus und gehe in Richtung Veranda, um sie abzuholen. Mein Finger hat die Klingel noch nicht erreicht, als sich die Tür öffnet und Mary dahintersteht.

„Guten Abend, Ben! Die Mädchen sind gleich fertig. Wie geht es dir?" Das Mitleid in ihrem Blick versetzt mir einen Stich ins Herz und ich werde wieder daran erinnert, warum *ich* jetzt hier stehe und mit Annie eine Liste abarbeite, die eigentlich mein Bruder mit ihr hätte bestreiten sollen. „Es geht mir gut, danke!"

Ich nicke freundlich und bin froh, als ich Becki die Treppe hinunterkommen sehe. Sie sieht so ganz anders aus als ihre Schwester. Hübsch aber bei weitem nicht so hübsch wie Annie. Sie hat rötliches leicht gelocktes Haar, dass ihr auf die Schultern fällt. Ihre Augen sind blau, wie die von Annies Vater und werden durch ihr knielanges, dunkelblaues Kleid perfekt betont. Ich bin sicher, dass sie nicht zu der schüchternen Sorte Mädchen gehört.

„Hi! Ich bin Becki", sagt sie und reicht mir die Hand, „eigentlich Rebecca, aber alle nennen mich Becki!" Sie macht einen netten Eindruck.

„Ben!", gebe ich lächelnd zurück.

„Ja, ich weiß!", lacht sie nun, während mein Blick in Richtung Annie wandert, die gerade die Treppe hinunter kommt und in ihrem weißen Kleid so wahnsinnig gut aussieht, dass ich nicht bemerke, wie mir die Kinnlade hinunterfällt, bis Becki mich anstößt und ich mich verlegen räuspere.

„Annie, du siehst...wunderschön aus!" Was Besseres ist mir wirklich nicht eingefallen in diesem Moment. „Danke, Ben!", sagt sie während sich eine leichte Röte auf ihre Wangen legt.

„Ähm ja, hätten wir das geklärt. Wir sehen alle wunderbar aus. Wo soll's hingehen?", unterbricht Becki den peinlichen Moment.

„Das werdet ihr sehen, wenn wir da sind", gebe ich nun wieder gefasst zurück und lasse die Damen vorgehen. „Wiedersehen, Mary!"

„Bring sie mir heil wieder! Ich meins Ernst junger Mann!", ruft sie mir noch hinterher, bevor ich den Mädels die Autotür aufhalte und sie auf die Rückbank schlüpfen. Annie ist heute verdächtig ruhig, während ihre Schwester am laufenden Band vor sich hin plappert. Sie ist eindeutig aufgeregt und sagt jeden Ortsnamen laut, durch den wir fahren, als müsse sie das Rätsel noch vor der Ankunft lösen.

„Hampton", sagt sie nun und fast hätte ich die Abzweigung verpasst, da ich ständig damit beschäftigt war, einen unauffälligen Blick auf Annie durch den Rückspiegel zu erhaschen. Mehrere sogar.

Nach ein paar verwinkelten Gassen stehen wir vor dem bunt beleuchteten Club, wo in großen Buchstaben das Wort *Karaoke* bereits verrät, welchen Punkt der Liste wir heute abhaken wollen. Annie begreift schnell und schlägt kopfschüttelnd die Hände vor ihre Augen. „Oh nein, das ist doch bitte nicht dein Ernst!"

Oh doch. Ich zeige kein Erbarmen. Mein Grinsen verrät, dass ich mich sogar darauf freue. Wieder halte ich den Ladys die Tür auf. Becki hüpft freudig wie ein kleines Kind auf und ab und versucht ihre Schwester in ihrer Vorfreude anzustecken, doch Annie lässt sich eher mitschleifen.

Schon Anfang der Woche hatte ich einen Tisch reserviert, da der Laden hier immer gut besucht ist. Auf der Bühne sitz gerade eine junge Frau mit blonden langen Haaren und ihrer Gitarre und gibt eine Ballade zum Besten. Annie scheint fasziniert von ihr zu sein, denn sie ist mitten im Gang stehen geblieben und völlig auf diese Frau fixiert. Sie zuckt leicht zusammen, als ich meine Hand auf ihren Rücken lege und sie sanft zu unserem Tisch führe.

„Entschuldige, sie ist einfach der Wahnsinn."
Ich lächle sie an, atme den süßen Duft ihrer Haare und fühle schon wieder diese dämlichen Schmetterlinge, die sich einfach nicht ersticken lassen wollen. Als wir endlich auf unseren Plätzen sitzen, hebe ich die Hand und kurze Zeit später erscheint der Kellner mit Zettel und Stift.

„Für mich eine Cola und die Damen?" Becki überlegt kurz, bevor sie sich einen Martini bestellt und zu Annie blickt. „Ich nehme…ein Bier!" Becki prustet los. „Das will ich sehen, Schwesterherz, wie du ein Bier trinkst!" Insgeheim hatte ich mir erhofft, dass Annie von allein darauf kommt.

„Das wirst du gleich sehen!" Annie rümpft die Nase und steckt Becki die Zunge heraus. So kindisch hatte ich sie bisher noch nicht erlebt, doch es gefällt mir, sie so unbefangen zu sehen. Ich kann jedoch nicht genau sagen, ob diese Unbefangenheit ehrlich oder gespielt ist. Annie leckt sich belustigt über die Lippen, als das goldene Getränk mit weißer Krone vor ihr steht und sie kurz darauf ansetzt und angewidert ihr Gesicht verzieht. „Bäh, das ist ja ekelhaft!" Ich muss lachen und Becki tut es mir gleich.

„Sorry Leute, aber das bekomme ich auf gar keinen Fall runter." Abhaken können wir später trotzdem. Immerhin weiß sie jetzt, wie ein Bier schmeckt.

Nach ein paar weiteren Kandidaten scheint gerade keiner mehr Lust zu haben, auf die Bühne zu gehen.

„Deine Chance, Annie!", zwinkere ich ihr zu und deute mit dem Kopf in Richtung der Bühne.

„Gott, ich weiß nicht. Ich habe so etwas doch noch nie gemacht!"

„Aber du wolltest es doch schon immer mal machen! Es steht auf der Liste, also komm schon!" Becki nickt ihr aufmunternd zu.

„Nur, wenn du mitmachst!", sagst sie und deutet mit dem Zeigefinger auf ihre Schwester.

„Na wenn's weiter nichts ist!", gibt sie gelassen zurück und nimmt Annie an die Hand. Ich spreche unterdessen mit dem Typen, der die Platten auflegt, während dessen Annie und Becki die Songliste durchgehen. „Hey, wir haben's!", rufen die beiden wie aus einem Mund und ich bin wirklich gespannt, welchen Song sie sich ausgesucht haben.

Die Scheinwerfer gehen aus und die beiden bringen sich in Position. Rücken an Rücken, wenn ich das richtig sehe und jeder ein Mikro in der Hand. Annie murmelt etwas vor sich hin und wirkt ein wenig nervös. Hoffentlich geht alles gut. Die Musik beginnt und sofort erkenne ich den Song. Die Scheinwerfer leuchten auf die Beiden und die peinlichsten drei Minuten ihres Lebens können beginnen. Ich lehne mich zurück und genieße die Show.

Annie

Ich glaube, in meinem Leben war ich selten so nervös wie in diesem Augenblick und würde ich nicht auf der Bühne stehen, würde ich Ben jetzt vermutlich umbringen, dafür, dass er uns hierher geschleppt hat.

Meine Handflächen beginnen zu schwitzen, als die Musik beginnt und sich die Scheinwerfer auf uns richten. Ich werde ihn umbringen! Auf jeden Fall! Sobald ich das hier hinter mich gebracht habe.

Becki beginnt zu singen und dass gleich mal eine Tonlage schiefer, als es sich anhören sollte. Ich kann nicht anders, als zu lachen und versuche mich zu beruhigen, bis ich an der Reihe bin und meinen Einsatz gerade so schaffe. Unsere Wahl ist auf *I will survive* gefallen und ich muss sagen, es war eine gute. Bis auf den Patzer am Anfang, treffen wir halbwegs alle Töne und holen beim Finale noch einmal alles raus, als plötzlich eine riesige Menge Seifenblasen um uns schwebt. Kurz stockt mir der Atem, gerade rechtzeitig steige ich in die letzten Töne mit ein, bevor weitere Seifenblasen aus der Maschine auf uns zu kommen und ich nicht anders kann, als mich zwischen ihnen zu drehen und zu tanzen, die schillernde Oberfläche jeder einzelnen zu bestaunen und das Gefühl zu genießen, wenn sie an meinem Körper zerplatzen.

Becki umarmt mich freudig und tatsächlich klatscht die Mehrheit der Clubgäste uns Beifall. Schnell runter hier. Voller Adrenalin und Euphorie umarme ich Ben, der sichtlich überrascht ist.

„Das war der Hammer! Erst habe ich mir geschworen, dich umzubringen aber jetzt bin ich froh, dass du mich dazu genötigt hast." Zu meiner eigenen Überraschung gebe ich ihm einen Kuss auf die Wange, bevor ich sichtlich erröte und wieder von ihm ablasse. „Entschuldige bitte, das ...das war nur alles so aufregend!"

„Kein Problem. Das kann ich verstehen!"
Ich krame sofort in meiner Tasche und hole den Zettel und einen Stift hervor.

Karaoke in einer Bar singen-check, ein Bier trinken-check, in Seifenblasen getanzt-check.

„Ladys und Gentlemen, langsam nähern wir uns dem Ziel!", erstatte ich scherzhaft Bericht.

„Zeig mal her!", sagt Becki und ich reiche ihr die Liste. „Achterbahn ganz klar mit mir, Darling!" Sie kneift ein Auge zusammen und ich weiß nicht, ob es wirklich gut wäre mit meiner verrückten Schwester zusammen einen Freizeitpark zu besuchen, doch was habe ich für eine Wahl, wenn Ben mich nicht begleiten will. „Abgemacht!", gebe ich bestätigend zurück.

Becki versucht scheinbar, sich die einzelnen Punkte einzuprägen, denn ihre Lippen bewegen sich bei jedem Satz, den sie liest. Bei den Punkten weiter unter beginnt sie verräterisch zu grinsen und ich frage mich, was diese Frau nun schon wieder vorhat.

„Ich muss mal auf die siebzehn. Kommst du mit?" Ben sieht erst Becki verwirrt an, dann mich.

„Sie meint das Klo!", gebe ich zu Verstehen und nicke Becki zu, die sich kurz darauf erhebt.

„Sind gleich wieder da!"

„Warum müssen Frauen immer zusammen aufs Klo?", entgegnet Ben.

„Das ist ein Mysterium, das nur uns Frauen etwas angeht!", erwidert Becki und kneift ein Auge zusammen. Kaum in der Toilette, schiebt Becki mich an die Wand und sieht mich vorwurfsvoll an.

„Annie Parker!"

„Was ist?", frage ich und bin mir keiner Schuld bewusst. „Mit wem gedenkst du die letzten Punkte deiner Liste abzuarbeiten?", erwidert sie geheimnisvoll.

„Mit niemandem, schätze ich. Ich habe ernsthaft überlegt, ein paar davon zu streichen." Ungläubig sieht sie mich an.

„Und du bist dir ganz sicher, dass dir da niemand einfällt, ja?"

„Becki, was ist denn bitte los mit dir?", sage ich mit langsam entnervter Stimme.

„Du merkst es wirklich nicht oder?"

„Was denn Herrgott noch mal?" Langsam zerrt sie an meinem Geduldsfaden. Ich hasse es, wenn sie in Rätseln spricht.

„Ben!", sagt sie dann, als würde jede weitere Erklärung jetzt vom Himmel fallen.

„Was ist mit ihm?"

„Herrgott, Annie, er steht auf dich!"

„So ein Blödsinn!", gebe ich abweisend zurück und habe keine Ahnung, warum mir auf einmal so heiß wird.

„Natürlich. Es ist offensichtlich! Dieser Abend, die Seifenblasen..."

„Was ist mit den Seifenblasen?" Bin ich wirklich so schwer von Begriff?

„Kurz bevor wir aufgetreten sind, hat er doch mit dem Typen gesprochen. Sicher hat Ben für die Seifenblasen gesorgt, Annie!"

„Du spinnst doch! Du hast wirklich ein Ding an der Waffel Rebecca Parker!" Sie umarmt mich fest. „Augen auf, kleine Schwester! Es ist direkt vor deiner Nase." Sie hat doch nicht mehr alle Nadeln an der Tanne. Ich wasche mir die Hände und will wieder rausgehen. „Warum hast du dir die Hände gewaschen?"

„Warum nicht?", frage ich entgeistert zurück.

„Wir waren doch gar nicht auf dem Klo!" Dieses gehässige Weibsstück. Ich verziehe meine Augen zu schmalen Linien zusammen und sehe sie giftig an, bevor wir wieder zum Tisch kommen, an dem Ben noch immer auf uns wartet.

„Was hat da so lange gedauert?", fragt er belustigt und ich kann nicht anders, als ihm wie gebannt auf die Lippen zu schauen, während er spricht. Schmetterlinge setzen sich in Bewegung. Schmetterlinge, von denen ich dachte, sie würden nie wieder fliegen können. Schmetterlinge, dessen Flügel doch gebrochen waren. Das kann nicht sein.

„Ich...ich...ich muss aufs Klo!", stammele ich und mache wieder kehrt. „Aber ihr wart doch gerade erst!", ruft Ben mir hinterher, woraufhin Becki die Schultern in die Höhe zieht und sich zu ihm setzt, während ich mir eine freie Kabine suche und mich darin verstecke.

Mein Rücken lehnt an der grünen Tür und ich versuche, meine Gedanken zu sortieren. Das warme Gefühl, immer wenn ich ihn berühre. Dieser Augenblick an der Schaukel, in dem wir uns viel zu nahe gekommen sind. Mein Herzschlag beschleunigt sich, mein Atem geht schnell, alles kribbelt. Ich atme ein paar Mal tief ein, um mich zu beruhigen, als Becki meinen Namen ruft.

„Alles in Ordnung, Annie?"

„Wenn man das so nennen kann!" Ich öffne die Tür und trete heraus. „Oh Annie! Empfindest du etwa genauso für ihn?"

„Ich...ich weiß es nicht. Und wenn ja, darf ich das überhaupt? Ich habe Angst, Becki." Tränen steigen mir in die Augen. Becki kommt auf mich zu und nimmt mich in den Arm.

„Du kannst doch nichts für deine Gefühle, Annie und meinst du wirklich, Chris würde wollen, dass du dein ganzes restliches Leben ohne Liebe lebst? Sicher nicht!" Ich weiß, dass sie Recht hat und doch kann ich es im Moment nicht mit meinem Gewissen vereinbaren.

„Aber er ist sein Bruder!"

„Sicher ist er sein Bruder, aber gerade darum kannst du ihm vertrauen. Ich bin mir sicher, dass es für ihn genauso seltsam ist wie für dich! Oder was meinst du, warum er dir bis jetzt noch nicht an die Wäsche gegangen ist! Nach so vielen Wochen und Monaten!" Ich nicke nur und drücke sie an mich. Keine Ahnung, wie es mit mir und Ben weitergehen soll, aber fürs Erste nehme ich es so hin. „Alles in Ordnung mit euch Ladys? Wenn hier eine Kloparty steigt, habt ihr wohl vergessen mich einzuladen!", witzelt er und wir können nicht an uns halten, zu lachen.

„Wir kommen, Mister!"

Hand in Hand treten wir Ben gegenüber, doch er gewährt uns den Gefallen, nicht weiter zu fragen, was wir darin getrieben haben.

Im Auto bin ich sehr still und sehe die meiste Zeit aus dem Fenster, bekomme nur am Rande mit, wie sich Becki und Ben über den erfolgreichen Abend unterhalten. Ich denke immer und immer wieder über Becki's Worte nach und kann wirklich nicht leugnen, dass ich etwas für ihn empfinde, richte meinen Blick auf ihn und schaue durch den Rückspiegel in seine Augen, die denen von Chris so enorm ähnlich sind, was mich immer wieder verwirrt. Mein Herz macht einen Satz, als er mich plötzlich mit seinen Augen fixiert. Schnell sehe ich wieder in die Nacht hinaus und versinke abermals in meinen Gedanken.

„Annie, wir sind da!", ruft Becki mir schon etwas lauter entgegen, da ich scheinbar das erste Mal überhört habe. Ich schenke ihr ein aufgesetztes Lächeln, schnalle mich ab und steige aus dem Auto.

„Danke für den schönen Abend, Ben", sage ich ehrlich und gebe damit zu verstehen, dass er uns nicht hinauf bringen soll.

„Immer wieder, Annie", gibt er lächelnd zurück, setzt sich ins Auto und startet den Motor.

„Komm Schwesterherz!" Becki legt ihren Arm um mich und schiebt mich langsam in Richtung Haustür.

„Eine Sache noch, Annie!"

„Ja?"

„Solange du nicht weißt, was du für ihn empfindest, solltest du ihm vielleicht nicht mehr so schnell um den Hals fallen!", sagt sie lachend.

„Becki!", gebe ich empört zurück und knuffe ihr in die Seite.

„Ist doch wahr! Der arme Junge wusste gar nicht, wie ihm geschieht", setzt sie amüsiert hinterher, bevor wir erschöpft ins Haus gehen, um uns nur kurze Zeit später unseren Träumen zu widmen.

Schon zwei Wochen habe ich Ben nun nicht mehr gesehen. Er meinte, er wolle mir Freiraum lassen, damit ich mir über meine Gefühle klar werden könnte, doch ich bin noch keinen Schritt weiter als bis zu jenem Abend in der Karaoke Bar.

Am Wochenende ist mein Geburtstag. Langsam sollte ich mich entscheiden, ob ich ihn einladen möchte oder nicht. Natürlich möchte ich, doch was wird er in der Einladung sehen?

„Was glaubst du denn, was er darin sehen wird? Dass er dann offiziell an dein Höschen darf, oder was?", versucht Becki mir am Telefon Mut zu machen.

„Sehr witzig, Becki!"

„Na also! Lad ihn ein, oder willst du ihn etwa nie wieder sehen?"

„NEIN!", springt es plötzlich aus meiner Kehle.

„Oh, man will ihn also sogar ganz bestimmt wieder sehen!", gibt Becki herausfordernd zurück. „Natürlich will ich das! Ich will nur nicht, dass er das irgendwie falsch versteht."

„Annie", sagt sie nun etwas sanfter, „wir sprechen von Ben!"

„Jaja, ich weiß!", murmle ich und habe meine Entscheidung damit gefällt.

„Na wie gut, dass du mich hast, Schwesterchen."

„Du sagst es!", gebe ich lächelnd zurück und verabschiede mich.

Ich raffe mich auf und zum ersten Mal seit Wochen kribbelt es in meinen Fingern als ich den alten Skizzenblock auf meiner Staffelei sehe. Ich nehme den Kohlestift zwischen meine Finger und zeichne jene Augen, die mich schon zum zweiten Mal in meinem Leben um den Verstand bringen, nur dieses Mal zieren sie ein anderes, markanteres Gesicht.

Es fühlt sich gut an, wieder zu zeichnen, es fühlt sich richtig an. Als hätte ich nie etwas Anderes getan. Fast schäme ich mich unter seinem Anblick, als ich mit dem Portrait fertig bin und blättere instinktiv eine Seite zurück zu einem Bild, das mich schon immer in seiner Gewalt hatte.

Ich fahre mit den Fingerspitzen über seine Lippen und eine Träne gleitet über meine Wange.

Ach Chris, was soll ich nur tun? Sag es mir!
Doch du wirst es mir niemals mehr sagen.

„Hopp, hopp, raus aus den Federn!", ruft eine mir wohlbekannte Stimme mit übertrieben guter Laune.

„Sag mal, hast du sie nicht alle?", gebe ich genervt zurück und ziehe mir die Decke über den Kopf, bevor sie mir mit einem Ruck weggerissen wird.

„Ich glaub, ich bin hier im falschen Film!", sprudelt es aus mir hervor und aus Protest drehe ich mich auf den Bauch und lege mein Kissen über meinen Kopf.

„Komm schon Annie", sagt Becki jetzt etwas ruhiger

und legt sich zu mir aufs Bett. „Ich weiß ja, dass du ein Morgenmuffel bist aber Ben und ich haben heute ein Attentat auf dich vor!" Und damit hat sie meine ganze ungeteilte Aufmerksamkeit. In einem Satz springe ich auf und wende mich ihr erwartungsvoll zu.

„Ben? Wieso Ben? Ich habe ihn seit Wochen schon nicht mehr gesehen", gebe ich aufgeregt zurück.

„Na dann wird es ja mal wieder Zeit würde ich sagen!", und Becki kann sich ein Schmunzeln nicht verdrücken. „In zehn Minuten gibt's Frühstück!", tadelt sie und steht auf, um aus dem Zimmer zu gehen. „Zehn Minuten, die Zeit brauche ich allein schon, um wach zu werden", murmle ich vor mich hin. „Und in einer halben Stunde kommt Ben", ruft das Scheusal noch den Flur hoch.

Eine halbe Stunde. Ich bin sowas von geliefert. In Windeseile gehe ich duschen, fische mir eine leichte schwarze Leggins und meine blaue Bluse aus dem Schrank und versuche verzweifelt, mir irgendwie meine Haare locker hochzustecken. Für viel Schminke ist keine Zeit mehr, lediglich Lidstrich und Mascara müssen für den heutigen Tag reichen. Perfekt.

Beflügelt gleite ich die Treppe hinunter ins Esszimmer, wo bereits Becki und mein Dad am Frühstückstisch Platz genommen haben. „Morgen Schätzchen!", sagt mein Dad ohne von seiner Zeitung aufzublicken.

„Mum, sie ist fertig. Wir können jetzt frühstücken",

ruft sie in Richtung Küche, woraufhin meine Mum mit einer Kanne Kaffee hereinkommt.

„Morgen Schatz! Ich muss ja staunen, dass du schon fertig bist. Wolltet ihr nicht erst um zehn Uhr los?" Mein Blick trifft die Wanduhr, die gerade mal neun zeigt. „Du Scheusal, Becki!" Sie lacht.

„Na ich musste doch sicherstellen, dass du auch fertig bist, wenn Ben vor der Tür steht!" Ich strecke ihr die Zunge raus, bevor ich mich ausgiebig über das Frühstück hermache.

„Wo fahren wir überhaupt hin?", versuche ich herauszufinden, doch ich ahne bereits, dass es mir wieder nicht verraten wird. Becki schüttelt den Kopf.

„Nix da, Schwesterchen! Aber du solltest deine Liste mitnehmen." Aha, ein Anhaltspunkt. Zwei weitere Punkte hatten wir noch bei Becki's letztem Besuch abhaken können. Eine Nacht durchtanzen, was wahrlich schwerer war als ich es mir ausgemalt hatte mit dem Rad einen Hang hinuntersausen. Ich hatte in meinem ganzen Leben noch nie so viel Schiss. Wir hatten den steilsten Hang genommen, den wir gefunden hatten und letztendlich war ich starr vor Angst und außer Stande gewesen, zu Bremsen. Ich hatte Glück, dass das Stück Acker am Ende in eine Straße mündete, die mir den Wind aus den Segeln genommen hatte. Becki war kreidebleich.

„Nie wieder, Annie! Nie wieder!", brachte sie nur hervor und wir verstauten das Rad wieder in der hintersten Kellerecke, aus der wir es eingestaubt geholt hatten. Daher fiel meine Vermutung auf die Achterbahn oder den triefenden Burger, denn hier gab es weit und breit keine Eissporthalle, in der wir hätten Schlittschuh laufen können. Die Stunde nahm schneller seinen Lauf, als ich gedacht hätte und nun stehe ich hier am Fenster und warte darauf, dass sein Auto vor unserer Einfahrt auftaucht. Mein Atem stockt, als ich das Zuschlagen der Autotür höre, Schmetterlinge erheben sich in meinem Bauch und richten ihre Flügel, um gleich wie wild umherzuflattern. Mein Herz schlägt schneller, als er um die Ecke kommt und macht einen Satz, als seine eisblauen Augen die meinen treffen und er mich anlächelt, als wäre nichts gewesen.

Reiß dich zusammen, Annie Parker! Reiß dich zusammen!

Ben

So schnell wirst du mich nicht los, Annie Parker.
Viel habe ich in letzter Zeit nachgedacht. Über Annie,
über mich, über uns. Ich habe mich in sie verliebt,
und ich werde herausfinden, ob sie genauso für mich
empfindet und sollte es so sein, werde ich um sie
kämpfen. Egal wie lange es dauert. Sie steht am Fenster und lächelt mich an. Ihre wunderschönen Augen
strahlen, ich denke, es wird ein guter Tag werden.

„Guten Morgen, Ben! Schön, dich mal wieder zu sehen", sagt Mary beherzt und umarmt mich zur Begrüßung. Sie ist unserer Mutter in vielem sehr ähnlich
und gerade deswegen habe ich sie schnell ins Herz
geschlossen. „Morgen, Mary!", lächele ich sie an, „geht
mir genauso!"

„Na Ben, sind wir startklar?" Ich nicke.

„Natürlich sind wir startklar. Mir fehlen nur noch
meine Passagiere.

„Schon da!", entgegnet Annie fröhlich und umarmt
mich zur Begrüßung. Eine Geste, in die ich nicht zu
viel hineininterpretieren sollte. Dennoch lasse ich es
mir nicht nehmen, den süßen Duft ihrer Haare einzu-
atmen, auf den ich schon drei Wochen unfreiwillig
verzichtet habe.

„Dann sind wir ja vollzählig!", grinse ich wie blöd vor mich hin und hoffe, dass das keiner mitbekommt.

„Wollen wir dann?", schmeißt Becki in die Runde und sofort setzen wir uns in Bewegung. Die Fahrt dauert anderthalb Stunden bis zum nächsten Freizeitpark, doch alle sind guter Dinge und sogar Annie weiß es, sich heute zu unterhalten. Die ganze Fahrt über haben wir uns unterhalten, von den letzten drei Wochen berichtet und herzhaft gelacht über deren Versuch, mit dem Rad einen Abhang hinunter zu sausen, obwohl es eigentlich nicht lustig war.

Sonst was hätte passieren können aber da Annie wohlbehalten in meinem Wagen sitzt, sollte ich mich lieber auf die Straße konzentrieren, bevor ich noch derjenige bin, der sie in Gefahr bringt.

Schon von weitem können wir die Loopings der Achterbahnen sehen und Annie ist ganz aus dem Häuschen, als sich ihre Vermutung bestätigt, über die sie uns im Auto mehrfach unterrichtet hatte.

Ich hätte nie gedacht, dass ein paar Augen so groß werden können. Annie war das letzte Mal mit acht Jahren in solch einem Park und kann sich nur noch dunkel daran erinnern, wie es gewesen ist. Sie muss sich fühlen, wie ein kleines Kind. Sicher dürfen Herzkranke normalerweise nicht in solchen Attraktionen mitfahren aber genau genommen war sie das ja nicht mehr.

„Bist du dir sicher, dass du das durchziehen willst?",

frage ich dennoch etwas besorgt und halte sie derweil an den Schultern zurück.

„Meinst du, wir sind so weit gefahren, damit ich jetzt kneife?", belächelt sie meine Besorgnis und schiebt sich an mir vorbei, um sich in der Reihe anzustellen. „Du darfst gern neben mir sitzen!", ruft sie mir zu und winkt mich mit einer Hand zu sich. Ich schüttele den Kopf. „Auf keinen Fall, tut mir leid! In dem Punkt bin ich wohl ein Weichei", entgegne ich und schiebe Becki in ihre Richtung, die mich äußerst amüsiert mustert.

„Ach komm schon", versucht sie mich umzustimmen aber die Erinnerung an meine letzte Fahrt lässt mich Gott sei Dank vernünftig sein.

„Alles, nur nicht das! Viel Spaß Mädels!" Ich habe ein flaues Gefühl im Magen, als ich Annie hinter dem verschlossenen Bügel sitzen sehe, ihre Finger an den einzigen Halt gekrallt, der sich ihr bietet.

Noch ehe ich genauer darüber nachdenken kann, setzt sich die Bahn in Bewegung und ich folge ihr mit meinen Augen, die ganze Zeit. Es fühlt sich an wie eine Ewigkeit, bis der Wagen wieder hereinfährt und hält. Annie hat die Augen geschlossen und ist ganz schön blass im Gesicht. Für einen Sekundenbruchteil dachte ich, sie wäre weggetreten, doch dann öffnet sie die Augen, stößt erschöpft die Luft aus ihren Lungen aus und formt ihre Lippen zu einer schmalen glücklichen Linie. Mein Herzschlag setzt wieder ein und ich gehe nach unten, wo ich die beiden völlig fertig empfange. „Na ihr seht ja aus!", lache ich bei dem vielen zerzausten Haar, um deren Gesichter.

„Hier, trinkt erstmal was!" Dankbar nehmen sie die Wasserflaschen entgegen und lassen sich auf der Bank nieder, die nur ein paar Schritte neben ihnen steht. „Und, wie war's?", frage ich neugierig.

„Erst habe ich gedacht, ich muss sterben. Ich habe geschrien", lacht Annie, „und dann war es einfach nur der Hammer! Dieses Gefühl im Looping, einfach Wahnsinn aber auch viel, viel zu kurz. Ehe man gerafft hat, was passiert, steht man auch schon wieder an der Startlinie."

„Willst du nochmal?" Sie schüttelt den Kopf.

„Ich denke, wir sollten Annie fürs Erste nicht überfordern", lacht Becki und knufft ihrer Schwester in die Seite.

„Genauso sieht es aus Schwesterherz!"

Der Tag war genauso, wie Becki und ich ihn uns vorgestellt hatten. Annie wollte alles Mögliche ausprobieren, was es hier gab und so zogen die Stunden schnell ins Land und ehe wir uns versahen, war es Zeit zu Abend zu Essen und die Heimreise anzutreten.

„Da!" Annie zeigt mit dem Finger in eine Richtung. Becki und ich versuchen der Linie mit unseren Augen zu folgen und schauen uns verwirrt an. „Da möchte ich essen, ihr Pappnasen!" Holiday Diner. Diner gibt es auch überall. Becki und ich grinsen uns an.

„Euer Wunsch ist uns Befehl", sagen wir wie aus einem Mund und verbeugen uns vor Annie.

„Ihr Spinner", erwidert sie nur und zieht zügig an uns vorbei. Wir haben Mühe, zu folgen.

„Ich möchte den fettigsten Burger, den sie zu bieten haben!", grinst Annie und bestellt sich noch eine Cola dazu. Wenn schon, denn schon.

Herzhaft beißt sie in den Riesen- Burger, bei dem ich stark bezweifle, dass sie ihn aufessen wird. Selbst ich habe mit meinem zu kämpfen. Nach etwa der Hälfte gibt sie sich schließlich geschlagen und sitzt dort wie ein fünfzig Kilo Sack Kartoffeln, kurz vorm Platzen. „Na, satt?", stichele ich sie, woraufhin sie sich den Bauch hält. „Mehr als das", gibt sie zurück und lächelt, bevor sie die Liste aus ihrer Tasche holt und weitere zwei Punkte abhaken kann.

„Ich danke euch", sagt sie schließlich und legt ihre Hände auf unsere.

Im Auto ist es bereits nach kurzer Zeit still und ich kann Annie in Ruhe beim Schlafen betrachten. Eine schwarze Strähne hat sich über ihr Gesicht gelegt und ich habe Mühe, der Versuchung zu widerstehen, sie beiseite zu schieben.

Fast fällt es mir schwer, Annie aus ihren Träumen zu reißen, doch Becki nimmt mir diesen Part bereits ab und streicht sanft über Annies Wange, bis sie zu blinzeln beginnt.

„Hey Sonnenschein, wir sind zu Hause!"

„Schon?", gibt sie sichtlich müde zurück und gähnt, hält ihre Hand vor ihren Mund.

„Wenn du anderthalb Stunden Fahrt *schon* nennst, dann ja", bestätige ich sanft und muss über ihren verschlafenen Anblick schmunzeln.

„Bis morgen?", fragt sie, während Becki ihr aus dem Wagen hilft. „Wenn du möchtest, dass ich komme, dann gern", gebe ich zurück.

„Ich habe dich eingeladen oder nicht?"

„Ja hast du!"

„Dann weißt du ja, was ich will!"

„Dann bis morgen!"

„Bis morgen!"

„Ich freue mich!"

„Ich mich auch!"

„Herrgott, seid ihr jetzt fertig?", unterbricht Becki unsere Unterhaltung. „Sonst macht doch einfach morgen weiter!", setzt sie noch hinterher und zieht Annie mit zur Veranda. Ich starte den Motor und fahre nach Hause. Das Grinsen in meinem Gesicht scheint dabei festgewachsen zu sein. Morgen werde ich den nächsten Schritt wagen. Morgen.

Mein Dad ist schon wieder zur Arbeit verschwunden, wie jeden Sonntag um diese Zeit. Eigentlich habe ich noch nie mitbekommen, wann er morgens aufbricht und generell haben wir viel zu wenig Kontakt im Moment. In diesem Haus kann man sich auch wirklich wunderbar aus dem Weg gehen. Ob ich versuche, dem heute ein Ende zu bereiten? Eigentlich wollte ich heute nicht in der Firma antanzen, habe mich sogar abgemeldet, aber ich würde ja auch nicht zum Arbeiten dort aufschlagen, sondern um mit ihm zu reden. Also mache ich mich nach dem Frühstück auf den Weg.

Wieder steht nur ein Auto auf dem Parkplatz, der für mindestens fünfzig Mitarbeiter ausgelegt ist. Alles scheint leer und verlassen. Ich betrete das Gebäude und einmal mehr fällt mir auf, wie groß und kalt hier alles ist. Kurz bleibe ich vor dem Büro stehen, sortiere meine Gedanken, bevor ich die Türklinke runterdrücke und zu meinem Erstaunen ein leeres Zimmer vorfinde. Alles steht an seinem Platz, nicht bewegt, unbenutzt. Er hat also heute noch nicht gearbeitet. Wo kann er sein?

Mich beschleicht ein mulmiges Gefühl, als ich schon fast das ganze Gebäude durchkämmt habe. Selbst im Keller war ich schon. Die letzte Möglichkeit wäre das Dach aber was würde er da wollen? In seinem Zustand könnte ich mir allerdings alles vorstellen.

Ich gehe also die Treppe nach oben und stelle fest, dass die Tür zum Dach bereits offen steht. Mir graut es ein wenig davor, was mich gleich erwarten wird, wenn ich durch diese Tür gehe aber was soll's, früher oder später muss ich es herausfinden. Die Sonne blendet und ich halte schützend die Hand vor mein Gesicht. Nicht, dass das Dach wirklich kleiner wäre, als das Gebäude. Ich brauche einen Moment, um ihn bei einem Vorsprung aus Glas vorzufinden. Durch ihn kann man ins Foyer blicken und hat einen hervorragenden Blick auf den Empfang. Mein Vater lehnt gegen eine Eisenstange, die quer vor dem Vorsprung verläuft. Sicher dient sie als Schutz, denn wer da hinunter fällt hat verloren, sein Leben gelebt.

„Was machst du hier?" Er zuckt zusammen und legt die rechte Hand auf seine Brust, hat mich wahrscheinlich nicht kommen gehört.

„Gott, Ben! Willst du, dass ich einen Herzinfarkt bekomme? Ich dachte, du machst heute frei!"

„Und ich dachte, du würdest heute arbeiten und stattdessen kämme ich die ganze Firma nach dir ab und finde dich auf dem Dach?" Ich versuche meinem Blick den nötigen Nachdruck zu verleihen, damit er mir erklärt, was er hier oben macht. Er dreht sich zu mir um, lässt seine Faust immer wieder auf die Eisenstange fallen bevor er sie mit der flachen Hand umfasst und ich für einen flüchtigen Moment ein Lächeln auf seinen Lippen ausmache. Ist er jetzt vollkommen durchgeknallt oder was? „Dad?", frage ich erneut, da ich immer noch auf eine Antwort warte.

„Wusstest du, dass ich früher oft mit deiner Mutter hier war?" Ernsthaft? Ich schüttele erstaunt den Kopf. „Ich wusste noch nicht mal, dass man hier hinauf kann." Er lacht. Schon zu lange habe ich ihn nicht mehr lachen gehört.

„Wenn es in der Firma damals sehr spät geworden war, kam sie her mit ihrem Picknickkorb im Schlepptau und Kerzen unter dem Arm und zog mich hier hinauf, um zu Essen. Ihr wart natürlich beide schon alt genug, um auf euch selbst aufzupassen und habt meistens schon geschlafen. Miss Darcy hatte dann einmal öfter nach euch gesehen. Wir saßen hier und redeten bis die Kerzen herunter gebrannt waren und wir die Sterne beobachten konnten."

Er blickt nach oben in den Himmel.

„Gott, ich vermisse diese Augenblicke so sehr. Und ich vermisse Chris. Es tut so weh, dass ich nicht anders kann, als so zu tun, es wäre nicht so aber das schaffe ich nicht mehr." Tränen sammeln sich in seinen Augen, doch noch bevor sie den Weg über seine Wangen finden, wischt er sie weg und lächelt über sich selbst.

„Dad", sage ich leise, denn ich weiß nicht genau, was ich darauf erwidern soll. Er hebt eine Hand, weist mich zurück.

„Es ist schon in Ordnung. Ich komme manchmal hier her, um mich an diese Augenblicke zu erinnern und Gott weiß, davon gab es mehr als genug. Der Romantikfimmel deiner Mutter war zu keiner Zeit jemals zu bremsen", lacht er.

„Ich brauche Hilfe, Ben. Ich werde psychologische

Hilfe aufsuchen, um das irgendwie durchzustehen. Deine Mutter war ein sehr großer Verlust für mich. Es ist, als hätte sie einen Teil von mir mit in den Tod gerissen. Als dann noch Chris zu ihr gegangen ist, sprengte das alle Rahmen", führt er noch weiter aus, „aber ich habe ja noch dich!" Reuevoll sieht er in meine Augen. „Es tut mir so leid, wie ich mich die letzten Jahre verhalten habe, dass kannst du mir glauben. Könnte ich es ungeschehen machen, würde ich alles daran setzen. Meinst du, du kannst mir verzeihen?" Ob ich ihm verzeihen kann? Gott, ich könnte mir nicht besseres vorstellen, als dass er endlich wieder der Alte wird.

„Sicher kann ich das!", sage ich und gehe auf ihn zu, um ihn zu umarmen. Endlich ist ein Ende des Tunnels in Sicht. „Was meinst du, Dad. Wollen wir etwas frühstücken gehen?"

„Ich bin am Verhungern!", gibt er lächelnd zurück.

„Nur eins noch, Ben!" Sein Gesicht wird ernst, er legt eine Hand auf meine Schulter. „Das mit Annie tut mir sehr leid, kannst du ihr das sagen? Ich war nicht ich selbst. Sie kann schließlich nichts dafür, dass er diesen furchtbaren Unfall hatte." Ich nicke.

„Warum sagst du es ihr nicht einfach selbst? Ich bin sicher, Annie hat nichts dagegen, wenn du mich heute begleitest."

„Da wäre ich mir nicht so sicher!", erwidert er und willigt trotzdem ein.

Ein Funken Hoffnung macht sich in mir breit, dass mein Dad vielleicht wieder ganz der Alte wird. Zwei Stunden waren wir im Diner frühstücken. Mein Dad war zum ersten Mal hier und so erzählte ich ihm von mir und Chris und wie oft wir hier waren und rumgeblödelt hatten. Der spätere Gang zum Friedhof war für uns beide nicht leicht aber es war gut, wenigstens einmal gemeinsam dort gewesen zu sein.

„Du magst sie doch, habe ich Recht?" Ich nicke nur.

„Ich denke nicht, dass Chris sie lieber in anderen Händen wissen würde, als in deinen!" Ich sehe in seine Augen, wundere mich, dass er das sagt.

„Vielleicht ist es euer Schicksal!", fügt er noch hinzu.

„Schicksal? Seit wann glaubst du an Schicksal?", entgegne ich und belächle ihn dabei.

„Wie würdest du es sonst nennen?", sagt er und lächelt mich an, bringt mich zum Nachdenken. Heute werde ich ihr sagen, was ich empfinde.

„Hol sie dir, Junge!" Wieder legt er seine Hand auf meine Schulter, schiebt sich an mir vorbei und geht schon zum Auto, während ich über das nachdenke, was er eben gesagt hat. Ich gehe ein Stück näher zum Grabstein, hocke mich hin und rede mit ihm, als könnte er mich hören.

„Na Alter, was meinst du? Machst du mir das Leben zur Hölle, wenn sie meine Freundin wird?" Ich runzle die Stirn, überlege was er mir antworten würde.

„Wir lassen sie entscheiden, ok? Sagt sie heute nein,

werde ich es dabei belassen. Sagt sie jedoch ja, wirst du dich nicht zwischen uns stellen, alles klar?"

Perfekt. „In jedem nächsten Leben gehört sie dir mein Freund, versprochen!"

Ich lächle und folge meinem Dad zum Wagen.

Annie

In meinem ganzen Leben habe ich noch niemals so lange geschlafen. Es ist bereits Mittag und langsam mache ich mich fertig für den Tag. Mein Geburtstag.

Immer wieder denke ich an letztes Jahr, als er noch am Leben und zu meiner Party gekommen war, mir diese Kette schenkte, die ich seit jenem Fußballspiel verloren hatte. Ich lege meine Hand auf mein Dekolleté und bedaure diesen Verlust, blicke in den Spiegel und frage mich, wie ich diesen Tag ohne ihn überstehen soll.

„Happy Birthday, Annie!", sage ich zu meinem Spiegelbild, bevor ich meinen Weg nach unten antrete. „Guten Morgen, Schlafmütze!"

„Sieh mal, wer uns doch noch mit seiner Anwesenheit beehrt!", scherzt mein liebes Schwesterchen und reißt mich in eine liebevolle Umarmung.

„Happy Birthday, kleine Schwester. Auf dass all deine Wünsche in Erfüllung gehen!"

„Happy Birthday, Kleines!", schließen sich meine Mum und mein Dad dem Gruppenkuscheln an.

„Hab einen wundervollen Tag!" Kaffeeduft steigt mir in die Nase und natürlich bekomme ich an meinem Ehrentag das beste Frühstück der Welt. Pancakes.

„Ach, gestern ist noch ein Brief für dich gekommen! Liegt auf der Anrichte." Ein Brief? Sicher eine Geburtstagskarte meiner Tante, die es so ziemlich nie schafft, sich an einem unserer Geburtstage hierher zu bewegen.

Ich nehme den Umschlag und reiße ihn unsacht auf, bereue es sofort, als ich den Absender ausmache. Medical University of Greenwich.

Oh. Mein. Gott.

Ich brauche auf der Stelle einen Stuhl und lasse mich wieder vor meinen Pancakes nieder, halte ungläubig den Brief zwischen meinen Fingern und falte ihn behutsam auseinander.

„Annie?", durchbricht Becki meine Gedanken als sie sieht, wie ich mich völlig auf das Papier fixiert auf den Stuhl setze. „Pssst", zische ich sie an und habe somit auch die ungeteilte Aufmerksamkeit meiner Eltern. „Sehr geehrte Miss Parker", beginne ich die unwirklichen Zeilen laut vorzulesen, „wir möchten Sie beglückwünschen an der Medical University of Greenwich aufgenommen worden zu sein und begrüßen Sie zum nächsten Semester an unserer Fakultät!"

Ich bin sprachlos. Zum ersten Mal in meinem Leben kann ich absolut keinen Ton herausbringen und auch die anderen nicht, bis Becki's Gekreische die Stille durchbricht.

„Aaaaah, du hast es geschafft! Du wirst Ärztin, Annie! Du wirst Medizin studieren!", schreit sie umher und gestikuliert dabei wie wild mit ihren Armen. Ich bin immer noch geschockt, sehe die überraschten Blicke, die meine Eltern sich zuwerfen, bevor auch sie auf mich zukommen, umarmen und beglückwünschen. „Wir sind so stolz auf dich Kleines!" Tränen kullern über mein Gesicht. Ich bin fassungslos.

„Ich werde studieren! Ich werde Ärztin werden!", sage ich zu mir selbst, als müsse ich mich noch davon überzeugen. Meinetwegen kann der Geburtstag ruhig so weitergehen.

Stundenlang sitzen Becki und ich vor dem Computer, schauen uns den Campus an und spinnen uns die wildesten Storys aus, bis wir bemerken, dass es doch langsam an der Zeit ist, sich fertigzumachen. Schon in einer halben Stunde beginnt die Party und ich kann es kaum erwarten, Ben von der tollen Neuigkeit zu berichten.

Heute streife ich mir mein Lieblingskleid über, das Dunkelblaue mit der weißen Spitze, die meine Schultern bedeckt. Meine Haare stecke ich zu einem lockeren Dutt hoch und ziehe ein paar Strähnen aus dem Zopf, die sich auf meinem Schlüsselbein niederlassen.

Mein Herz klopft mir bis zum Hals, da ich nun weiß, was ich für Ben empfinde. Die Schmetterlinge zaubern mir ein Lächeln auf die Lippen, bevor ich hinunter zur Tür gehe, an der es gerade geklingelt hat.

„Doktor Summers", sage ich erfreut und umarme meine Lebensretterin. Naja, eine von ihnen.

„Annie, du sieht gut aus! Ich wünsche dir alles Liebe zum Geburtstag!" Sie überreicht mir ein schön eingepacktes Kästchen, dass ich erst einmal zu den anderen Geschenken stelle. „Willst du etwas trinken? Martini vielleicht?" Sie nickt. „Danke, Annie!" Becki fängt mich auf halbem Wege ab.

„Bist du jetzt unter die Kellner gegangen? Du sollst dich heut bedienen lassen, nicht umgekehrt." Sie nimmt mir das Glas aus der Hand und bringt es zu meiner Ärztin, während ich mich unters Volk mische.

Die Steaks duften bereits himmlisch und mein Magen zieht sich hungrig zusammen. Unauffällig schnappe ich mir ein Stück Brot aus der Küche und stopfe es in meinen Mund. „Da hat wohl jemand Hunger!", lässt mich eine belustigte Stimme zusammenfahren und meine Nase rümpfen.

„Ben, wie bist du..."

„Reingekommen? Durch die Tür, würde ich sagen. Deine Mum war so gnädig", lacht er und kommt auf mich zu, um mich zu umarmen. Das Blut rauscht in meinen Ohren, mein Herzschlag beschleunigt sich und ich inhaliere seinen Duft, als er sich hinunterbeugt.

„Alles Gute zum Geburtstag, Annie!", sagt er und haucht mir einen Kuss auf die Wange, der mich erröten lässt. Mir ist so heiß, dass ich mit der Hand versuche, mir Luft zuzuwedeln, was sicher total bescheuert aussieht. „Alles ok mit dir?"

„Sicher! Nur etwas heiß hier, dir nicht?" Er schüttelt den Kopf. „Hier, das ist für dich!", sagt er und legt mir ein rotes Kästchen in die Hand, das mit einer Schleife verbunden ist. „Versprich mir nur, dass wir es später zusammen öffnen, ja?" Ich nicke. So geheimnisvoll, dass es mich gleich furchtbar neugierig macht. „Und ich darf es sicher nicht gleich...?"

„Annie!", ruft er mir empört entgegen und schnaubend lege ich es zu den anderen Geschenken.

„Ich habe noch jemanden mitgebracht, und bevor du mich jetzt steinigst, hör dir bitte an, was er zu sagen hat, okay?" Mit dem Kopf deutet er in Richtung Flur, wo sein Vater bereits steht und auf mich wartet.

Die Wut brennt in meinen Adern, doch ich werde versuchen, ihm zuzuhören, wenigstens eine Zeit lang. Ich atme tief durch, bevor ich mich in seine Richtung aufmache. „Wollen wir rausgehen?", schlage ich vor und gehe voran, ohne seine Antwort abzuwarten.

„Du bist immer noch sauer", stellt er ziemlich korrekt fest und erntet einen meiner berüchtigten Blicke, bei denen die Menschen angeblich umfallen würden, wenn sie töten könnten.

„Ich kann es dir nicht verübeln", erzählt er weiter und mein Geduldsfaden wird stetig dünner.

„Was ich da letztens zu dir gesagt habe, dazu hatte ich kein Recht. Ich möchte mich dafür in aller Form bei dir entschuldigen." Ich höre seine Worte, doch kann ich ihnen keinen Glauben schenken. Schließlich war es nicht das erste Mal, dass er auf mich losgegangen ist.

„Vor zwei Jahren habe ich meine Frau verloren", beginnt er nun ehrlicher und mit weicherer Stimme, als noch zuvor. Er richtet seinen Blick in die Ferne, als würde er sie dort sehen. Ein Funken Mitleid keimt in meiner Seele. „Sie war einfach alles für mich! Ich wollte nicht mehr weiter machen ohne sie, nicht mehr aufstehen, nicht mehr arbeiten, nicht mehr leben. Sie war mein Liebstes und wurde mir genommen. Viel zu früh. Einfach so." Tränen sammeln sich in seinen Augen. Ich fühle seinen Schmerz obwohl ich es nicht will. „Ich habe die ganze Welt gehasst, nichts und niemand war mir mehr wichtig. Nicht mal die Jungs."

Seine Stimme zittert, er wischt die Tränen in seinen Ärmel, belächelt sich selbst. „Sie hatte mir meine Kinder hinterlassen und ich war nicht einmal bereit, ihnen noch in die Augen zu sehen. Ich bereue vieles aus dieser Zeit. Vergeudete Momente, die ich mit Chris hätte besser nutzen können. Man geht nicht davon aus, dass der eigene Sohn früher das Zeitliche segnet, als man selbst. Und nun ist es eben doch so geschehen und wieder war ich so wütend, Annie. Ich wollte diese Wut nicht an dir auslassen, das habe ich nie gewollt. Du hast sein Herz und das ist gut so. Er hätte es nicht anders gewollt." Ich lege meine Hand auf seine

Schulter, kann nachempfinden, warum er so gehandelt hat. Er tut mir so unendlich leid.

„Ich kann nur hoffen, dass er mir irgendwann verzeihen kann, was ich getan habe." Er sieht auf seine Schuhspitzen, versucht, sich zu sammeln und atmet tief durch. „Er hat Ihnen verziehen", nicke ich ihm zu und er blickt mir hoffnungsvoll in die Augen.

„Und ich habe das auch", setze ich noch hinterher, bevor er mir völlig unerwartet in die Arme fällt.

„Ich danke dir, Annie. Du weißt nicht, wieviel mir das bedeutet." Er fasst meine Arme, lächelt mich aus feuchten Augen an und gibt mir einen Kuss auf die Wange bevor er in Richtung seines Wagens gehen will.

„Alles Gute zum Geburtstag, Annie!"

„Bleiben Sie doch!" Fragend sieht er mir entgegen, dreht sich wieder um. „Ernsthaft!", lächele ich.

„Kommen Sie!" Ben steht im Flur und scheint auf uns zu warten. Sein Gesicht erhellt sich, als er seinen Vater mit hereinkommen sieht. Ich lächele und nicke ihm zu. Er versteht. Sein Vater hängt seinen Mantel an den Haken und geht zu den anderen ins Wohnzimmer.

Die Zeit verrinnt heute so schnell, wie Sand durch eine Sanduhr, denn nach dem Essen ist es bereits elf Uhr und die ersten Gäste machen sich auf den Heimweg, da sie morgen wieder arbeiten müssen. Als ein

Großteil verschwunden ist, treten wir zum gemütlichen Teil des Abends über.

„Ich würde gerne mit dir über etwas reden!", flüstert Ben mir ins Ohr. „Allein, wenn das geht!"

Ich ahne Furchtbares. „Okay, lass uns in mein Zimmer gehen", gebe ich mit einem seltsam mulmigen Gefühl zurück und gehe vor ihm die Treppe hoch, öffne die Tür und bitte ihn herein.

Er sieht etwas nervös aus, geht im Zimmer hin und her und ich kann ihm ansehen, dass er überlegt, wie er mir am besten irgendetwas beibringen will.

„Ich habe mich in dich verliebt!", sprudelt es aus ihm heraus und schon zum zweiten Mal an diesem Tag versagt mit meine Stimme.

„Ben", bringe ich nur hervor, bevor er meine Hände in seine nimmt.

„Annie, ich habe mich in dich verliebt und ich kann es nicht länger zurückhalten. Schon am ersten Tag spürte ich diese Verbundenheit zwischen uns und ich glaube, dass es dir genauso geht. Wenn ich mich irre, werde ich dich nicht weiter damit belästigen und wenn ich mich nicht irre, können wir uns alle Zeit der Welt lassen, verstehst du? Wir lassen es langsam angehen und sehen, was daraus wird. Also, was sagst du?"

Meine Wangen glühen und am liebsten möchte ich ihm in den Hintern treten dafür, dass es gerade heute meint, mir seine Gefühle offenbaren zu müssen. Sicher empfinde ich etwas für ihn, mehr als das und doch, wenn ich es ihm jetzt sage, ist es so endgültig. Ich habe Angst. „Annie?"

„Ich …ich weiß nicht, was ich sagen soll."

„Okay, das ist jetzt nicht gerade das, was ich erwartet hatte", erwidert er und lässt unsere Hände sinken.

„Nein, so meinte ich das nicht. Ich meine, du hast mich jetzt ganz schön überrumpelt!"

„Ich weiß!" Schön. Das hilft mir nun auch nicht mehr weiter.

„Ich …empfinde definitiv etwas für dich."

„Aber nicht so, wie ich für dich?"

„Ja. Nein. Ja. Verdammt nein!"

„Ich verstehe!"

„Nein Ben! Du verstehst nicht. Ich mag dich! Ich mag dich wirklich sehr!", versuche ich ihm zu erklären. Seine Lippen verziehen sich zu einem Lächeln und plötzlich kommt er mir so nahe, dass ich seinen Atem auf meinen Lippen spüren kann.

Meine Haut kribbelt, ich höre meinen Herzschlag in meinen Ohren, die Schmetterlinge flattern in meinem Bauch umher und ich kann keinen klaren Gedanken fassen, bis meine Augen an dem Portrait hängen bleiben, welches immer noch auf meiner Staffelei steht.

„Chris", hauche ich und spüre im nächsten Moment eine Mauer um Ben, die alle Wärme mit sich zieht.

„Ben. Ich bin Ben." In seinen Augen spiegelt sich Verzweiflung und Traurigkeit. Wütend weicht er einen

Schritt zurück und will sich gerade aufmachen, mein Zimmer und sicher auch mein Haus zu verlassen, als ich begreife, was für einen Bockmist ich schon wieder gebaut habe. Ein stechender Schmerz macht sich in meiner Brust breit. Ich kann ihn nicht verlieren. Ich will ihn nicht verlieren. Schnell laufe ich ihm hinterher, höre, wie die Tür ins Schloss fällt.

Schneller Annie, schneller!

Ich reiße sie auf und renne ihm die Auffahrt hinterher.

„Ben!", rufe ich, doch er läuft unbeirrt weiter.

„Ben, bitte!", flehe ich ihn an und unverhofft bleibt er stehen. „Ben. Ich weiß, dass du du bist. Das eben, das war nur, ich habe das alte Bild von ihm gesehen auf der Staffelei. Es tut mir leid, bitte. Das musst du mir glauben." Er dreht sich zu mir um, legt seine Hand an meine Wange. „Er wird immer bei dir sein, Annie. Immer. Die Frage ist nur, ob du außer ihm noch genug Platz in deinem Herzen hast, denn es ist schwer, es mit einem Geist aufzunehmen. Ich werde ihn nie ersetzen können, niemals. Das ist mir bewusst. Doch wenn du dir jetzt nicht klar bist über deine Gefühle für mich, wirst du es dann jemals sein?"

Ich bin mir klar über meine Gefühle verdammt. Warum nur kann ich es ihm nicht einfach sagen?

„Ich will dich nicht verlieren, Ben!"

„Das wirst du nicht!", sagt er sanft und wendet sich ab, will nach Hause fahren. Wenn ich das zulasse, ist es vorbei, wird nie wieder so sein, und das nur, weil ich zu feige bin. „Ben, warte", sage ich entschlossen und sammle all meinen Mut, als er noch einmal stehenbleibt und sich umdreht. Fest entschlossen gehe ich schnell auf ihn zu, stelle mich auf Zehenspitzen und küsse ihn, einfach so. Einen Moment halten wir inne und sehen uns prüfend an, bevor wir in einem leidenschaftlichen Kuss versinken. Ich fühle mich, als könnte ich fliegen. Alles um mich herum verschwimmt und eine Wärme durchflutet mich, wie ich sie lange schon nicht mehr gespürt habe.

Fordernder drückt er mich an sich, schiebt meine Haare nach hinten und legt nun beide Hände an meine Wangen. „Alles in Ordnung da draußen?", hallt Becki's Stimme durch die Nacht und löst unseren Kuss. Wir lehnen die Köpfe aneinander und lachen leise. „Alles ok!", rufe ich ihr entgegen woraufhin sie wieder reingeht und wir es ihr gleichtun. Immer wieder treffen sich unserer Blicke und verraten uns damit. „Ei, ei, ei, was ist denn da gerade gelaufen?", will mein neugieriges Schwesterchen wissen.

„Gar nichts", gebe ich unschuldig zurück.

„Genau", sagt sie übertrieben wissend, „das sieht man!" Ich kann nicht anders als zu grinsen, was ihre Vermutung nur bestätigt. Unter dem Tisch nimmt sie meine Hand und lächelt mich an.

„Er ist der Richtige für dich, Annie!"

„Ich weiß", gebe ich seufzend zurück.

Auch die letzten Gäste finden irgendwann den Weg nach Hause und erschöpft lasse ich mich in den Sessel fallen. Ben sieht mich belustigt an. Becki gibt mir einen Kuss auf die Wange und verschwindet genau wie meine Eltern ins Bett.

„Musst du morgen nicht arbeiten?", frage ich Ben, der immerhin der letzte Partygast ist, wenn man es genau nimmt.

„Doch, aber ich würde dir gern noch dein Geschenk zeigen."

„Jetzt?", frage ich ungläubig, doch Ben lässt sich nicht beirren und holt das kleine Kästchen.

„Kommst du?" Er streckt die Hand nach meiner aus.

„Wohin?", entgegne ich leicht verwirrt.

„Das wirst du schon sehen!", schmunzelt er und ich kann einfach nicht anders, als mit ihm zu gehen. Zu neugierig bin ich inzwischen, als wir zum Auto gehen und des Nachts durch die Gegend fahren. Nach einer Weile erkenne ich das weiße Gemäuer, in das ich bis vorhin noch nie wieder zurückwollte. Dieses Mal parken wir hinter dem Gebäude am Ende eines schmalen Weges, der ebenfalls durch einen grün bewachsenen Bogen führt.

„Was wollen wir hier?" Langsam will ich wirklich wissen, was er hier mitten in der Nacht vorhat. Wenn er denkt, dass ich hier mit ihm in die Kiste steige, ist er ziemlich auf dem Holzweg. Ich staune nicht schlecht, als ich vor uns ein kleines weißes Häuschen ausmache, dass offensichtlich Teil meiner Überraschung sein soll.

„Hast du das Kästchen?" Ich fische es aus meiner Tasche. „Mach es auf!", weist er mich an und ich löse die rote Schleife, klappe den Deckel hoch und nehme den Schlüssel heraus. „Schließ auf!" Ich stecke den Schlüssel ins Schloss, drehe ihn, bis sie hörbar entriegelt und öffne die Tür.

„Warte", sagt er und nimmt meine Hände, führt mich in die Dunkelheit und lässt mich einen Moment allein im Raum stehen. Selbst, wenn ich wollte, ich könnte nichts erkennen.

„Ben?" Plötzlich durchflutet das Licht den Raum und mir stockt der Atem, ich lege eine Hand vor meinen Mund. „Oh mein Gott, Ben!", entfährt es mir, als ich all die Tische, Leinwände und Farben und mich herum sehe.

„Es ist wunderbar. Gehört das alles mir?", frage ich ungläubig und drehe mich um meine eigene Achse, entdecke das Schild über der Eingangstür,

Annies Atelier.

„Alles! Samt Schlüssel und Häuschen. Mein Vater hat nichts dagegen. Du kannst ein und ausgehen wie du möchtest", versichert er und ich kann nicht anders, als ihm um den Hals zu fallen und tausendmal zu danken.

„Ich habe noch etwas!"

„Noch etwas?"

„Die hier habe ich noch in seinen Sachen gefunden!"
Silbern glänzt die Kette in seiner Hand, der kleine Engel immer noch an seinem Platz. Tränen steigen in meine Augen, als er mir die Kette anlegt.

„Ich danke dir, Ben!"

„Er würde wollen, dass du sie trägst!" Ich muss schmunzeln, als er das sagt, hat Chris doch bevor er gegangen ist, seinen Bruder gewarnt.

„Stimmt etwas nicht?", fragt Ben, als er meinen Gesichtsausdruck bemerkt. „Was ist?"

„Als ich Chris in meinen Träumen am Übergang gesehen habe, da hat er etwas zu mir gesagt", beginne ich und weiß nicht so Recht, ob ich es ihm wirklich erzählen soll.

„Sag's mir!", gibt er gelassen zurück und schaut auf meine Lippen.

„Er sagte, du sollst die Finger von mir lassen!"

„Das kann ich mir vorstellen!", lächelt er.

„Nur leider kann ich dafür nicht mehr garantieren", gibt er lächelnd zurück, zieht mich an sich und küsst meine Lippen.

„Ich denke nicht, dass ich das schaffen werde, Annie!"

„Ich merke das schon!", hauche ich zurück und so stehen wir noch eine Zeit lang in *meinem* Atelier, reden miteinander und küssen uns sanft. Es wird ein langer Weg für uns beide werden aber wir haben ein ganzes Leben lang Zeit.

Ich werde dich nie vergessen, Chris! Ich werde immer einen Teil von dir bei mir tragen. Den Wichtigsten! Wir werden für immer zusammen sein, wenn auch auf eine etwas andere Art.

Dein Herz und meine Seele.

Zehn Jahre später

Ich blicke auf den alten Zettel in meiner Hand und lächele über die geschriebenen Worte.

Dass ich so vieles davon erleben durfte habe ich allein dir zu verdanken, denn ohne dein Herz wäre all dies nicht möglich gewesen. Ich bin dir so unendlich dankbar für alles, was du mir einmal gegeben hast. Du hast mir gezeigt, was Liebe ist, dass das Leben für jeden von uns einen Sinn hat und dass man kämpfen muss, nie die Hoffnung verlieren darf im Leben. Ich streiche über die Buchstaben und setze das Blatt Papier in den Bilderrahmen, den ich vor ein paar Tagen dafür gekauft habe, als ich die Liste in meiner Schublade wiedergefunden hatte. Ich stelle sie neben das Bild von dir, welches immer auf unserer Anrichte steht und uns zu jeder Zeit an dich erinnert.

„Ist alles in Ordnung, Schatz?", fragt dein Bruder, als er mich wehmütig vor den Rahmen stehen sieht. Ich nicke und deute mit dem Kopf auf die Liste.

„Du hast sie wiedergefunden!", stellt er fest und tritt näher heran.

„Sie war in meiner Schublade, keine Ahnung, wie ich sie übersehen konnte!"

„Vielleicht solltest du sie jetzt erst finden", gibt er

nachdenklich zurück.

„Vielleicht!", sage ich leise.

„Du musst gleich zur Arbeit!" Ich sehe auf die Uhr und stelle fest, dass es schon viel später ist, als ich angenommen habe. Ein Abschiedskuss und ich bin schon durch die Eingangstüre verschwunden.

Vertieft in meine Gedanken fällt mein Blick auf meine Hand, die auf dem Lenkrad liegt, auf den funkelnden Ring an meinem Finger. Ich erinnere mich zurück an jenen Tag, an dem er mir den Antrag machte und lächele dabei.

Jedes Jahr in den Semesterferien flogen wir in eine andere große Stadt. Der Besonderheit wegen hatten wir uns Paris für den Abschluss unserer Reisen ausgesucht. Die Stadt der Liebe. Nicht wie jeder normale Mensch waren wir im Sommer dort, nein. Es war Dezember und dicke Flocken fielen vom abendlichen Himmel, während wir mitten im Park versuchten, unsere Schlittschuhe unter Kontrolle zu bringen.

Genau wie ich fuhr Ben zum ersten Mal und war mir daher keine wirklich große Hilfe. Wir klammerten uns aneinander, versuchten krampfhaft, nicht auf dem Eis zu landen und als wir so dastanden und uns in die Augen schauten, da wusste ich es. Wusste, dass ich mit diesem Mann mein Leben verbringen möchte. Seine eisblauen Augen blitzten auf und ohne sich weiter zu rühren zog er ein schwarzes Kästchen aus seiner Manteltasche. „Ich würde ja auf die Knie fallen, aber ich bezweifle, dass ich wieder hochkommen würde", schmunzelte er und hielt mir die Schachtel unter die Nase. „Annie Parker, willst du mich heiraten?" Ich war so überwältigt, dass mir dicke Tränen über die Wangen liefen, als ich ihn stürmisch umarmte und einwilligte. Er steckte den Ring an meinen Finger und es war einer der magischsten Augenblicke meines Lebens bis zu unserer Hochzeit.

Das Hupen des Wagens hinter mir zieht mich wieder ins Hier und Jetzt und ich setze mein Auto in die freie Parklücke, bevor ich in das Gebäude gehe. Ich steige in den Fahrstuhl, halte auf der ersten Ebene und mache mich im Umkleideraum arbeitstauglich, ehe ich auf Station gehe. „Doktor Bentley, der kleine Daron hat schon nach Ihnen gefragt." Nach dem Lagebericht und einem Blick in sämtliche Akten starte ich in den Tag mit meinen kleinen Patienten. Schlussendlich habe ich mich für die Kinder entschieden.

Mich entschieden, ihnen wie immer ich auch kann, zu helfen und für bezaubernde Lächeln auf den kleinen Gesichtern zu sorgen. Ich könnte mir keinen schöneren Beruf vorstellen und bin jeden Tag dankbar, dass ich ihn ergreifen konnte und jeden Nachmittag mit einem guten Gefühl zu meinen Lieben heimkehren kann.

Heute ist ein besonderer Tag. Überall vor dem Haus

hängen blaue Luftballons. Ich parke den Wagen genau vor dem Eingang und erinnere mich noch an das imposante Gefühl, als ich dein Zuhause das erste Mal betreten habe. Damals war alles kalt und leer, doch davon ist heute nichts mehr zu spüren. Die Torte steht schon in der Küche und auch der Tisch ist bereits gedeckt und mit Luftschlangen und bunten Partyhüten dekoriert. „Hallo?", rufe ich durch die Mauern, doch niemand antwortet mir. Ich gehe vorbei an den Fenstern, bleibe an dem einen hängen, an dem ich sie sehen kann. Deinen Dad und Caroline, deinen Bruder und den kleinen Chris. Er winkt mir zu und springt von der Schaukel, die Ben gerade noch einmal angeschubst hatte, rennt um das Haus. Ich gehe ihm entgegen, strecke meine Hände nach ihm aus, als ich ihn sehe und schließe ihn in meine Arme.

„Happy Birthday mein Schatz!"

„Danke, Mum!", gibt er zurück und sieht mich mit seinen großen eisblauen Augen an, die mich so sehr an deine erinnern. „Ab heute bin ich vier Jahre alt", erklärt er mir und hält vier Finger in die Luft. „Ich weiß mein Schatz! So groß bist du schon!" Erneut ziehe ich ihn an mich und drücke ihn, bis er mir sagt, dass er keine Luft mehr bekommt. Ich bin so glücklich über mein Leben. Ich habe alles erreicht, was ich mir gewünscht habe. Nur alt werden, das steht uns noch bevor aber ich denke, dieses Abenteuer werden wir auch noch bestreiten.

Du hast mich gerettet, in jeder Hinsicht.
Zweimal sogar.
Ich liebe dich.
Für immer.

Wer sagt, dass Liebe vergänglich ist,

der lügt.

Wer sagt, dass Liebe unendlich ist,

der liebt.

Danksagung

Ein Herzensprojekt, so könnte man dieses Buch von mir beschreiben. Die Idee pflanzte sich schon vor einiger Zeit in meinen Kopf und ich war voller Euphorie und Hingabe, dieses Projekt endlich beginnen zu können. Das Resultat haltet ihr nun in euren Händen und ich hoffe, dass die Geschichte von Annie, Chris und Ben dem ein oder anderen von euch gefallen hat. An dieser Stelle möchte ich meiner Familie danken, die mich zu jeder Zeit unterstützt und mir den Freiraum lässt, meine Gedanken aufs Papier zu bringen und meinen Traum zu verwirklichen. Außerdem danke ich meinen lieben und wundervollen Testlesern, ohne deren Zutun so mancher Fehler vielleicht unentdeckt geblieben wäre. Fühlt Euch gedrückt! Außerdem danke ich meiner lieben Steffi Schläfke und Sarah Stankewitz, die mir immer mit Rat und Tat zur Seite stehen und ganz wundervolle Freundinnen sind. Hab euch lieb!

Und natürlich danke ich Euch, meinen Lesern, die ihr meine Bücher kauft und so mit mir zusammen in Geschichten und andere Welten abtaucht. Ohne Euch hätte ich keinen Grund zu schreiben, denn ich schreibe für Euch und all jene, die ihren Fantasien keine Grenzen setzen wollen.

Auch bedanke ich mich bei allen Buchgruppen und

Bloggern, die mich auf meinem Weg unterstützen und stets ein offenes Ohr für alle Autoren haben. Ihr seid klasse! Ohne Euch würden wir bei Facebook wohl nur halb so viele Leser erreichen. Macht weiter so!

Schreiben ist eine Leidenschaft, die einen mitnimmt in Welten außerhalb unserer Vorstellungskraft und uns erst wieder absetzt, wenn wir das ganze Abenteuer durchlebt und zu Papier gebracht haben. Ich könnte mir ein Leben ohne Fantasie nicht mehr vorstellen.

Es grüßt Euch, eure Ulrike.

Gern könnt ihr mich auf Facebook auf meiner Autorenseite besuchen und euch über meine Projekte auf dem Laufenden halten.
Über meine Emailadresse ulrike.allert@web.de bin ich jederzeit für Euch erreichbar.